大望

李凤群 著

花城出版社
中国·广州

图书在版编目（CIP）数据

大望 / 李凤群著. -- 广州：花城出版社，2021.8
（2022.4重印）
ISBN 978-7-5360-9304-1

Ⅰ．①大… Ⅱ．①李… Ⅲ．①长篇小说－中国－当代 Ⅳ．①I247.5

出 版 人：张　懿
策划编辑：朱燕玲
责任编辑：杜小烨
技术编辑：凌春梅
封面设计：DarkSlayer

书　　名	大望
	DAWANG
出版发行	花城出版社
	（广州市环市东路水荫路 11 号）
经　　销	全国新华书店
印　　刷	佛山市浩文彩色印刷有限公司
	（广东省佛山市南海区狮山科技工业园 A 区）
开　　本	880 毫米 ×1230 毫米　32 开
印　　张	8.25　1 插页
字　　数	200,000 字
版　　次	2021 年 8 月第 1 版　2022 年 4 月第 2 次印刷
定　　价	49.80 元

如发现印装质量问题，请直接与印刷厂联系调换。
购书热线：020-37604658　37602954
花城出版社网站：http://www.fcph.com.cn

序

一

每写完一个小说，就必然接到写创作谈的要求。我从来没有拒绝过，因为我知道那仿佛是一个仪式，像岁末除夕之夜燃起的烟花，宣示告别和迎接；又或像商场开业时飘扬的鲜艳彩带，吆喝招徕吸引人驻足，对于作者来说，是一个契机，是对自己的一个暗示：不要改了，画个句点，让她出去示人吧。

但是诚实地说，我不知道创作谈究竟是可以泄露小说的来龙去脉，还是需要更加遮遮掩掩地吊人胃口？如果是前者，让观众看到魔术师制造道具的过程，还会在意台前的那惊艳一瞬吗？我不懂。

一部作品，由若干个一念组成。《大望》的开头，曾经引用过曼德维尔在《蜜蜂的寓言》里的一句话："大多数作者都在教导读者应当做怎样的人，却几乎很少想到去告诉读者他们实际上是什么样的人。"几乎可以说，这就是那最初的一念了。这句话保持了很久，成稿后才恋恋不舍地删去。这句话在小说的第一页，像拽住风筝的那条线，提醒我不要偏离。

又比如，看到过一个新闻，一辆好端端停在路边的汽车，被人划了好几道长长的口子。车主对自己的车被刮花非常纳闷，他声称车停在停车位上，也未曾得罪什么人。他想搞清楚真相。监控还原了一切：一位中风后半身不遂的老者，每天拄着拐杖，千辛万苦地走到车边，用尽老力划上一道，然后又千辛万苦地走开。

车主说并不认识他，更无怨仇。

为什么？

再比如，我们村上一位从上海下放来村子里的赤脚医生，是一个谦卑温和的人，见到任何人都会微笑问候，对三岁孩子都是一副尊重和慈祥的态度，但是，我听人说，他经常——不是隔三岔五，把老婆孩子关在堂屋里，用浸了水的麻绳抽打。

是真的吗？如果不是，别人为什么造他的谣；如果是，为什么毒打自己的老婆孩子，却能善待任何一个不相干的外人。为什么，为什么？

看医生久了，留意到一个现象。有的医生看诊时会就相同的问题问两到三遍。一次，一个病人声称他什么也没干，但血压无端升高。医生问病人：你昨天情绪波动了吗？

老人一脸坚决地说，没有。

他再问，老人再否认，第三次，他的语速放慢，昨天发生什么事了吗？

病人突然想起来似的说，哦，我跟楼下的老王吵了几句。

吵得很凶吗？

不凶，就吵了半个钟头，相互打了几巴掌。

后来有位医生告诉我，百分之九十的病人在陈述病情的时候会撒谎。他们没有意识到自己在回避真相。他们不觉得。这就是事实。

人不见得知道自己是谁，做过什么，有什么罪，到何处去？我原本以为一切都是一目了然的，事实上不是。

我有位朋友，父亲患有癌症，癌细胞扩散到头部和四肢，他一直在单位和医院之间疲于奔命，而他的弟弟在别的城市，什么也不管，每次和父亲视频通话，都会在那头赞叹地说，哇，爸爸的气色真好。

不，爸爸不好，爸爸刚刚化疗完，非常虚弱。

下一次，他仍然假装看不到老人家已经骨瘦如柴，奄奄一息。

爸爸都疼得变形了，他为什么视而不见？这位朋友痛苦不堪，心里一直愤怒、纠结、混乱，非常难以平衡。他去求助心理医生。心理医生对他说，你弟弟他不敢面对真相。他羞于承认自己作为儿子的失职，他在逃避。

他们为什么逃避，他们知道自己在逃避吗？逃避的后面是什么？这个问题开始盘旋在脑际，沉淀在心间，萦绕在耳畔。

二

我在类似于《大望》里提到的一个小岛上长大，我的小岛，四面环江，数百人相互认识。这几十年，我们目送比我们老的更老，离世；目睹跟我们一起长大的长大，离开；注视比我们小的长大，蜕变成异乡人。我们了解彼此，喜欢用"知根知底"来形容对方，但是，我的村子，如今快没有了，这里的人差不多全离开了。今年，我有机会回去，有一段时间，我沉浸在此，久久思索：这里是真的吗？我们真的记得住过去经历过的事吗？星空浩瀚，大地辽阔，我们知道自己将来要去哪里吗？我们了解自己，了解他人吗？我们——童年时形影不离，后来逐渐失散的小伙伴们还能重逢吗？

甫一开始，小说呈现的局面：四位老人被子女遗忘，他们相互扶持，回到大望洲，以期找到回到过去生活的途径。这个角度注定这篇小说主要是对人的一生和人的关系抽筋扒皮，但是，每一篇小说的基本气质，决定了小说的语言和意蕴的样式。这篇小说的主旨是"追问"，而不是清算。小说的第三句，在形容老赵职业的时候，某种东西就建立了。尤其是出现老赵的儿子不认识他开始，小说进入了类似"嗨"的飞翔阶段,情节的下沉步步为营,现实和过去都蜂拥而至——通过老者们的"惶惶"压迫出来的膨胀的记忆库和想象力的流淌、喷涌,它们交叉、交汇、交响出来的,是人性的、社会的、心理的、代际的,尤其是他们自身的无穷无尽又着实存在的问题,还有时代行进在大地上留下的征象,这些征象中有许多倚靠,有许多闪失,有许多食物,有许多垃圾……

他们本来想回到过去,但用的全是照见丑陋灵魂而不自知的方式:求人证明,打自己人耳光,孤立老李,给领导写告状信,向媒体诬告,对县长及其后人道德绑架,假装有古董,抢劫老人,甚至放火烧掉村子,以求泄愤,等等,换句话说,他们以作恶的方式回应恶的报应。这些恶带有这一代人强烈的时代烙印。无论是计划生育,无论是对上不孝,无论是以权谋私,无论是包庇村人,无论是行医误人,都是这一辈人特有的东西。他们深陷泥潭,却仍然用错误的方式寻求解脱,即使是钱老师发现了回归之道,那带着目的的忏悔不是真正的忏悔,是最后一根被抽掉的稻草。

三

三十天的孤岛现实和人间大梦,这样确切、确实又飘忽、恍惚,据此,我们不难推测,这是一个"罪"与"罚"的故事,遗忘既是手段,也是结果。我试图用他们的遭遇来回顾过往,来联结今天,来理解平庸之恶、小民之罪,以及今天的社会态势。最终,看似罪行最明显的老李被原谅,她有回到过去的机会,但不仅因为她真诚,而是因为她知罪,并且用几十年的时间在赎罪,而另外几位,因为研究出真话可以缓和困境,才开始讲真话。这是老李与老赵、老钱、老孙的区别,也是人性的区别。

但是，总的来说，这篇小说不是要"数落"我们的长辈，而是体贴"惶恐"，人生和世界都是在这样的状态下，才有可能反弹出反躬自问的精神力量。而今天几乎整个人类，面临着的，可能就是这几位老人的问题：我们犯下的过错，我们在特定的情境之下误判过的事，我们价值观的偏差，甚至我们良心的失落。目标如是，但小说完全落实给个人，人物和人物从互相计较到互诉衷肠，这也是写作者和书中人互换灵魂。孤岛孤老之境，人类想到了建群，他们情愿和不情愿的倾诉，露出了精神的贫困，也显出了救助的渴望。尽管下笔时似乎没给老辈留什么情面，用三十天的时间把人打回原形，但是直至小说的最后一个字，我都是怀着深深的感情。我看见他们脸上的血管和斑点，我听到他们说话的口音，我记得他们在烈日上茫然四顾，我看见，我在场，我陪伴。

有一点值得小小的自豪：之前几乎每一部作品，都存在用力不均的问题，开头用力过猛，差不多一半之后就精疲力竭，后面的部分都在苦苦挣扎中完成。这个小说吸取了之前创作时的经验和教训，我很好地运用了我的气息，这是写作久了自然掌握的一个能力。一鼓作气，没有优柔寡断。

并且这也是我所有作品里信息量最大的，人生百态，社会百科，四个人串起来的岂止是自己的往事和经历，是人生和时代的戴罪存活的物与心。最时尚的物件和最腐朽的习性，以及无数组成现实生活的细微的东西，杂陈在对话和场景中，我希望它们自然合拍，从容有序，相互依偎，并且可以留存。

一

这件事发生时,老赵已经在上海生活了六年之久。他此前绝大部分时间生活在安徽老家。他一生做过最重要的工作是赤脚医生:前三年跟在另一位老赤脚医生后面学徒,中间三年一个人各个村子跑,后三年带过一个徒弟。后来那徒弟到大城市开医馆去了。徒弟没有邀请他同往,甚至没有正常告别。老赵又坚持干了一年赤脚医生,歇业后凭着普通话说得好争取到了畜牧场的采购员职位,只干了一年,又改行做村里的联防队员,专门对付江边镇子上来打家劫舍的流氓地痞,这个工作仅持续了三个月,后来他做文化站义务宣传员(连续四个夏天)。改革开放初期,他贩卖过一些农产品,没赚到什么钱,如今老赵七十岁出头,可以总结说,他一生不是很有财运。

其余大多数时候,他种庄稼,所有农民干过的活他都会干,所有的农村人吃过的苦他都吃过。他是个细致的人,当过赤脚医生的证明一直留存着,前几年下来一个政策,像他这样的人可以每个月领到一千多块的退休工资。喜从天降之时,他还准备去承包个山头来开发,结果资金和胆量、精力都不够而放弃。老伴兰凯离世后,儿子赵光军也事业有成。赵光军子承父业,学医,毕业后留在上海九院当医生。他收入高,也有觉悟,认为老爷子一个人东跑西颠不是办法,做通了老婆的工作,把老赵接到上海来一起生活。

上海是个地域特征鲜明的大都市，但它的包容性实属罕见，有像老赵这样的人，有跟老赵完全不同的人。更多形形色色的人，勤奋的人、逍遥的人、奇怪的人，甚至素质低下的人，她都温和地接纳了。在上海，老赵每天清晨给儿子买早市上第一批新鲜蔬菜，磨豆浆，打扫卫生，下午放学去学校门口接孙子。他自认是颗沉默的螺丝钉，眼看着儿子儿媳妇相爱，冷战，分居，冷眼旁观，很少掺和。直到孙子上初中后，可以骑自行车、乘坐地铁上下学，老赵的任务更轻了，早上买买菜，上午拖拖地，其余的时间全由自己掌管。在小区楼下的林荫道边，老头儿们聚在一起下残棋，他有幸赢过几局。跟社区熟悉之后，大家都有各自值得夸耀的事。人家问他的工作，他说干过医生。在他们七嘴八舌向他咨询病情的时候，那些专业术语听得他云里雾里，好几次下不了台。遇到比他还无知的人，他倒能超常发挥，尽用些专业术语来显摆。但他不应该老是指导别人"让他来找我放放血"。他叮嘱受风寒、拉肚子、发烧，甚至癌症术后病人统统放放血的时候，遭到了白眼和讥笑。后来他学乖了，既不想表现出自己没有见过世面，也不想留给别人考验他的机会。他对别人说，很久以前他曾经做过一段时间的小儿科和外科医生，后来改行做了别的。城里生活的一大好处就是人家不知你的来处和短处。他的确把听诊器放在小孩子的肚皮上，也给人胳膊、后背开过小口子放血，甚至缝过腿上的刀伤，这都算不得假话。他绝口不提自己的女婿在乡下承包鱼塘连年亏损的事，甚至人家不问，他也不主动说自己还有个女儿。过了几年，他把当普通外科医生的儿子说成是副院长。又过了年把，他觉得儿子老是升不上去是桩心事，又改口说要升正院长了。这样一来，大家既不怀疑他的职业，也因为他儿子的升迁更敬他几分。他很满足这小小的虚荣，对自己瞒天过海的这一招颇感得意。自此后，有人喊他"老赵"，也有人尊称他为"赵医生",他一概答应下来。

"铁打的小区流水的老头儿"——虽然是大城市上海,但这个新建小区住的大多数都是外地老人:湖北、云南、浙江、安徽……各种方言混杂,大多都像老赵这样,随着儿女四处流落,儿女到哪里工作买房,他们就到哪里安家过日子。那些老年人发型土气,皮肤黝黑,五指粗糙,看家、带孙子、买菜做饭,闲不下来。到了天色微暗的时候,有人把头伸进垃圾桶捡纸盒子卖。他们顽固地把过去的习惯带到城里来,带给下一代,令有些人十分不屑。老赵深信自己未曾沾染这些毛病。他不抽烟,喜欢喝茶,个头高,剃着短平头,两鬓斑白,到了夏天,穿着宽大的麻布裤子,端着一只宜兴产的茶壶,拖着一双棉布拖鞋,见到邻居们总是有礼貌地笑脸问候,从来不说粗话,也不随地吐痰。他不太跟孙子讲方言。老赵讲普通话算得上标准,年轻时候走家串户行医时喜欢带一个小收音机,在收音机上听评书、听相声,有时候能把北京话模仿得惟妙惟肖,到上海五六年硬是没让人摸到深浅。只是有一点不好,他自己有一些不舒服,倒不便声张。比如,有几天头晕,他估计是血压有点高。老年人逃不过老年病,本是无可厚非。他不便给自己放血,就像理发师不便给自己理发一样,可他跟人家说他有高血压,恰好别人也有,反过来问他吃什么药好,他不比别人知道得更多。事实上,有些人久病成医,比他更内行、更专业,所以,不舒服的时候,他往往赖在阳台上,朝下看,不声张。

虽然社会冷漠,他却心里柔软,决意做个好人,可以说,要是此刻下面有什么人突然中风,或者需要口对口呼吸,他会义不容辞地奔去施救。他一直盼望有这个机会。

等他心痒痒想要表达一些人生见解什么的时候,他就打电话给老家的几个老朋友。他最常联系的是前埂二队的钱老师。钱老师跟他同岁，都是一九四九年生，老赵的儿子是钱老师的学生，他们两家曾经相隔不到一里路，乡亲老了就是亲戚，最重要的是，老赵能从钱老师身上找到优越感和成就感。钱老师有三个儿子，但没有一个当医生，也没一个在大城市。他需要增强自信的时候找钱老师，但心情舒畅的时候喜欢找老李分享快乐。有那么一阵子，他和老李聊得很投入，在旁人看来，都有那么点意思了，可惜，七年前，老李去日本带外孙，走的时候微信还不流行，国际长途谁也打不起，他们俩的联系日渐稀少。

　　老赵和老李之间有过"冤情"。四十五年前，老李嫁给大望洲小陶的时候还是一位刚刚二十出头的大姑娘。老赵作为村上的体面人出现在婚席上。后来在路上见到，老赵喊她"弟媳"。老李嘴里应着，却想不起来在哪里见过他。这也难怪，新娘子总是容易先被别人记住。老李后来被人记住就是因为她辣（这里的"辣"是指有一股蛮劲）。老李的丈夫小陶是位老实憨厚的农民。她连着两胎生了女儿，中间停了几年，到第三胎的时候，她偷偷回娘家做了B超，还是女孩。她引了产，休息了半天就坐三轮车回了村。那时已经包产到户，没人管她。可她回来的时候面色苍白，腰都直不起来，肚子瘪了，邻居们都心知肚明，不便说破。过了三年，她又怀上了，结果仍然是女孩。她又引了产回来。她的执着赢得了人们的尊重。这尊重又给了她继续备孕的动力。她身上有一种不达目的誓不罢休的精神。可惜她的肚子没有再鼓起来过，始终瘪塌塌的。

　　后来社会上的风气变得开放了，没有儿子不算什么大事。她也表态不生了，可是没人信她，干部们尤其不信，动员她去结了扎。但她的性格发生了变化。虽然没人亏待她，可她自己多心，别人说个什么话，她就觉得是在指桑骂槐，讽刺她。她丈夫没少为了她跟人打架。

有一次，老赵给人看诊，经过她的门前，她正盯着路边的一棵芭蕉发呆。他打趣她说：

哟，哪家的小姑娘在欣赏风景啊！

我都生了两个姑娘了。她说。

你看上去可不像生过娃。老赵有心奉承两句，可是老李把头扭了过去。当天晚上，老李的婆婆找上门。她说儿媳妇在家哭闹，要上吊，因为老赵嘲笑她没生儿子。老李的婆婆铁青着脸，她是地主家的童养媳，骨架粗大，嗓门粗大。到老赵家的时候，她又叉腰站在门口，直截了当地让老赵给她儿媳妇赔不是。

赔什么不是，我什么也没做错。老赵一脸糊涂。

你讽刺她没生儿子。

什么呀，我那是跟她开玩笑，夸她长得年轻。

老赵死活不肯道歉。老李的婆婆说，今天是我来，我儿子还不知情，到了明天就保不准我儿子干出什么啥事。她顿了一顿，继续说，我家小陶脾气犟，脑子一根筋，想不通的事过不去。

话说到这份上，老赵老婆兰凯带着几个鸡蛋上门赔礼道歉。她不是怕小陶找上门，她就是要让老赵难堪。因为老赵"到处搞事"。说老赵"搞过事"，是真冤枉。有一年，有一个怀了孕的女人找上门，找老赵来看病。她得的也都是些小病，等她病看好了，竟然一分钱不付。兰凯跟她理论，她让兰凯去问问老赵干了什么缺德事。兰凯看看那妇女的大肚子，又看看老赵那双到处乱转的眼睛，一时气短，站在那里直喘气，气息越喘越急，越喘越粗，简直要窒息。老赵说，你这个傻婆娘，人家讹我们的钱呢。可是正在气头上的女人嘴硬，不肯承认自己没脑子。她幽怨地说，苍蝇不叮无缝的蛋，人家怎么不讹钱老师，不讹孙队长？老赵说，他们又不在江湖里闯荡。看着老婆一副愚蠢邋遢相，怎么解释都不听，老赵心里越想越气，索性闭口不言。他越不辩解，她越当自己有理，在关键的时候越做些不寻常的猜想。还有一次，老赵治过一个有严重妇科病的女人，那女人的病拖得太久，疼痛难忍，两条腿简直不能并拢，她拿了药从老赵家离开的时候，双腿叉开着走。兰凯刚好从地里回来，看到那个女人走路的样子，疑心病当场发作，要不是老赵解释得快，她又要抓狂了。这一次她跑来给老李送鸡蛋道歉，带着辛酸和不愿意被人愚弄的悲壮，也是向老赵表态：我对你就是不信任、不满意、不原谅。老赵百口莫辩，下次见到老李，他把头抬得高高的，既不敢喊"弟媳"，也不敢喊"小李"。一直到老了，小陶和老赵老婆都没了，两家儿女都长大成人，他们开始安度晚年了，才又开始相互开玩笑打趣。物是人非，他们都觉得当年的事很好笑。一笑泯恩仇。老李承认年轻时冤枉了老赵。老赵一见她亲切、随和，风韵犹存，一冲动，说，其实不冤枉。

老李把脸一板说：

你果然笑我没有儿子。

不是这个意思。我是说我老婆没有冤枉我。见老李没反应，老赵心一横，说，就是她一直认为我对你有意思。

老李不吱声了，脸色却还板着。

老赵讪讪地。他心想，幸亏没招惹她，其实他一点儿都不了解她，她面皮长得好，其实心思太重，翻脸还快，很没趣，可惜了。他这么一想，也就不太愿意多言。倒是老李，两个女儿都出嫁之后，一个人生活清闲了许多，偶尔聊闲天，几次在其他人跟前说过老赵"有趣""聪明""说得来"，可是老赵又没以前脸皮厚了，见面喊她"老李"，以示尊重。

擦、擦、擦，遇锅擦锅，遇地擦地——这话，说的就是钱老师。老赵同性朋友中最要好的算是他吧。钱老师五年前得过结肠癌。查出来的时候医生建议开刀后化疗，钱老师没有医保也没有参加农保，儿子们拖了一个星期没有开会表态，可把钱老师愁死了。拖了半个月，事情竟有了转机。术后效果不错，虽然总觉得有一把剑悬在头顶心，可是一天一天地，竟然五年安然过去了，那把剑也渐渐变得有点像石头制造的了。这期间，那位身体健康、不声不响的老伴却突然离世了。失去了劳动能力和老伴的钱老师如今无固定居所，由三个儿子轮流养活。大望洲附近的八卦镇、开城和合肥是三个儿子闯荡的江湖，钱老师每个地方分两次各待四个月，一年就结束了。用他的话说，三个儿子都还好说话，三个儿媳妇过分计较。事实上钱老师晚年虽然肠子坏了，又加了一个非常伤脑筋的优点——洁癖。他不管住到哪一家，第一件事就是放下行李，拿起抹布擦、擦、擦，东西只要过他的手，无不焕然一新。即使化疗那段时间，他也拖着病体搞卫生，油烟机锃亮，地砖锃亮，锅底锃亮。眼前之物都要一尘不染他才心安。幸亏他的洁癖，使他勉强得到些好口碑。钱老师在儿媳妇家受气，是天下皆知的事，可是钱老师平时的话题总是形而上，不愿聊琐碎的家庭纠纷，老赵也就不敢在钱老师跟前炫耀儿孙如何孝顺，但是旧情还是要定期叙。没有话题怎么办？钱老师虽然只有小学毕业的学历，可当过七年代课老师，十九年的民办教师，教过语文、数学、体育和历史，他承认样样懂、样样不精通，但凭着小心谨慎、有条不紊，偶尔才闹个"千（忏）悔""千里招招（迢迢）""毛遂自存（荐）"这样的笑话。遇到有人当面戳穿他，他振振有词地辩解说，我是书看得多，像什么政治学、经济学、人文历史，天下奇闻，这些书上又不会注拼音。何况我是没有学过拼音的人，有些字见过再多次，也只是见其形，知其意，不闻其声，读音不准自然是会经常发生的，再说了，这种笑话，省长市长们都闹过，这并不能说明什么。他还自认为在交际方面比较擅长。他尤其喜欢谈政治时事、国际关系和文化趣事。可老赵又不赞成钱老师的政治主张。老赵看不惯特朗普总统的做派，说他好色老东西走了狗屎运，连任是"大势所趋"。钱老师等着老赵向他请教"何等大势"，但是老赵却只顾"嗯嗯嗯"，并不发问。在电话里，他们已经就中美关系、中俄关系、腐败、粮食涨价和野生动物保护措施等问题交流过看法。通常都是钱老师发表看法，老赵认可，或者不认可。有一次，老赵烦了，突然来了一句：哎哟，我差点忘了，过几天我七十岁生日，我儿子说要操办一下，你趁这个机会来上海一趟。开城离上海也就两个钟头的路。

他这是故意哪壶不开提哪壶，如此一来，钱老师没有兴头，匆匆挂了手机。

老赵不耐烦的时候就用儿子的孝顺来岔开话题，只要他说，哎哟，我差点忘了，我儿子——，钱老师那头就说，好好好，下次再聊，下次再聊。这方法屡试不爽。

老赵拿钱老师当朋友，不算特别亲密但处起来不费心神的朋友，但钱老师真正的知心朋友是老孙。大望洲老一辈的体面人多少有些竞争意识的，彼此在背后也会说些对方的坏话，比如钱老师觉得老赵有点儿装腔作势，但老赵觉得整个大望洲最装腔作势的是孙德宝，人称孙老善。孙德宝比钱老师年长四岁，鬼子一投降，他就降临人间——后来做慈善时这事被人写进报纸，预示他将来是当地一个大人物，一个福星。孙德宝做过生产队长，做过几年主任，但他长着一张平易近人的脸，从来不摆架子，四十多岁时经历过两场变故，竟然一夜白头。这两场变故包括小儿子在部队里意外身亡和老婆去九华山带发修行，一去多年，再没有回来（孙老善也去过几次九华山请她回来）。谣言说是孙老善跟南京的一位饭店老板娘（小林的第一位烧菜师傅）有染，可是他后来独身多年，也未曾把什么所谓老板娘带回来，至此后，谣言渐消。如今他发量减半，白色依旧，加上他脸圆，见人露笑，喜欢他的人说他是和气脸，不喜欢他的人说他是笑面虎。他十多年前就离开大望洲去了南京。他儿子孙小林是大望洲首富，九十年代初期就捞到了第一桶金，后来去南京拜师学习厨艺，手艺学成后留下创业，开了好几家大饭店，也陆陆续续把穷亲戚都带去南京发展。孙德宝因此也有能力做善事。作为大望洲曾经的干部，他借钱给人看病，借钱给人买麦种，救怀孕的猫，给鱼放生……有一年，孙德宝去南京看儿子，回来后带进门一个小女孩，说是捡的。那小女孩就管孙德宝叫"爸"。做爷爷的年纪还被人管叫爸，一开始村上人都觉得别扭，孩子太小，做孙小林的女儿也可以了，多事的老太太们怂恿小林办领养手续。孙德宝说，算了，不要增加小林的负担，还是我做她爸吧。他这么坚持，大家也不再说什么，等到初中，这孩子去南京生活上学。她长得人高马大，饭量大，脾气也大。孙小林管吃管住的事帮孙德宝巩固了好形象，都说他们家"父慈子善"，老子是贤良之首，儿子是道德楷模。白纸黑字的报纸把孙氏父子笑眯眯的样子带到四面八方。小林被吹捧得来了干劲，干脆以父亲的名义成立了一个基金会。基金会干了些什么，大望洲的人不清楚，但有一点，孙老善的长相越发变得慈眉善目。大伙当面喊他"孙老"，背后喊他"孙老善"，都是褒义，老孙心里有数，就算有人当面溜了嘴，喊他孙老善，他也答应得爽快。说他是为了听好话当慈善家肯定是不客观的，可说他因为越来越多的表扬越当越起劲，却是中肯的。当然也有人觉得他整个人都是装腔作势，喜欢戴高帽子，谁给高帽子让他戴，谁就能从他这里得好处。这几年孙老善年纪大了，有关节炎和心脏病，耳朵有点背，满口的牙也掉光了。虽说房子修整得不错，从江里能直接引水到户，通上了电，还装了室内厕所（仍是蹲厕）。按理说，有城市生活质量了，但是离开大望洲的人越来越多，剩下的几个也都是谈不来的，特别是钱老师走了之后，他才同意去南京和孙小林一起居住，这样一来，大望洲的年轻人，去了城市，大望洲的老年人，或进了坟墓，或去了城里。随着最后一批老年人的离开，大望洲最终成了无人居住的空岛，缄默不语，静静等候。

孙老善对待钱老师的态度，跟老赵完全不同。他喜欢听钱老师跟他控诉儿孙。钱老师觉得孙老善有两个显而易见的优点。第一，他非常善于倾听，不改变话题，不无端插话；第二，他懂得照顾别人的自尊心。比如他知道天冷了钱老师没有毛衫穿，他说，我儿子给我买了一件毛衫，套都套不进，你比我矮一点儿，肯定合身，放我这里不是浪费嘛，我让儿子寄给你。

钱老师五官长得端正，眼睛偏小，眉毛细淡，年轻时眼角没有下垂，也算眉清目秀，只是身材矮小，做农活不占优势，幸好当了民办老师，地位比农民高一些，弥补了身高的不足，因此娶到了漂亮强壮的老婆。不过，这都是老早的事了。如今他虚胖，头发掉得差不多了，眼皮耷拉下来，盖住了大半个眼球，看人要把下巴抬得高高的，形象反而不如没读过什么书的孙老善。改天，钱老师收到毛衫，说穿起来很合身，报告给孙老善。孙老善惊喜地说，哎呀，这么巧，我还有两条毛裤，也小了一号，三斤虾皮，都是别人送的，也寄给你。孙老善信佛。钱老师不好意思马上挂电话，就主动请孙老善讲几句。孙老善便煞有介事地说起来。"佛曰：是以圣人常善救人，故无弃人；常善救物，故无弃物，是谓袭明。故善人者，不善人之师；不善人者，善人之资。不贵其师，不爱其资，虽智大迷。"孙老善解释说，一个知道世界本质的人善于挽救人，不会遗弃任何人；善于救物，他眼里没有废物，这就是内在的大智慧。如果你是一个善人，那么其他善人就是你的老师，那些不善之人，是供你领悟的资源，不尊重老师，不爱护资源，再聪明都会迷失。钱老师不时地"嗯嗯"，表示自己在听，但并不发表意见，孙老善也不是很在意，毕竟不在一个层次。其实孙老善两只耳朵都听不太清了，他有时候用助听器，有时候不用。用的时候觉得外面很吵，不用的时候他觉得自己的声音很小，所以扯着嗓门说话。别人说话的时候他不管听得清还是听不清都装着听得很清，既不想招人嫌，也不想露自己的弱点。时间久了，脖子那个部位很修长，很健壮，不像他这个年纪的人。

钱老师从来不跟老赵提孙老善时不时给他送温暖的事。他甚至也不告诉老赵他跟孙老善一直有联系——偶尔他也会露一点儿话风，比如他们聊起小林的近况，钱老师会言简意赅地说甚好甚好，又不往深里说，就是故意给自己的关系网增加一些神秘性。说穿了，老赵最多算小康之家，但孙老善却是富贵之家，跟他的交往对颜面有光，但细节对他却不利，这是不便深谈的重要原因。所以他也时不时跟认识的人发发牢骚。他说，孙老善是有钱人，他待人谦和、宽容、慷慨；老赵也算有钱人，儿子在整容医院，一刀下去就上万，比抢银行还快，但老赵做人还是不够大度，简直跟孙老善不能比。钱老师直言不讳地批评老赵，是因为孙老善的好，他无以回报，只能时不时以这样对比的手法夸赞孙老善，以此聊表感激之情。

二

几乎没有任何迹象表明今天有什么特别之处，可今天如此不同寻常。

老赵清楚地记得，他七点零三分到楼下去买早点，门砰的一声关上时，他意识到手上没有拿钥匙。他平常出门都是钥匙不离手，今天在穿鞋的时候脑子一走神，少了拿钥匙这个动作就顺手带上了门。他先在公园里溜达了两圈。等到快八点的时候，回到小区边上的面包房买了几块面包给孙子吃。他老早就习惯性带一张百元现金，叠成小方块放在一个小布袋里，揣在口袋底部，但付钱的时候还是会刷手机，现金的意义变成应对紧急时刻，如同有些人身上的速效救心丸。进小区的时候，正好前面有人刷卡，他就跟了进去。

他敲了敲儿子家——也就是自家的门，开门的是赵光军。他已经梳理完毕，准备上班。赵光军是九院的大夫，对形象特别注意，他每天早上花在收拾头发和刷鞋的时间超过半个钟头。表面上老赵有点看不惯，嘴上说这样在乎外表容易招惹是非，心里又觉得儿子的形象真是遗传了他。此刻，赵光军站在门口，对着老赵礼貌地问：

您找谁？

切！

老赵以为儿子幽他一默，咧了一下嘴抬腿准备进门。赵光军

"哎哎哎"几声之后，伸出一只手指碰了一下老赵的肩膀，他的声音高起来了，他说：

老人家，您这是干什么呢？

"哟哟哟，"老赵说，"我难得一回不带钥匙，你就不认得爹了！面包买好了，我给你热杯牛奶。"

赵子昂也站到了门口，那孩子搭他爸爸的车去上学，这会儿也洗漱完毕。他探出头像看陌生人一样看着老赵。

咋啦？老赵有点不耐烦地提高嗓门，觉得儿子孙子都有点邪乎。

赵光军已经掏出手机拨打110了，他对着手机说，有个陌生老者在他家要当他爹。老赵咧开嘴几乎要笑出来：这家伙做事就是这样，一言不合，就要诉诸法律。遇到医患纠纷，他也不愿意多啰唆，就是这么傲里傲气的。可赵光军的面色是严峻而略带嫌弃的。老赵被这态度伤到了。搞什么嘛！他说。

赵子昂站到赵光军边上，两个人排成一排挡住了老赵的道。老赵脸上的笑意渐渐消失，脸部肌肉变得僵硬，嘴角微微抖动。他进去不是，出去也不是，就杵在门口。

如果这是个玩笑，这玩笑过火了。他紧张起来，面对儿孙如此大不敬的玩笑，他可不会像钱老师那样受着——这样的事情发生在钱老师家里稀松平常，钱老师经常被儿子孙子们用言语推来搡去。老赵在脑子里紧张地搜索应有的态度。以他一贯的作风，小小的火还是要发一发的，而且不能等太久，等太久就是在自降身份。他想像电视里那样大喊一声"畜生"，话到嘴边又觉得有点过头。他停在那里，像被什么人点了穴一样，时间很快过了三秒，他再发作就显得滑稽了。突然电梯门一开，警察从里面走了出来。原来就是负责他们小区的片警邱警官，接警的时候他正好在楼下。

赵光军言简意赅地介绍了一下事情的来龙去脉：一位陌生老人敲开他的门，自称他父亲。他父亲死去多年，这老者一定是得了老年痴呆。儿子说的时候，老赵张着嘴，奇怪，发不出声来了。

邱警官长着一张饱经风霜的脸，态度却很和善。老赵盯着他多看了几眼。邱警官也看了看他，也感应到了老人向他发射出来的信任和祈求。他们虽然没打过交道，但打过好几次照面。老赵确定他是邱警官，但似乎又有哪里不同。邱警官顿了一顿，又对老赵看了三四眼。老赵看上去不像个坏人。他七十开外，身材高大，上身穿一件李宁牌运动衫，脚上穿一双耐克运动鞋，平头，鬓角修得整齐，脸上也有些肉，不像不体面的人，邱警官有心放他一马，诱导他说，你是不是认错门了。

儿子，他想，我的儿子，我昨天还对我嘘寒问暖的儿子，转脸不认人的儿子。他嘀咕着。警察的话他听不进去了。他只盯着他的儿子，死死地盯着，想盯出个子丑寅卯来。他的眉毛鼻子眼睛哪一样不是遗传自我的。可是那小子端着的那个架势，好像他不是从他妈肚子里出来的，而是从天上掉下来的。老赵当时就感觉到有什么东西渗入到空气，从空气又渗入到他的鼻腔，最后渗入到他的心脏。他的心脏剧烈地跳动起来。

他盯着儿子说，你照照镜子。他的嘴张开，可是发不出声，他扯了扯脖子，仍然发不出声。

中邪了，他想。

赵光军看了看手机，上班时间已经到了，他明显不耐烦起来了。他不耐烦地将眉毛向上挑。他假装不耐烦的时候眉毛挑不上去。

老人家，走吧。他到底按捺住自己被打扰的火气，简洁地催促。

儿子的声音熟悉中透着严厉，听起来像刀子砍在瓷砖上，发出刺激耳膜的摧撞声。

他听到警察在请示上司，对讲机里的声音泄出来，叫他先把人带到局子里问清楚了再处理。

他再迟钝也嗅到了一丝危险信号，何况他见过世面！那警察放下对讲机，向他走过来。他收对讲机的时候，什么东西在腰上一闪。一双手随即搭在老赵的肩上，像一根铁棍触到了棉花，老赵没抵抗。以他这个年纪，试都不用试。他垂下手，缩了一下肩膀，脸上尽量露出像被惊醒的表情。他说，警察同志，我突然想起来了，我认错人了。说这句竟然发出了声。

你记错了？

我记错了！

您老的身份证拿出来瞧瞧。

身份证在家里呢，离得不远，就是隔壁那栋楼，我年纪大，犯糊涂了。对不住哪。

肩膀上的手松了一松。

那下次不能再走错门了。

他儿子站在门口，对警察道了谢，随手关上门。

怎么变成这样？他喃喃地说。感情受到创伤，人反而变得冷峻。现在，他又能发声了。

他带着心凉不如说惊诧的表情就那么盯着，警察架着他的胳膊，他顺从地往楼梯口走，一直把他带到小区门口，扯他的手放松了。他站在路牙边。好像面对接下来的一切都心里有数似的坦然接受，其实他慌得很，心一直怦怦跳，这会儿额头开始冒汗。

目睹警察上了警车，车子掉个头开走了，他一动不动，凝神静气，好像点燃爆竹之后等待火花冲天的神色，可是等了一会儿，一辆接一辆汽车从他身边驶过，穿黄马甲的清洁工在扫地，扬地的灰尘慢慢地扭摆，又悄悄地落地，就像什么坏事也没有发生过，就像什么坏事也不会发生一样。

他的脸上保持着一种黑白不清的迷惑。一定是做梦。他之前做过类似的梦。死去多年的亲人再度站在他面前，比他还要年轻的样子；蝗虫飞进厨房，鹅在天上飞翔。但是醒来后一切都消失了。

做梦的时候他完全不知道自己在做梦。现在，他坐到一角，等着自己从床上醒来。

这样一切都解释得通了，有时候，人在一个夜晚做过的梦像一年那么久，而且，在梦里许多人都像是真的，根本意识不到是在做梦；许多时候知道在做梦，也有许多时候以为不是做梦，但是，醒来的时候才发现梦欺骗了自己。

为了醒来时不至于狼狈，他挺了挺背，等了至少半个钟头，他的精神和身体都感到了疲倦，他还没有醒。既然没有醒，就继续做梦吧。

话虽如此，他发现自己还是难以镇定。他试着走了几步，双腿软绵无力，几乎是一步步挪到了朋友们一贯下棋的公园里。他想着这些老朋友也许能帮他出出主意。那帮人果然在，但今天没有下棋，就在随便聊着天。

老梁，他对着一个打招呼说，怎么样，今天没送孙子上学？

被他称老梁的，咧嘴笑了一下，瞧你说的，这都几点了，马上都要去接了。

老梁的笑有一种亲人般的亲切。老赵心一酸，有想哭的冲动。他对老梁说：

你认得我吧？

什么话，老梁说，你不是老赵嘛。你的儿子是九院的副院长赵光军。

太好了，老赵一把握住老梁的手，就差没搂住他，我有事请你帮帮忙。你能不能到我家去，帮我做个证，证明我是赵光军他老子。

老秦一听，当场乐出了声：这是什么话嘛！老秦热衷甩鞭，正在做热身运动。最近一段时间，一早一晚，公园里甩鞭子的噼啪声此起彼伏，遥相呼应。公园周边高层建筑林立，形成了天然的"回音壁"，一鞭子甩出去，那响声响彻云霄，久久回荡。老赵一向是瞧不惯的，鞭子一响，他就心烦意乱，移步离开。虽然那声音会追着人跑，阴魂不散，可得罪人不是老赵的风格，何况他跟老秦住同一小区。

老赵赶紧附和说，谁说不是呢。他简洁地把早上发生的事和自己目前的困境说了一遍。

老梁说，还有这等稀奇事！做证，我帮你做证。你的今天说不定就是我的明天。世道越来越坏，这些儿子，要是不给他们点颜色，他们恨不得把我们当垃圾一样从窗口扔出去。

老张，一个平时闷声不响，只顾一个劲咳嗽的老家伙，突然插了一嘴，不对呀，老赵，你有什么证明文件吗？

我身份证在房子里呀，除了身份证，我还有笔记本、钱包、银行卡、老照片，这些东西都在家呢。

我不是这个意思，老张说，我的确听说你是老赵，这是你自己说的，你儿子是九院的院长，你儿媳妇开家美容院，你孙子在三中上高中，这些都是你说的，我们从来没有亲眼看见过。我的意思是，你有没有什么文件给我们看一看，像什么户口本，你们的全家福什么的，有了这些，我们才能帮你证明。

我要是有这些，我也不需要你们证明。

你没有这些，我们的证明就是伪证呀，因为所有的事我们都没有亲眼见到过。

这时，老梁和老秦都准备收拾甩鞭动身了，现在，他们被老张的话影响了。

他们说，是啊，老赵，虽然我们这几年早不见晚见，可我们确实没有去过你们家，没有见过你和你儿子一起。我们小区是有个九院的医生叫赵光军，可你说你的儿子是副院长，所以这个赵光军也不一定是你的儿子赵光军。

老赵心里一凛：我一定在做梦。这个念头又产生了。

这几个人说着说着，好像越说越怕，赶紧弯腰收拾东西，大有被自己的话吓得跑路的节奏。

再说了，老秦说，你的亲儿子突然不认你了，这么大的事要是我们这帮老家伙能解决，还要警察干什么？还要身份证户口本干什么？所以你要跟他讲道理。道理讲不通找警察，我们不顶事。

我就是讲不了道理才想要你们做证的。

他的无助像更加重了这些人的担忧，他们起身准备离开。眼看找这几个人做证无望，老赵突然蹦出了一句话：六十分贝以上就是扰民，你天天都在严重扰民，知道吗？

老秦侧过脸来看着老赵，眼睛里隐藏着无声的疑问和尴尬。这会儿，老赵觉得，刚刚还嗡嗡嗡的声音突然消失了。既然是做梦，就用不着这么犹豫不决，索性说个痛快嘛。

听说北京公园都禁了这玩意儿。这会儿，老赵突然带着一种恶作剧的心态大声地说，你这人不自觉，你就不知道"自觉"两个字怎么写。

不等别人喘过气，他转过头对老张说，你也是，出门在外，一个钟头要吐六七口痰。要么你带几张卫生纸，要么你吐到垃圾桶，你瞧瞧你脚边那个脏。

像刹不住的车急速向前，他停不下来了，转头看老梁：还有你，今天没人下棋我也说你几句，人家说，观棋不语真君子。你呢，一直在旁边指手画脚，真要让你下吧，下得比谁都烂！

一阵痛快，一阵惊惧。面前的几张老脸一阵红一阵白的，这几个老东西平时不好惹，马上要炸了。赶紧醒。他有点急了，怎么还不醒？！

这时他已经筋疲力尽，身子站立不稳，像是什么东西压到他背上，他身子往前倾。后来他听到老梁最先反击说：你吃错药了吧？声音又温和又平静。老张和老秦，竟然不声不响地抓起铁鞭和简易凳，迈开步子走了。

你们这些混蛋！好像体内长出了新的牙齿，他朝着那些佝偻的背影喊道。

老张回了一下头，但另外的人向他说了句什么，他又继续走。

畜生。他加大了嗓门又喊了一句。

这次，谁也没有回头。

现在他得到了两个结论：第一，讲真话很爽；第二，这些人绝对帮不了他，就算他刚才没有得罪他们。

现在的问题是，哪个环节出了问题？莫非我精神错乱或者老年痴呆了？？莫非我被下了药？？？他听人说过有人拿什么东西往你鼻子底下一放，人就失去意识，摘下身上的戒指、金耳环、金项链，甚至把银行卡的密码也交出来，更有甚者回家拿存折到银行里悉数取出来给别人？

他想：如果他认错了儿子，那么他也认错了城市，认错了街道，认错了每一条巷子和每一根电线杆。他的面色渐渐严峻起来，他挺了挺身子，终于停在一块草地上，现在，他要想一想了。儿子身上发生了什么？有什么东西发生了改变？一种类似于发生了灵异事件的情形。

他假设城市变成了丛林——他的探险之路开始了。一只只野猫猫在灌木丛中，瞪着警惕的眼神，耳朵竖起来，像是一种预示凶险的灵媒，这些身姿轻盈、悄然无声、骄傲冷淡的小东西，他在昨天还从没有注意过。现在，它们在黑暗里聚焦，眼眸闪烁。仿佛懵懵懂懂，又仿佛无所不知。

老赵仍然坐着不动。他曾经是一个高个子，曾经还是一个瘦子，现在这两个特色都只剩下痕迹了。他的脸还是那么大，可是下巴那里多了一层皮，抻长了脸，腿也细得出奇，肚子却凸了一块，绷住第五颗纽扣。他的老花眼明显很严重，可是眼镜也被忘记了，现在，他浑浊的眼前只有一片模糊的暗，是饿的吗？可是刚刚才买的面包，吃的早餐。在他意识到自己迷失方向的一刹那，时间变得出奇地缓慢。他发现了时间与时间之间的不规则，发现了记忆与记忆之间的错位，也许我真的已经死了，我的魂魄以为我还在人间。他记得有书上记过这样的事，已死的人以为自己活着。他坐在原地怔怔地发呆，像是错过了班车的过路人。

他打了一个电话给邱警官。还好，邱警官很客气。他说你调监控，我每天几点出门，几点回家这都是铁的事实在监控里。

调监控能证明你进出了，你是一个本小区居民，但监控不能证明你是他老子。邱警官说，就算我放你上去，人家就不认识你，我还得请你下来。这就是法律。如果你有证人，或者其他证据，也许你可以走法律途径，告他遗弃罪。

这不是遗弃，我跟我儿子、孙子都处得像兄弟，他们没有理由遗弃我，这是一种怪事。

邱警官不打断他，也不纠正他，就在电话那头沉默着，或许人家手头上还忙着另外的事。说着说着老赵自己心虚了。他能想象出邱警官的心里话：这有什么不可能，遗弃父母亲的，啃老的，把父母亲的养老钱骗去赌博的。

算了，跟你说不通。他挂掉电话，在路边找了块地方坐下来。

很久很久，他站起来，掏出手机，他先拨给女儿，女儿的电话打不通，他又打给老李，也没有接通，最后，他打给钱老师，电话通了。那头钱老师带着哭腔向他喊叫：老赵啊，我活得很丢脸哪！

按道理，钱老师说，今天是七月一日。他本来准备昨天下午动身去开城二儿子家的，大儿子挽留了一下，说明天早上走吧，我明天上班用电瓶车顺便送你去车站。其实大儿子真正的用意是带他去趟医院，开够平常吃的药。钱老师除了肠子动过手术，还有高血压和糖尿病，糟糕的是没有医保。农保呢，要住院才能报销，平常小毛小病都得自己掏。按照儿子们去年定的"养老新规"，平常小毛小病，在谁家犯病就由谁管药，住院了再平摊。问题是，钱老师常年用药，处方时有变动。医生开药的时候根本不管你有三个儿子按季赡养的规矩，有时候开得多，有时候开得少，药量掐不到那么准。比如说，上一次从老三家来合肥的时候，钱老师就已经断药一个星期了。

所以，这一次，大儿子悄悄陪他去医院门口，塞给他一些钱之后就要走，他要赶到早市上卖鱼。钱老师催促他说，你去干活，别耽搁了生意，我拿到药坐公交车去车站。大儿子看看时间，同意了。大儿子走后，钱老师坐在药房里等喊号。钱老师在疫情之前到医院就有戴口罩的习惯，这会儿也捂得严严实实。他觉得戴口罩是一个好习惯,尤其是老年人,不光是防病毒,还防老丑的真面目。他无聊地翻看自己的病历。医生的字龙飞凤舞,谁都休想认识。他突然想,要是他明天在二儿子家,突然中风了,不能说话,那里的医生从这个病历里什么信息都不会得到。

他拎着降血压的药,背着一个装着换洗衣服的包,去坐公交车。他经过一家面馆,闻到葱姜蒜的香味;他经过一家内衣店,喇叭里一直重复那一句"仅限今日半价"的鬼话;他经过一堵城墙砖砌的房子,城墙砖几百年了,它们被灰尘、雨雾和雪盖过一层又一层,如今污黑黯淡。前几年,里面住着些老人,墙上钉了些钉子,挂着破衣烂衫,这几年倒发现它们是宝了,竖了个牌,还装上了不锈钢栅栏,不能随便摸、随便踩。也是怪,装上栅栏之后,自然而然显得尊贵了,听说常有人来打卡拍照。钱老师每次经过,就自然而然放慢脚步,心底里觉得亲切。他想,哪天人越老越值钱就好了。

他坐上了去开城的长途巴士。他自然是想坐坐高铁,他不是想省点钱交手机费和买几件衣裳嘛。在日常开销这一块,都凭儿子们自觉。他们有时给,有时不给,可能看心情,也可能看收入。儿子们成年之后,他的词典里戒了"马上""必须""定时""赶紧"这些恰恰很需要用的词。"这并不能说明什么。"——他觉得有点辛酸的时候,就会这样自我开解。但是这又能说明什么呢,他没有往下想。

他靠着车窗。车子一直开一直开。车子开上大桥,开过长江,开过山洞,开过棉花地,开过收费站,开到一个加油站停了下来。他年纪大,憋不住尿,拎着行李去找厕所。等他从厕所出来,他发现面前停着许多一模一样的大巴。一样大小,一样颜色。他挨着看,他记得那个司机是个光头。等他绕停车场一周回到厕所前的时候,大巴车又多了几辆。他又绕了一圈,努力回想自己坐的车的车牌号。

他再次回到厕所边上的时候,车子又多了。在大巴的海洋里,钱老师的心跳加速,感觉头开始发晕。一辆车正在缓缓启动。他挥着手,赶过去,拍着大巴车的门。门开了。他上去了。他还没来得及问一问这趟车去哪里,车就加了速度。他定睛一看,司机变成女的了。女司机戴着墨镜。他气喘吁吁地问:

这车是到开城吧?他心想可能司机换班了,还是不放心地问了一句。

是。女司机说。

他费力地上了车,一直往里去,坐到最后一排没人的地方。

过了两个小时,车又停了。所有人都开始下车。他拎着行李往前走,走到女司机跟前,问:开城到了?

开城到了,女司机说。

钱老师下了车,朝左走。走了半天,没有找到21路站台。他觉得奇怪。是不是自己走反了方向。见到路上有行人。他挑穿得体面、长相和气的人问路,都说不知道这里有21路车。他实在有点头晕,顿时生出一些自怜之心,他果断招了一辆出租车,说去龙福山庄。司机说,开城有两个龙福山庄,你去哪一个。

城东的龙福山庄。

出租司机说,城南有一个龙福山庄,城北也有一个,城东没有。

我都在龙福山庄住过几年了,我能记错?

老人家,快想一想。司机不耐烦了,我都开了三年的出租车了,我们开城情况我能不清楚?

那就城南吧。

城南的龙福山庄根本不是小区，而是一个饭店，里面卖海鲜、江鲜和河鲜。车子停在饭店门口，司机回头瞅着钱老师。钱老师看看计价器又看看饭店，心揪成一团。他说去城北吧。

城北的龙福山庄是一个四星级的酒店。偌大的院子里停满了各种豪车，老远就看到车身在太阳底下闪闪发光，一道光还刺到了钱老师的太阳穴。车费九十多块了。他沮丧地付了钱，心想无论如何得下车了。明知不可能，他仍然向酒店走去。酒店大门两旁各站着一个年轻的、穿着绛红色制服的少年，还似乎闻得到红酒和奶油的味道，他就知道这场子他是万万进不去的。他停在人行道上，想打个电话给二儿子。

等他打开手机，更怪的事情发生了：通讯录里没有一个电话号码。他摸自己的钱包和身份证，竟然也不翼而飞。刚刚安检的时候还用过来着。他打听了最近的派出所，扑进去喊"救命"。警察在电脑上搜索了半天，告诉他，本市的龙福山庄的确是一个饭店，一个是酒店，没有住宅小区；关于他的儿子钱二顺，本市的确有三个叫钱二顺的人，但与他描述的年龄不符，一个七十三，另一个五十四，还有一个才十六，都不像是他的儿子。他试图解释的时候，警察假装认真地听，其实他们一句也不信。警察的脸像是蒙上了层塑料膜，看不真切，让他心急。他差不多咬牙切齿，赌咒发誓，说自己没得老年痴呆，他的手上拿着一个塑料袋，袋上写着"合肥仁康"。谁都知道仁康是精神专科医院。钱老师说，我是去开高血压的药。警察们的修养算不错了，一直用眼神鼓励他继续说。钱老师长着一双红通通的手，他紧张的时候会把手放在胸前，两只手来回搓，越搓越红，使人不得不分神去看他的手。终于等到他们似乎相信他的时候，电脑又来捉弄他，网上竟然查不到他的户口信息。你的身份证号码报错了，警察说，你再想一想。更糟糕的是，他说得越多，头疼得越厉害。他声称头疼的时候，警察们开始心照不宣地对视了一眼。现在，说什么都没有用了。

他出了警察局，坐到一个候车亭的木凳上，这个时候，就剩下一部手机了，他拨通了孙老善的手机。

家门不幸哪！钱老师的声音沉痛、沙哑，像捂在被子里叫的狗。

发生了什么事？

我被儿子们遗弃了。为了防我，把姓名都改了，家也搬了。

你去房子里看了？

小区的名字都换了！

你是不是跑错地方了？

我能跑错什么地方，我什么地方都没跑，我坐在马路边上。

孙老善说，你不要急。我来让小林打听打听，等会儿给你回电话。

孙老善站在楼梯口朝楼上喊：小林，小林！

没有动静。他明明看到小林的车在院子里，他应该在家。奇怪，这么年轻耳朵就不好使？孙老善微笑着，像他一贯的那样慈祥地笑着上了二楼，敲了敲儿子卧室的门，没有动静。他下楼来到院子里。院子里拴着一条狗。狗见到他，也没像往常一样凑过来。他又往后院去，以往保姆总是喜欢坐在这里玩手机。

门把手握不住。

他试了又试，还是握不住。这时，他看到儿子从楼梯上下来。他急步朝他走来，却也不招呼，从他跟前一晃过去，随便一拉，就打开了他刚才怎么也握不住的门。

小林，小林！他呼喊着，呼喊着，整个身躯突然蜷曲起来，胸口有什么东西压了过来。

他捂着脸赶到厨房。他简直不敢相信自己的眼睛。他从小林打开的门里跟到厨房，儿子坐在桌子上喝粥，看他进来眼皮也不抬一下，保姆正在煎鸡蛋。合着保姆也在家，怎么了，他们？

他走到小林跟前，他能感觉到哧溜吸稀饭的声音，他问小林：你今天怎么了？

他伸出手摇了摇儿子的肩膀，这时保姆端着热腾腾的鸡蛋，从他扶着儿子那只胳膊的空隙放到桌上。

我是空气吗！

他这会儿一定面色涨得通红，他的手缩回来，但是不知道放到什么地方去，他离儿子这么近，能感到儿子碗里的热气冲到自己的眼前，儿子还是没抬眼皮。

我是爹呀。他有点生气了，脸色很不好看。

儿子吃完稀粥站起来从他身边走过去的时候，跟保姆告别的时候脸上挂着淡淡的笑。此刻这笑容对孙老善来说极其残忍和毒辣。你这个混蛋。他的声音凌乱而微弱，一点儿也没有一个家长应有的傲气。

突然，他变得十分冷静，心跳平缓下来。

我得了老年痴呆了。这个念头令他一阵毛骨悚然，耳朵又开始嗡嗡作响。他掏出手机，拨打小女儿的电话。竟然是空号！他凑近手机，仔细端详，没错，是孙小美的名字。他再打——连拨了六七次之后，还是空号，他一阵恍惚。

见鬼了。他说，这时他觉得想吐，同时觉得要尿在身上了，他转身往卫生间跑。

真见鬼了。他打不开水龙头，可能是手抖动得厉害，可能是手指上没有力气，或者干脆就是有鬼附到身上了。

从那时开始，他感觉到眼前有影子一晃，又一晃。然后四周变得静悄悄的,耳边充满了声音。

糟了,糟了。天塌下来了!他仰起头朝天上喊。

钱老师等孙老善的电话,结果听到的是老赵的声音。老赵也是朋友。钱老师沉痛地把自己的境况告诉了老赵。老赵听完,对他说,钱老师,镇定!我再来问问其他人。

孙老善本来想打电话给钱老师,却意外接到了老赵的电话。孙老善以几乎从没有过的低沉和严肃的语调把自己的情况形容了一番。老赵还是那句话,镇定,我来问问其他人。他说的其他人是老李。老李的电话一打就通。老李听到话筒里老赵喘着粗气,大为惊骇。她想老赵是不是犯心脏病了。她问老赵有没有速效救心丸,老赵说,出大事了。老李说,先找到速效救心丸再说。此时老李压根不知道发生了什么,她住在离大望洲三十公里外的十里镇上的单身公寓。因为签证的关系,她不能长期在日本逗留,需要经常地回国待一段时间。她很想回大望洲,但知情人透露,大望洲几乎没有人了,五六年前,她还在大望洲见到过去的老熟人,但是因为两起意外事件,大望洲现在几乎无人居住了。第一起事故和一条野狗有关。有一位老太太,被发现死在河堤上,一只胳膊和半边脸都不知去向。后来政府来人了,怀疑是一条野狗所为,又没有证据,只好把狗杀了,找到狗肚子里的银耳环。另外一件事就是一位独居的老太太把种棉花收入的两千块钱放在床底下,在棉花收购站附近被人跟踪。老太太回家不久,盗贼大摇大摆地走进敞开的大门,径直走到床边,拿起钱,夺门而去。老太太脚小眼瞎,追啊赶啊,嗓子喊哑了,整个村子连一个看热闹的人都没有,就这么眼睁睁看着贼越走越远。老太太跑到镇上的派出所,可是说不出所以然,村子里又没有监控,而且老太太除了知道对方是个"男的",什么也形容不出来。政府认为这个岛的地理位置和不宜居的实际情况，可以做成旅游观光点。他们把剩下的老弱病残都安顿好了，结果打上去的报告还没有回复，大望洲最后一个老人也离开了。虽然成了一座空岛，但还系着成为旅游景点的梦想，房屋农舍都还保持原样。老李最后一次去的时候却一个人也没见着，只好选择了大望洲附近的十里镇做临时居住点。十里镇离车站比较近，有设施齐全的小公寓，生活方便。前几天小女儿告诉她，去日本的机票已经买好了。一个月后她会回来接老李一起走。接到老赵的电话，老李也倍感意外。花了一个多钟头她才搞清楚他们的状况：赵光军当面拒绝老赵，钱老师的儿子干脆改名换姓搬了家，这些都不是什么稀奇事，稀奇的是孙老善，竟然站在儿子面前被当成空气。

那么，老李问，是不是孙老善可以到超市里随随便便拿着东西就走，别人也不会发现？

这样反倒算走运了。老赵说，事实上除了跟儿子有关的人看不到他，他能被其他任何人看到。

这不稀奇，老李说，我大女儿也不认我这个妈。

这个我们知道，但我们的事跟认不认还是两码事。老赵说，我们三个人打不通任何一个跟儿女有关的电话。

比如？

比如我的亲家母，比如我的侄子，比如我的外孙。一句话，所有人的电话和微信都从手机里消失了。但是我心里明白，这些人都好好地在那里，但他们像在另一个世界。

你儿子的手机打得通吗？

打得通，但是我发不出声来。

钱老师和孙老善的情况基本一样，打不通，要不就是打通了没有人接。现在你试一试能不能联系你的女儿。

老李想了想,她的手机里存着大女儿、大女婿的电话,但是他们上一次通电话还是过年,虽然表示不相认,但过年时他们还是会打个电话过来问问她的近况。而小女儿,前几天才通过电话。她拿出手机,拨出"大香"的时候,电话"嘟嘟"两声断了,再打,还是断。她拨出了"叶子"。叶子在日本,但为了不会用微信的妈妈申请了中国号码。她通常只需要等到一声长音后就挂断,不一会儿,"叶子"的国际长途会打过来。但是,今天,她等了又等,没有回音。她套上一件外套,走出公寓,走到街头。一切和平常一样。没有人看她一眼,没有人理会她,她走向邮局,女儿寄过来的东西通常会由邮局代管,邮局里面的两个姑娘肯定记得她。可是,里面没有一个她熟悉的人,她又向镇上唯一的一家银行走去。这里,她偶尔会来取个几百块钱,买买小东西,那里有个姑娘认识她。可是今天也没有发现一张熟悉的面孔。

她站到一家店铺的橱窗前,里面一个小老太,瘦小、佝偻,尖尖的脑袋,卷曲的头发,下垂的嘴角。她惊讶不已,目瞪口呆,感到迷惑:原来我长这样了呀!

别人忘记没忘记我,我不清楚,我自己早就忘记自己了。她想。

现在,一切都似乎变了样。

水果摊的老板好像换人了。

面馆里那个胖子似乎也不在了。

还有狗,一条整天在街头晃来晃去的狗也不知去向。

她回转身向房子走去,现在,眼前的每一栋房子都变得陌生,竟然没有一脚是迈向回家的方向,她抬头看看天,想看看太阳在哪里,没有太阳,没有云。

她有点不知所措,仿佛有鼓点贴着她的太阳穴咚咚咚地敲。

就在这时,手机发出震耳欲聋的响声,她吓得一哆嗦,赶紧划开接听键。是老赵。他期待她这边有什么进展。

现在,在等待老赵到来的时候,她坐在公寓门前的一块水泥石块上,她以为自己会神情紧张,瑟瑟发抖,还好,她显得很平静。从昨天晚上开始,她的手机拿在手里,等着女儿的电话回过来,可是每一次手机响起,都还是老赵。她失望得有些恼火,坐在床上,差不多通宵未眠,到了下半夜,她迷迷糊糊,甚至分不清白天和黑夜,她有点相信自己病了。病了?她恍然大悟。她把手伸向床头,没有药,没有水,只有一瓶维生素被碰到地上。渐渐地,她的眼睛看清了一点儿轮廓,在她的眼前,是冷冷清清的单间——是不是到了阴曹地府?她又左右查看了一番,认出这是自己租住的房子,不是地狱。迷迷糊糊地,她想起了最近的几件怪事。首当其冲的是一架飞机,飞着飞着不见了。有人说掉到海里了,也有人说飞到时间黑洞里去了。还有一件怪事是在日本的时候听到的,一个出生三个月的孩子竟然开口说话,他说的是另一个国家的语言,他父母请来语言专家。那孩子说他的家在另外一个国家,他是转世来的,他的前生是一个潜水员,他是在下水救人时牺牲的,这家人请专家打电话到这个国家。确有其事,确有其人。周围人人为之惊骇。这孩子的故事一时到处流传。还有一个怪事也无法解释:那还是很年轻的时候听到的,有一个人被雷劈了五次,但都没有死。据说被雷劈中的概率是几百万分之一,但这个人一生被雷劈了五次。第一次把他的半个胳膊烧焦了,第二次让他瘫痪,第三次把他的头皮削了一半,第四次削掉了另一半,第五次终于把他劈死。这五次一共费时三十二年。

眼前的事也令人费解。记忆里的老赵是一个爽朗高大的赤脚医生,可是打电话给她的像一个可怜巴巴的老太婆——没错,声音变得很细弱、慌张,不像个男的。

天亮时,她挣脱了,确定老赵的脑子不大正常,她等着他,决定尽力为他做心理疏导。上午九点,一阵嘈杂的声音在门外响起。她打开门,面前站着三个老态龙钟、邋里邋遢的老头儿。

三

　　三个人的头上和脚上都湿漉漉的,他们不像只从四个钟头车程的上海、两个钟头车程的南京和一个钟头车程的开城来的,他们像从大西北的沼泽地、珠穆朗玛峰还有南极而来。再一看,又像三个刚刚溺水被救出水面的幸存者,满身满脸写着四个字:落魄还乡。靠近门口的钱老师又矮又胖,脸上尽是老年斑,完全不是当年那个文弱书生。他病恹恹的疲态和站姿透露出他患过重疾,七月份天气,他穿一件双层外套,里面似乎还露出一截毛线衫的袖子。他的脸上仍然保留着受到了惊吓的表情,好像追了他一路的狗此刻还在身后。他毫不掩饰自己的慌张,等着冲进门。第二个是老赵——又高又瘦,眉心则扭在一起,嘴唇干裂,表明他怒气攻心外加严重缺水。他带着准备好的笑容,见到老李的那一刻荡出来,由衷地笑出来——比准备好的更自然、更投入,好像他来这里不是因为儿子让他无家可归,单单就是为了要和老李见个面。站在最后面的一个,肚大腰圆,面如死灰,像被谁兜头浇了一头米糊,白发粘连成一缕缕的,双眼空洞,就像股票跌了,或者前列腺不好,快尿到裤子里了,现在急急想寻个地方去放空一下。

　　老李有思想准备,毕竟他们不是来搞同学聚会的,但是,访客的样子还是让她呆若木鸡。她很快镇定下来,再舒适的旅途也是奔波,不管你在家里的时候收拾得多么整齐,经过一天之后,年纪轻轻、花容月貌的也难免疲倦,更别说这些七老八十的人了。

呀,你长得像我们村的孙老善。老李笑着对老赵和钱老师打过招呼之后又冲着孙老善说。

我就是孙老善。

你可不像,孙老善圆脸,见人就笑。

老李说得这么坚决,老赵和钱老师也忍不住扭头来看。果然,这已经不是昨天的孙老善,更不是印象中的孙老善。他的白色头发稀稀拉拉地贴在头上,没有一处盖得住头皮,头发少,显得脑袋很大,却又很干巴的样子,像有一根无形的水管从看不见的某个部位一直在吸他脑里的水分;又好像后颈上什么东西勒着,让他有点上气不接下气。反正是一个老熟人,又完全是一个陌生人,就那么似是而非的样子。

我忘记戴假牙了。孙老善不好意思地捂了一下嘴。

老赵说,老李,遇到这种事,大家都慌得很,谁也笑不出来,我们还是继续商量正事吧。

你先摸摸我还在不在?孙老善说着伸出一只胳膊。

老李伸出手在孙老善的胳膊上捏了一捏。有皮有肉。她说。

好了,钱老师说,除了你儿子和他家的保姆,其余人都看得见又摸得着,当务之急,我们坐下来商量商量怎么办。

他们从门口走到床边,分头找地方坐。钱老师步履蹒跚,一只手捂着腰,另一只手拎着医院的药袋。孙老善背着大大的背包,他小心翼翼地放在床脚,那个背包却发出了不合时宜的闷响。

一个杯子。他嘟囔了一句,算是道歉。

你能想象我们昨天还衣食无忧,今天突然像过街老鼠,连高铁站都进不去吗?

原来三个人昨晚就在开城会合,找旅馆时被盘问了很久,后来还是耍了一点儿小聪明才在一个民宿凑合了一晚,早上五点多钟就起来坐车往这里赶。刚刚在外面颠来倒去转了很久,以至于忘记了时间和地点。老赵最为狼狈,被扫地出门的时候,不要说钱和行李了,就连身份证件都没有拿到手。他一贯以风度和风趣示人,此刻顾不得了,从昨天到今天这一路走来经历了多少难以想象的耻辱:没有身份证,无法上高铁;手机能找到车,可是零钱不足;出租车开到一半,司机觉得不对,停在路边要报警;好说歹说才帮他拉到目的地,还是孙老善帮他付的车费。这会儿他一双笨拙的眼珠子不知往哪里落。钱老师的口袋一贯是空的,加上他有病,除了口罩和常用药,其余什么也没有。这会儿,他像是还没有从震惊中回过神来,谁说话他就把头扭过去看着谁。看来现在只能指望孙老善一个人,毕竟他有证件,带着大袋行李,还有一副有名的菩萨心肠。

大家带着疲倦和警惕的神情,现在的局面好像只是暂时落在一个救生圈上,正准备积蓄体力发起第二次冲刺。

好在基本礼仪还在,四个人进屋后又正式轮番打了几声招呼。

老赵跟钱老师和老李算是联系比较频繁。老李对老赵也似乎不反感,但今天除外,他太狼狈了。老李见过孙老善几次面,但不能算有交情,毕竟孙老善是干部、富豪他爹,算是大望洲的名流,今天见到,却更加眼生。钱老师和老李私下没有交往,却和老赵和孙老善都有密切交流,但因各自在不同的城市,这几年也难得见面。老李和老赵算是很谈得来,不过掐指一算,也有五年多没有见面。好在大家都是同村故人,略略一回想,甚至能想到五十年前——五十年前的生活场景和五十年前的太阳,以及更早以前的人和事都浮现出来。

房间太小,单人床上坐着老赵和孙老善,钱老师靠着厨房口,老李自己站在灶台边上。老李倒了三杯水，放了日本茶包，她又拿出几块放了很久的无糖饼干。他们的样子像吃人参果；喝鸡汤的时候，三个人同时发出咕噜咕噜的声音，老李对他们的吃相有点惊愕，但很快调整了自己的表情。三个老头儿因为没有桌子（一块板子在厨房内侧，既是切菜台也是饭桌），别扭地吃着茶点，喝完茶之后因为无处顺手摆放茶杯而扭转脖子四处搜索，老李透过他们的目光看到了他们对她寒酸处所的失望。

她情不自禁地开始为这样的窘境解释几句：她是因为签证到期才回来的，还有一个月女儿就会来接她去日本。这个房子虽然小，去超市和医院和银行都很近；又因为安保和功能很齐全，环境也不错，房租并不便宜。似乎因为激动，老李的声音有点急促，而大家都在唉声叹气，她的客套和解释这三个老头儿一个都没有听进去。意识到他们眼下的遭遇，这些细节显得不值一提，老李住了嘴。

不知何时开始，雨越下越大，雾蒙蒙的窗玻璃像又加了一块玻璃，雨点打在水泥窗台上，长年累月，窗台凹下去一块块。明明是七月，应该着短袖了，却一点儿热的感觉都没有。一开始，他们还想保持一些矜持，可是雨声被风刮得起起伏伏的，再加上孙老善耳朵背，所以他们把脖子扯长一些说话，听别人说话。这些无关紧要的事——就像挑重担之前先松松筋骨，呼吸几下，调整个姿态，好了，现在进入正题。当务之急老李需要证明跟他们一样，或者不一样。钱老师从口袋里掏出小本本。这是他日常记事的小本，昨天已经改为紧张事务处理本。现在，他戴起老花镜，双手捧着小本，翻到中间，举直双臂，清清嗓子开始念起演讲稿——

虽然我水平不高，既然大家认为还是有一个人来主事比较好，我就临危受命，当个书记员。现在进入今天会议的第一个议题：

首先确定李惠英的处境，查验她有没有被子女遗忘？他读完，抬起头来等答案。

老赵说，老李，你说说情况。

老李穿着一条白色的丝绸阔腿裤，上身着一件圆领汗衫，都是普通的家常服，耳朵上有两只银耳环，样式很老，可她戴着，显得特别合适，加上她举止果断，举手投足不疾不徐，显出不一样的风度。时光褪去了她的青春，但也褪去了她作为乡村农妇的木讷和土气。三个人欣赏地等着她回话。她说，我和大女儿一家本来就不常走动，尤其是我去日本帮小女儿带小孩之后，更是断了联系，逢年过节都不来往。

小女儿呢？

电话没有打通。

所以你也没有和女儿们联系上？

没有。

其他的亲戚呢？

我不想麻烦什么人。老李干脆地说。

所以你不知道跟我们一样不一样？

不管一样还是不一样，我都陪着你们解决问题，这些都没有关系。老李干脆地说。

孙老善交叉着手臂，脖子缩在胸口，突然插嘴说，你跟我们一样，不然的话我们打不通你的电话。我们打不通所有能证明我们父子关系的人的电话。既然我们能联系上你，还能见到你，有可能说明你和我们的情况一样。

老李一听，情不自禁地拿出手机，又拨打了一次，三个老头儿把头凑过来听，一声长音，一声短音，紧接着一连串超短音。

不像接通了，也不像没接通。

老赵说，怪事发生了，在上海，在南京，在开城，在十里镇，在我们周围，像是有看不见的怪物在搬什么东西砸我们。

老李茫然不懂的样子。老赵说，根据我们的经验，你这也是跟我们一样的情况了。

三个老头儿相互望了一眼，等着老李惊诧，哭泣，六神无主，这些都是人之常情的反应，但是老李只是愣了一会儿。她说，我还不确定，我女儿应该不会遗弃我。

谁说我们是被遗弃的？孙老善说，发生了紧急事件。

钱老师说，事实已经确凿。我们的儿女把我们给遗忘了。跟我们无关的并没有忘记我们，我们能在陌生人和邻居们跟前说话，但不能在儿女跟前说话；我们在其他人跟前是实在的，在儿女跟前是隐形的；别人的电话打得通，儿女的电话打不通。和一般人能正常交流，和儿女不能正常交流。我们能记住所有的事，但儿女们记不住任何跟我们有关的事。这是我们目前掌握的信息。大家还有什么补充？

几个人面面相觑，一时不知如何表态。

钱老师清清嗓子，继续宣读：现在，确定事件的性质，遗忘还是遗弃？如果是遗忘，是集体遗忘，还是个别遗忘？如果是遗弃，是社会性遗弃还是个体性遗体？简单点说，孙小林、钱大顺、钱二顺、钱三顺以及赵光军他们之间有没有联系合作关系？

老赵举手示意发言。他说，我确定这是一种不可解释的突发事件。赵光军不可能遗弃我，有三个理由。第一，是他请我住他家，我当时反复表达过自己愿意一个人住，老李是知道这个事的；第二个理由，我去了他家也不是白吃白住，打扫卫生、买菜、接送孙子这些事我是都做的；第三个理由，也是最重要的理由，他和钱大顺、钱二顺、钱三顺之间没有联系。毕竟不是一类人，他们说不到一块去。更不可能合谋来玩弄他们的老子……

钱老师合上本本,脸色有点难看:这话就不怎么中听了,老赵,你是说赵光军比我的儿子们地位高,不屑于跟我们来往是不是?

老赵看了一看钱老师,他没有因为伤了朋友的自尊而急于辩解,反而冷静地说:如果我们要得到真相,就要实事求是,我心里一向是没有等级观念的,大家都是中国人,都是老乡,并没有高贵低贱之分……

孙老善一副对这个话题完全不感兴趣的表情,他略显急躁地换了一下坐姿,在老赵换气的间隙,出其不意地打断他的话头,发问道:那么,为什么偏偏是我们呢?世上的父母千千万万,为什么偏偏选中我们这些快入土的人呢?我自问教子有方,尽到责任和义务了呀!

钱老师侧过脸,把早就在心里准备好的答案贡献了出来:孙老善,我们并没有证据证明这种事只发生在我们身上,因为如果其他人发生了这样的事,他们也会打不通我们的电话。我的意思是张三、王德江,就是这些我们联系不上的人,他们可能也在跟我们一样的处境里挣扎呢!到目前为止,这都不能说明什么。

也就是说,这种事有可能在之前、现在和将来一直在发生,而我们才发现而已,因为所有发生过这样的事的人,首先就是找不到可以说话的人。

那么,我从来没有见到有类似的新闻出现呀,我每天都看《新闻联播》。孙老善无所适从地说。

如果《新闻联播》能播所有的事,那么,《新闻联播》需要从早上五点一直播到晚上二十四点。钱老师不疾不徐地分析着,充当心理疏导人的角色,充分显示出在智力或者口才上显而易见的优势。大家都专心听他说，露出十分依赖的表情，这让钱老师自己也深感意外。

得知身边的几个人可能并不是世上仅有的受害者，这个设想让他们变得略略振奋了一些。老赵挺了挺背，他说，既然不是个例，像普通的伤风感冒一样的话，就一定有人研究怎么破解。国家不会坐视不管。

话虽如此，可是这个病究竟多少人得了，研究到什么程度了，是不是国家绝密，现在都还统统不清楚。现在最关键的问题是：为什么是我们呢，有什么缘由呢？钱老师继续启发性地问道。

对呀，有什么缘由呢？孙老善像复读机似的重复了一遍。

老赵推测说：会不会跟水土有关。毕竟我们是同村人。以前我听说其他省有一个什么县的男人得肝病的频率非常高，我还听说有的村子里的人专门得肠癌，再比如河南有一个村子里的男男女女都得了艾滋病，就跟当地的水土和生活习惯都有关。

如果跟水土有关，这个病也不应该是我们四人得，一则我们离开这么久，像老李，都已经去日本好几年了，而应该是留在岛上的人得。

岛上已经没有人了。

孙老善说，去年回来还见到过两个。

估计也走了。

幸好我们是四个人哪，要是我一个人，死的心都有了。钱老师说。

这说出了几个人的心声，他们马上点头称是。话说到这个份上，可是老李似乎还没有接受现实。她还是没有表现出悲愤和失魂落魄的样子，而是带着亲切和好奇的目光打量着这些人。大家心里明白，她并没有意识到问题的严重性。这个事想得越多就越明白其中的复杂性、严重性，不管接受不接受现实，危险就在眼前。出于对事情的据实相告，而并非恫吓，老赵打起精神，亲切地对老李说：老李你要坚强，我们会陪在你身边。有难同当，共克时艰。其他两个也一致附和，点头称是。

看你们的样子，是不是我跟你们一样才肯放下心呢？老李笑着说，但我觉得我女儿迟早会回我电话。她是做学问的，只要她认真做事的时候，是不太怎么留意外面的，她可能觉得我在国内的姐姐家住着挺好的呢。

老李这种让自己置身事外的态度让三个老头儿觉得有点不适。好像她不信服，好像她不能理解三个人大难临头的狼狈，使大家刚刚产生的亲切感减少了许多。大家一阵沉默。钱老师把手机拿出来看了看，摸了摸自己的腹部。这个动作让大家意识到肚子都饿得不行了。老李惊醒过来，赶紧给大家道歉。她走到冰箱边，拿出青椒、虾和鱼片，不一会儿，热气腾腾的熏鱼面就端了出来，像刚才一样，大家坐在床上吃了起来。

没想到老李做得一手好菜。三个人异口同声地赞叹。虽然非常时期，不便表现得对美食过于在意，但是喝了几口汤，几筷子菜下肚，每个人的脸色都有回缓，就跟外面的天一样，虽然雨停了之后到处湿淋淋的，但是太阳露出一丁点，闪在玻璃上，让人顿时觉得天地阔大许多，精神为之振作。

真是美味啊，钱老师擦擦嘴说。

现在，他有心思打量老李的一居室。虽然房间很小，可是靠着门背后的地面上放着几株正开着的栀子花，一株开得正盛的紫色绣球花。厨房的台面和洗水池也都擦得亮洁洁的。再看看老李，比刚见面的时候又好看了一些。她一头微卷的头发，虽然已全花白，可是清清爽爽，虽然年近七十，腰身还很苗条，加上可能在日本多年，养成了很讲礼貌的性格，每说一句话要点一下头，她站着的时候也微微哈着腰，大有贤妻之相。大家的心情得到了一定程度的舒缓。就像老天在一阵惊雷暴雨之后又在眼前画了一道彩虹。钱老师说，老李，你看上去比我们小一个辈分呢。虽说背也驼了，缩着脖子，钱老师的眼光还是很活络，对吧，老赵。

其实小不了几岁。老李客气地说，我也是离七十不远的人了。

老赵这会儿有点走神，随着大半天过去，他有点儿体力不济，在儿子家的时候，已经觉得累，再加上从昨天到现在，精神高度紧张，又担忧又害怕，经历了这么多的打击，这会儿他很想有个地方躺一躺。他相信孙老善也有这样的想法。但这个屋子对于四个人来说实在太小了。

他叹息了一声说：不知道这个情况还会持续多久，也许我们还要找个地方落脚。

说完，他和钱老师都看着孙老善。

既然接受了这个事实，接下来就是如何解决这个事情了。

钱老师又拿出了小本本。这次，他念的内容是：两项议程。第一项是解决住宿；第二项制订反遗忘计划。

因为不知道儿子们几时能恢复记忆，可能是一两晚，也可能是一两周，当然也有可能一两个月，这样一来，住在哪里就是个大问题了。

虽然老李家附近有一家旅馆，但是老赵没有身份证，钱老师没有钱，老李体贴地说，住的地方我不能解决，但如果不嫌弃，我可以做饭洗衣服。

老李一说完，老赵和钱老师就看向孙老善。孙老善清了清嗓子说，既然这样，能省还是省吧。接下来可能还有许多地方用钱，比如搭车、看病，甚至可能还需要找私人侦探。最后建议住到大望洲的他的旧居去。

　　这个建议立刻得到了响应。他们愿意回到大望洲老孙的宅子。一则老孙的宅子是新的，修理过，里面有现成的设备，不像其他房子，老旧不堪，不能住人了。老赵的旧宅子实在太小，他离开后也没有回来打理过，钱老师的房子在他生病之前就倒了，老李现在住的地方，小得跟个笼子，而且，公寓是有规定不许外人过夜的。

　　但是，孙老善又提出了新的顾虑，现在的情况不同往年，要是没有人认识我，把我当贼怎么办呢？

　　这是个问题，虽然是自己的家，但是谁知道呢，既然自己的儿子可以视而不见，自己的家进不了也就具有很大的可能性。

　　所以我们得做好打一仗的准备。老赵摸了一把木铲在手上，孙老善见状，也拿了一把不锈钢汤勺。

　　作为其中唯一做菜好吃的女性——基于老李不太愿意承认女儿忘记她的事实，三个人声称请她帮帮忙——而不是作为被女儿遗弃的一员，请求她一同前往。看着三个人恳切的眼神，老李最终同意了。

　　很快，每个人背上一包物品：洗漱用品和油盐酱醋，加上一些冷冻食品。等到他们出了门，跟跟跄跄地下楼的时候，雨又开始下了。老李返回去找了一把伞。四个人缩在伞下等车。等了很久，才有一辆出租车经过，挤进去的时候每个人都显得又笨拙又迟缓，司机把头扭过来看了半天，最后忍住了没说什么。但是车子开到离大望洲还有一里多路的时候司机不开了，他说前面的路不好掉头。

　　你看我们四个老年人，多动一步都困难，你就送到江堤吧。钱老师作为事务长，他坐在副驾上，带着一种有保留的倚老卖老的口气说。

　　不是看你们四个老人，我都拒载了。你瞧瞧车上已经脏成什么样了？司机恶狠狠地，带着一种同情心使用完毕、不许再讲理的腔调说。

得知他们的目的地是小岛时，他纳闷地补了一句：四个老弱病残住到那里，是不是等着那个岛哪天变成旅游胜地的时候，好捞第一桶金呀。

四个人没听明白，相互看一看。他们的样子让司机开心得哈哈大笑。为了表彰自己的幽默，一脚油门，车子像离弦的箭一样滚滚而去。

四个人又抖抖簌簌地下了车。沿着小路在泥地里步行，直到穿过一片荒林，到达大望洲地界。

四

远没有担心的必要，占领村庄比他们想象的简单多了，可以说不费吹灰之力。

区别江边镇和大望洲地界的堤坝和河床上空空荡荡。这条河床曾经需要摆渡，可以行船、捕鱼、游泳，如今已干涸，河心长满了随心所欲的杂草，远处是一长排灰色房屋——在灰色的一块块云团的映照下，像一个个哑巴盯着这些闯入者。

怎么变成这个鬼样子？老赵看着没有生命气息的老家，发出了诘问。

这几年一直就是这样嘛。孙老善说。

没人就没活气了。钱老师说。

这是曾经热火朝天、人声鼎沸的村庄，如今成了荒凉之地。放眼望去，整个天地冷冷清清，目光所到之处只有他们四个人。所有的房子都在，但是没有人迹，没有狗，没有鸡，没有鸭，没有牛，没有猪，原先养活他们的肥沃的良田里也长满杂草。所有的田地荒芜，就连路上也长着杂草。雨已经停了，或者可以说雨绕开了这个岛，因为地面是结实的硬土。天空偶尔有看不清的鸟雀飞过。通向镇上的渡口修着几个水泥墩，展示着村庄想连接世界的野心，但是最终好像丧失兴趣似的，暂停了。在树与树之间，房子与房子之间，隔几十米就有一根水泥电线杆，上面几根线在轻轻摇晃，有风没风都会晃荡几下。

胜利来得太过容易，他们摆不开高兴的架势，只是相互看了几眼。放松了戒备之后，往事涌到脑海，他们开始回顾过去，四个人各自都有记得特别清楚的事。

老赵记得有一年生产队杀猪，全大队都来看热闹。他本来在给一个小孩量体温，小孩含着体温计往杀猪的地方跑，他吓得一下扑将过去，如果小孩吞下水银自己就罪该万死了。

钱老师回忆起过年分鱼，村里有一口水塘，每天冬天的时候会把水抽干，把鱼捕捞到岸边，一堆堆放好，每个生产队抓阄决定，但是每年都会因为分鱼不公而有人打架。哪一次如果分完鱼没有人打架，那么，所有的人都会拎着装鱼的竹篮等在那里，一直等到天黑透了。总会有人不让你失望。钱老师哈哈大笑。其他人却没有响应。

路边一棵两人多高的野生石榴树，零星开着橙红色的花，有些已经结了果子，老李回忆起有一年怀孕，她特别想吃青西红柿，她觉得如果吃不到这个西红柿她就没法活了，可是她自家的菜园里没有种。她馋得不行了，趁着天黑，带着一只手电筒在白天看准的菜园里摸索。好不容易看到一只青的，摘下去洗都不洗就吃。就吃了一口，酸得牙都掉了。

那时候的东西，有它自己的味道。

小陶呢，他怎么不帮你偷。老赵插嘴问。

老李没有搭腔。等了一会儿，孙老善也说了一件往事，大概是一九八六年，那是孙小林第一次买船。船靠在码头上，船上还有一台黑白电视。我们村那时就有万元户，可是村子里没通电，电视就是个摆设。船上有发电机，那天下午放的是《射雕英雄传》。别看我已经四十多了，我也跟小青年们一样挤在儿子的船舱里看电视。

第一次觉得那个下午的时间快得像坐宇宙飞船。

他们一步步向堤坝前进。跨进大望洲的地界了。这里是他们生活了几十年的地方，脚下的地走过千千万万遍了，内坝里面的农田每年春天庄稼种下，秋天庄稼收割，他们在这里洒下过多少汗水啊。可是现在，各种野草封路，显示人迹罕至。走了几步之后，老钱回过身去，走进一丛灌木，他艰难地弯下身子，抱来一些茅草，把它放在刚刚走过的河床上。

快，他招呼其余三人：

搬些树枝把路拦起来。

防贼吗？老李问。

对。

可是，贼来了偷什么呢？

这下把人问住了。度假旅游基地的项目一直没有成功，这里除了土地，再无有价值的设备和资源。可是那些地呢，不知什么缘故，被人承包之后，不种庄稼，种了些什么果子也不结的树，不知道葫芦里卖的什么药。除了承包的人，谁也看不懂。可是承包的人也不知道去了哪里。林子也瘦，每棵树都干巴巴的，就像连太阳也嫌弃而绕过它们似的。

事情一目了然。村庄里要有什么值钱的东西，也一定早被偷空了，现在，除了这四个加起来二百八十岁的老人，这里什么也没有了。

万事小心为妥，万一刚才有人跟踪，以为我们腰缠万贯来打劫，或者有野狗来了，我们也招架不住啊。钱老师说，我们省曾经有个很有名的画家，受过很多苦，遭过很多罪，后来生了病，回老家休养。老家有个小痞子，以为他很有钱。就潜到他家来找。找啊找啊，什么也没找到，却把主人惊醒了。那人真是凶残，把人打死了才跑掉的。后来破了案才发觉凶手还是那个画家没出五服的堂弟。

语言有其自己的力道，老赵走向树林，现成的树枝挂在那里，随手一掰就下来了。孙老善见这么容易，也加入进来。不一会儿，那条进村的路上码了一人高的空心堡垒。至少，他们说，如果有人来，会发现我们已经有所准备。

　　在堤岸上大约走了一公里，一条小路通过一片树林，拐过树林，一条小埂径直朝前，很快到了前岸。三四栋房子，越看越心凉：墙砖上长着青苔，滴水坡的水泥剥落，露出墙泥，门廊拐角处窝着一堆堆发黑发烂的树叶，有的正重新化作尘土，令人情绪低落。还好，拐一小弯，前面一栋贴着白色瓷砖的两层小洋楼，前门有一个灰尘覆盖的白色围墙的院子，这是孙老善家。房子都上了年龄，可是这一栋明显气派，像一个得过"选美冠军"的老妇人，立在一排粉丝的中间，仍然夺目和骄傲。房子的北侧有一棵高大的桑树，地面上掉落一地的桑葚，黑乎乎的，上面爬满了蠕动的虫子。墙角长着苔藓，还有几处裂缝蜿蜒地向屋顶去。走到门口，院门被一把锈锁锁住了，孙老善扭动了几下没打开，他急躁起来，就地捡了一块砖，当当当，砸了三下。手一拧，锁开了。钱老师说，除了锁匠，人只有砸自家的门才这样理直气壮。

　　老赵也忍不住开了一个玩笑。他说，早就听说你去过几次九华山，刚才那几下像是去过武当山。孙老善咧嘴笑了一笑，表示听懂了这个笑话。

　　推开门，一股霉味扑面而来，客厅里挂着延年益寿的松鹤图。镜框上全是灰，仙鹤的长嘴和眼睛部分被蜘蛛网盖住了。

　　大家朝卧室和厨房张望，灶台还在，上面的铁锅和碗筷都在。孙老善打开水龙水，嗞的一声尖叫，之后一股长长的带着臭味的黄色的水喷薄而出，好一会儿，尖叫声才变成正常的流水声，大约五分钟之后，水的颜色才变得正常。孙老善又怀着胆寒的心情试了一试电灯开关，屋子一亮。有电。他激动地喊。

虽然屋子里每一处都落满了灰尘，他们只是视察了一圈，每个人的脸上、手上、胳膊肘和裤腿上都沾满了尘土，水电尚能用令他们振奋了许多，虽然是久不居住的房子，里面的家具和物品都还齐全，虽然家具上有些土里土气的装饰，比如沙发背上搭着镂空的白色蕾纱，窗帘上镶着荷叶边，茶几边上摆着一盆塑料兰花。这就好比越不自信的女人越喜欢往身上加饰物一样。扫帚和拖把都有，厨房里的锅碗瓢盆也是一应俱全。老赵先去了一趟后院的厕所。厕所还是农村水泥砌的老式的，但好歹抽水功能也是正常的。谢天谢地。老赵说。总不至于回到解放前。

这是我梦寐以求的房子。钱老师眯上眼左右看，然后郑重地说。他掩鼻的样子使人相信他省略了"以前"两个字。

我的房子早就塌了，老李说，小林就是有心，听说他回来修理过好几次。

我的房子在是在的，可是里面没有什么用得上的东西，我不用看都能想得到。老赵说。

他们又试了试扶手椅、藤椅、电风扇、窗户和凉席，基本都可以用。一应俱全，不错不错。只要手碰一碰这些东西，手上就会沾满灰尘。钱老师毫无保留地演示着他的洁癖。他哎哟哎哟地朝着自己的手叫。这叫声很年轻，跟他的外表完全不符，完全没有老年人的持重，其他人被逗乐了，气氛变得融洽起来。

这之后，他们的交谈斯文、谨慎，有分寸，他们的距离感和偶尔吐出来的普通话，使他们变得不像乡亲，像新朋友，像成熟过头的年轻人。

他们随后集中打扫了一通。主要是清扫积累的灰尘，开窗透气通风，虽是夏日，冬天聚攒的湿气和霉味在空气里无处挥发。所有的门窗打开，客厅正中的电风扇呼哧呼哧地摇，一个多钟头，那气味才渐渐散去。

钱老师主动对房间进行了分配：老李住在楼下南北通透的大卧室里；老赵和钱老师住二楼楼梯口的小房间；孙老善住二楼最大的带卫生间的卧室。钱老师带着大公无私、考虑周全的自得回到房间时，老赵已经满脸不悦地等着他了。对于自己显而易见的次要位置，他有一种不受尊重的屈辱感，好歹他是医生的老子，上海六七万一平方米的房子里也有他单独的一个房间——其实他也愿意屈就和钱老师一个屋，关键在于钱老师不是先征求他的意见，而是直接安排。

老李住楼下我没意见，孙老善一个人住在大房，我俩挤这么小的屋，这算怎么回事？我倒是无所谓，你身体不好，睡不踏实可不好。话说得好听，但口气有意露出一丝不悦的破绽。

钱老师对老赵的反应早有所料。他笑着说，你看，我们住的是孙老善的房子，节省了旅馆的费用；一两天倒好，时间久了，可是一笔不小的开支；过几天我们还要买菜买米买油，你我都没有钱，老李估计也没什么钱，只能靠他了。现在最要紧的是不能让他觉得委屈。老李就更不用说了嘛，唯一的女性，尊重妇女、爱护妇女，必须让她睡楼下。

事情自然是这个理，从钱老师嘴里说出来，老赵还是觉得不爽，心里想这个钱老师看着谦卑穷酸，小心思倒是多，但他不再言语。

住宿分配之后是家务的分配。厨房清理分配给老李管，但打扫卫生这样的事又落到老赵和钱老师身上。孙老善倒也没有客气，他回到自己的房间——其实是小林的卧室，老李现在住的才是他的房间。钱老师一手拿着扫帚，一手捂着自己的腰搞卫生。老赵劝他休息，他摇摇头表示不从，不可商量，一定得搞。这是他钱老师仅能坚持的事儿了。

　　孙老善的家离老赵的老宅直线距离也不过一千米，大望洲就这么个弹丸之地。老赵的是平房，而且早就断水断电，孙老善家的水电正常，应该得益于孙老善大名在外，也没人来搞破坏。当年这栋豪宅吸引了全村的人来参观。有的人把"富"藏在房间的箱子底下，有的人把"贵"写在脸上。孙小林无疑是后者。老赵这样想着，看着屋子里四处飘浮的灰尘，心里五味杂陈。

　　晚上老李做了几个小菜，煮了一锅稀饭。她摆好碗筷之后，三个老头儿端起碗了，她还在一边站着。

　　老李，你也坐下来吃。老赵说。

　　你们先吃。

　　现在不是过去了，钱老师说，现在哪有女人等男人吃过再吃饭啊？

　　我习惯了，你们先吃。

　　三个老头儿吃得差不多了，老李坐过来。老赵说，说你出过国，我都不信了，难道你在国外也是这样的吗？

　　这是过去的习惯。看到大家吃得香我才有心思，有食欲。

　　原来是这样，真看不出你还这么传统。大家取笑她一番，也就过去了。

　　吃过之后，钱老师执意去洗碗，老李也就随他去。

　　一切停当之后，大家围着方桌坐下来。天已经完全黑透。那天晚上，没有月亮，也没有星星，除了清澈深邃的天空和远处的行船上微暗的火光，整个小岛上黑漆漆的，屋前房后，坡下埂上，到处如深洞。这个屋子里的四个人和五六盏亮着的灯泡就像卷在整匹黑布里面的一点儿空当里，随时会被压扁，随时会被吞噬。暗处的蛙声似乎比早年放大了十倍，使人觉得在他们离去的这段时间，它们的胆子无限制地生长，脾气也变得很大。岛上没有路灯，他们能够习惯，但是没有狗叫，没有鸡鸣，没有其他人，从某种意义上讲，这四个人已经完全被抛弃、被隔离，但是谁也不点破，像是谁点破谁才是元凶一样。他们意识到作为成功人士的爹（至少老赵和孙老善有此意思），按照一般惯例，灯下要谈谈正事。谈正事前先寒暄几句，缓和一下节奏。他们默契地聊了聊国内经济、新冠肺炎的深度隐形危害（表面危害已经众所周知了）、小微企业生存，预测了一下明年的国际关系。十来分钟之后，他们发现以往在微信里聊得很愉快的这些话题今天听上去特别可笑——不是话题本身可笑，而是谈论的时机不对，他们自身有大问题需要解决。他们紧迫地意识到一场灾难已经降临：离开子女、无依无靠，而且重要的是，根本不知道为什么会变成这样。在言不由衷的闲聊之后，他们赶紧进入了正题——商讨一条路径找回原来的生活。

这样说不妥，钱老师自我纠正说，事实上这里就是我们从小长到大的地方，虽然我们老了跟着儿女各自过，但这里是我们原来的生活，所以，议题更改为——找到回到儿女身边的路径！

根据之前商量的办法：用老李的手机拨打赵光军的号码，用老赵的手机拨打钱大顺的号码，或者用老赵的手机打孙小林。钱老师把注意事项宣读了一遍，先不要提对方的父亲，只要对方能想起自己就胜利了一半，然后才告诉他们实情。总而言之，他们要相互证明对方是真的，用一切手段让儿女们知道父母的存在。

短短几分钟之后，这个方法宣告不灵。因为无论谁的手机打谁的儿子或者女儿的手机，统统打不通。过去烂熟于心的一串串数字在手机上像一粒粒往陷阱里掉落的石子，有去无回。

打电话这条路是堵死了。

屋外西边拐角的青蛙吵得最凶，好像也在开会，要不就是在嘲笑他们这些突然出现的人。

伤感的情绪再一次开始弥漫。对于老李来说，惊喜的部分是三个老头儿都是老相识，说着家乡的方言，使她更觉得亲切，可是迟迟没有接到小女儿的来电，刚才她用老赵的手机也试过了，也没有打通。女儿平时绝不会不回电话，这不符合女儿一贯的性格，她开始有一种不祥的预感。但她并不是担心女儿会忘掉自己，而是担心女儿是不是出了什么意外。后来她终于察觉到有可能自己也出现了和三个老头儿相同的情况。一想到女儿不会有什么意外，只是自己遇到了难题，她的心情竟然好转了，而没有出现三个老头儿以为（指望）的那样哭哭啼啼。

老赵也开始想念儿子。回到家乡，更多的往事涌上心头，越来越多的细节被记起。就拿刚刚经过设了防的这条小夹江，现在滴水没有，但许多年前的夏天，年幼的儿子曾经在那里游泳。每次下水前，他在儿子的腰上拴一根绳子，儿子想解又解不开，气得直跺脚。他的光脚丫子跺得干裂的岸边尘土飞扬，太招人喜爱了。但是紧接着，老赵想到儿子那陌生加嫌弃的眼神，他决绝的报警语气。女儿赵光玲早早离家，没给娘家增光不说，自己在外地租房，一年换一个地方，连个固定地址都没有，他的情绪低落下来了。

他的话同样勾起孙老善的凄惶。正是这间屋子里，孙小林和弟弟孙小明长大成人。孙小明无论是长相和性格都和小林截然不同。小林活络机灵，小明憨厚木讷；小林敏捷好动，小明沉默内敛；小林以欺负别人为乐，小明被别人欺负习以为常。换句话说，很多被孙小林欺负过的人，想要撒气的时候肯定找孙小明。孙小林有感于弟弟常被人欺负而生出愤愤报复之心，对疑似霸凌弟弟的坏蛋拳脚相加也是常有之事。也因为小明胆小怕事，不够勇敢，无论是孙老善早年弃商从政，为的是多照顾这个儿子，甚至孙小明成年之后，孙老善决定送他去当兵，也是希望他得到庇护，变得勇敢强壮。虽然小明腹部有一块疤痕，也没有上过高中，但是好歹他运气好，征兵的看中了他。没想到他去了部队半年就牺牲了。虽说小林后来出息了，可是今年上半年一阵突如其来的灾难，令他的餐饮事业遭受重创，领养的女儿才刚刚成人，还在念书，如今突然出了这么个怪事，孩子们拿他当空气，真是难以接受啊。

钱老师的伤感自然也不少。他的大儿子在合肥卖水产，挣的是辛苦钱；二儿子在开城做装修，饱一餐、饥一顿，供其双胞胎小孩上学，所以有胃病；小儿子在离此地不远的八卦镇上做电工。说起来，吃的都是辛苦饭，虽则如此，还是帮他动了大手术……

提到儿子，就不得不提到离世仅四年的老伴。钱老师得了肠癌，整日陷于对死亡的恐惧之中，疏于关照老伴。等到她病的时候，他竟一点儿没有察觉。他二十来岁就开始做民办教师，她不识字，嫁给他算是高攀，对他言听计从。她自己从来不买雪花膏，却会帮他买头油——年轻时，他有乌黑的头发，因为要教书育人，为人师表，形象方面他还是十分讲究。渐渐地，家里养成了男人出门打扮、女人不修边幅的习惯；渐渐地，他们夫妻俩站在一起，显得女大男小；再后来，女老男少，在钱老师五十来岁的时候，有一次，两人上街，竟然有人误以为他老伴是他的妈。

一直到钱老师得了肠癌，头发和眉毛都掉光了，脸色蜡黄，他老伴才能在形象上和他平起平坐。但他没有来得及对她好。他沉浸在死期将至的伤感中，突然有天早上，他醒来的时候，感觉到脚头有人。不对呀，这个点她应该起床做早饭了。他用脚点了点她，她竟然只动了一下，还没有起床的意思。他感到相当纳闷，后来忍不住咳嗽两声，她这才慢慢地坐起来，慢慢地挪下床，慢慢地走出房间……

原来她早就尿出血。等他意识到的时候,她已经不行了。他一直在准备等自己死的消息传出去,哪里想还要帮她料理后事,真是令人不胜唏嘘啊!

他最后一眼看到她的时候,她坐在光线昏暗的卧房里,似乎一夜没合眼,她因期盼过久而显得筋疲力尽的脸上挂着厚重的眼袋,半个脸已经变形了。她需要被人安抚,她似乎还怀着深深的爱意,等着被他从苦海里拯救,带她脱离这无边的疼痛。她对他的崇拜之情也还没有枯竭,尽管他事业如此不顺,和校长的恩怨传得人尽皆知,换句话说,对在他心目中的地位她颇有自知之明,从年轻到现在就没有心存奢望。她隐藏在他的身后,围着锅台、扫地、给孩子洗衣服,她越来越像他的生活背景,无论他当老师、病休或和校长传出真真假假的绯闻,她都听之任之,毫无怨怼。此刻,在生命的最后时刻,她仍然那样毫无愤懑地看着他。这眼神不会撒谎,这无怨的眼神是她最后的光芒,使活着的一切黯然失色。他的心一阵绞痛,他娶了她,霸占了她的一生,许诺给她幸福,结果呢,他一生背运,没给她增添荣誉,反让她操心劳神,现在意识到她对他如此重要,可惜为时已晚。

我年轻的时候没觉得她的好,等她死了,她的优点一一回忆起来,竟然数不胜数。要说什么缺点,就是她把优点隐藏得太深了,到死了才露出来……以至于我如今越回忆越后悔。年轻时多么有眼无珠啊!

钱老师的嗓音很细软,甚是悦耳,听他说话让人感到舒服,可是他的话若听到心里去,却又让人心生悲凉。他有一种抒情的风度,总在意想不到的时候突然而至。自年轻的时候起,他就很容易痛哭流涕。村里来放露天电影,《上甘岭》和《地道战》那样痛快的,别的人在惊叹惊呼,他却猫在人群的背后,过一会儿吸一下鼻子，过一会儿用手背抹一下眼睛。大人小孩扛起板凳回家时都连呼过瘾，期盼着放映队下个月再来，他则好几天深陷在情节中，不能平静，拉住什么人就要聊聊情节。可是别人真的跟他聊的时候，他又期期艾艾地感叹，恨不得又要掉眼泪。如此这般，难免遭人嫌弃，不愿意跟他扯。就好比当下，大家沉浸在对处境的忧虑中，他又突然抒起情，很是突兀，但是今非昔比，这诗意的爱情激发了屋里这些过来人活下去的勇气。他们也开始加入进来，讲记忆里的人与事。亲人、爱、希望，这些词挂在嘴边，把人们的好处来来回回地讲，好像这样可以稀释眼前发生的这桩不幸事情的严重性。当伤感情绪又开始抬头的时候，他们还有意讲了这个村子里过去发生的一些趣事和风流人物：挑水上坡跌掉牙齿的光明，偷情被同伴掳走裤子藏在地沟的范德虎，扬言扎猛子过江省路费、差点淹死的来福，是被吴广救起来的——邻里之间经常为小事争争吵吵，诅咒别人的儿子，盼望人家的棉花歉收，可关键时刻还是会拼命下水救人。这些陈年旧事和乡邻熟人在这个时候被提起，像进了鬼屋却看到了鲜花，别有一番抚慰作用。过去的记忆如此美好，当年生龙活虎的一群人，如今多数已经入土，少数像他们一样流落在世界各地（虽然出国的恐怕只有老李），想着自己也半截入土，竟然无限感慨，不胜唏嘘。他们亲切地交谈，气氛伤感，和睦，放松，就好像他们从来在一起并没有各自分开，甚至准备死在不同的城市（孙老善曾经跟钱老师透露过儿子给他在南京将军山买墓穴的事，当然也是投资方式之一），总的来说，这四个人长久地怀旧，用语言安抚了自己，又鼓励了其余的人，还美化了一下未来——就是尽快回归正常生活。谁也不敢相信这事很快实现，但也不能表现出来不相信。不相信就是自掘坟墓。在这样复杂的情绪下，一直挨到半夜十二点，他们各自去睡。

五

从那天起,四个大望洲人在岛上开始了全新的生活——也可以说回到了旧的生活。当然,这突如其来的不幸里面也有小小的幸事。比如,属于他们共同的回忆被一层又一层地打捞出来。他们四个人,一同经历过一九七〇年夏天的第一场大水,小岛差点被没顶,老李那时还是个少女,她来看望一位年老的表姨奶——也是她和小陶的媒人;他们同一时期遇到过小流氓进村抢粮——那些穿着喇叭裤的流氓手上拿着棍棒,但其实并无盖世武功,流氓们纯属虚张声势,也不贪心,只要搞点花生、腊肉、老母鸡和其他土产品,但是这些人带来的恐惧太深,影响太恶劣,导致其中几个人后来因虚张声势而丧命;他们都记得计划生育最紧时半夜抓人的紧张形势;他们一年只吃过一到两回肉……回忆愈来愈深,他们的记忆里挤满了彼此和其他熟人,这情景像枯死的老柳树长出了娇嫩的新芽,生出奇妙的新意。这些都成了救命稻草。总而言之,他们失去了目前的生活,但捡回了昨天的生活,幸运的是——昨天的生活像一个温顺的小姑娘,任人打扮,任人描画。他们挑最美好最有意思的事情来回味。回忆使他们更加坚定,觉得生命更可珍惜,他们相信终有一天会真相大白,他们与儿女得以相认,但也不知道真相在哪一天,以什么样的形式到来。

这些往事坚固地存在,像是支撑他们虚弱身体的一根粗壮的立柱，使他们稍感安慰。

回忆过往事的那天晚上，老赵做了一个梦。梦里他好像回到了年轻时所去的江边。有一天，他站在门槛上想来个漂亮的入水——小岛上几乎年年发大水淹没门槛，山里人看了大惊失色，城里人觉得死神来了，可是小岛上的人们安之若素，并不惧怕。他高高举起双手，做了很长的准备动作（他内心希望多点人来围观），但是，当他一头扎进水里的时候，他发现水变成了黑色。他奋力游起来，不一会儿，一池水又变成了棉花一样的白，在黑白色的水里，他越游越看不到边。他掉了一个头，想顺着来的方向往回游的时候，发现堤坝、树梢、屋顶正慢慢地下沉，直至完全沉没。他再一次举起双手，这一次，他看到自己松弛的皮肉，天，我这么老了吗？我回不了家了吗？他无力地仰起头看天。天上什么也没有……就在这时，他醒了，发现自己的额头、眼睛和床上都湿淋淋的。

醒来后的老赵擦干了梦里的水，却又流下了现实中的泪水，他心里有一种无法抑制的悲伤，他仿佛看到了自己的余生：迷失在茫茫的江面上，前后无人，就那么漂流、漂流，直到被泡成像胖大海一样的稀巴烂。

我们不能无所事事地等死，要想个法子。一大早起床，老赵催促大家坐在一起讨论新方案，研究新的措施。

最可行的就是，既然他们手上的电话就像被施了魔法一样，他们还可以到岛边的江边镇去打电话。还比如，如果电话找不到人，他们可以直接去儿子们的家，他们不认识我没关系，我们可以带上其余的人，我们共同做证，必要的话可以采取更加激烈的方式。

好，马上动身。四个人几乎异口同声地说，谁也不愿意错过跟自己孩子最早联系的时机。他们说走就走，一分钟没有耽搁。这一回，孙老善找着了一根旧拐杖，钱老师摸到了一把旧雨伞，既防雨也防太阳光。很快，他们到达昨天设了路障的地方。毫无疑问，路障还在原地，根本毫无用处，甚至看起来有些滑稽可笑——他们挨个轻轻松松地拨开两根树枝，进入去镇上的道路。

河床里躺着许多昨晚没有留意到的垃圾。有铁皮鼓、裸露着小腿的金发塑料娃娃，甚至还有一只完好无损的马桶，都像是经过长途漂流落脚此处的。现在看在眼里，有一种微妙的亲切感。

老李走在前面，她个子小，迈着细碎的小步子，身姿轻盈，看起来很灵活；老赵紧随其后，靠着腿长也算勉强跟得上；钱老师本来就身体不好，昨夜恐怕又是一夜多思，此刻显得精气神不足；孙老善更糟糕，他有关节炎，又是年纪最大的，自然慢慢吞吞。

老李走几步就回过头看，距离远了就停住等着，她年龄的优越性体现得很明显。看到差距越来越大，她等待的时候情不自禁地笑出了声。她并没有特意笑哪一个，可能就是觉得老来乡亲相聚的情景让她觉得新鲜，毕竟当初一个一个舍弃小岛的时候，每个人都以为，那已经是最后一面。老李的模样感染了三个老头儿，他们虽然走得很累，但居然在某种程度上振奋了不少。花了半个多钟头，他们到达目的地。

这是他们每个人都熟悉的街道。街面的楼都不高，最多两层，大多一层，虽然是商店，各户门口都放着板凳、拖把、扫帚和其他杂物。药店门口还有一个带盖的痰盂。总之，生意里充满着生活。这个样子已经存在了许多年。在他们很年轻的时候，就在这个街镇上采办生活用品，剃头、照相、买药。这里的十字街心有一家的油条炸得特别松脆，另一家的麻花很筋道，照相馆的老板曾经是个赶时髦的年轻人，农村的孩子们经过他的照相馆，羡慕地看着洋气的他，而他，正慵懒地看着电影画报，羡慕着更遥远的生活……

在他们跟着儿女离开的时候，都以为自己老了，不中用了，所以是不重要的。但是，他们曾经热闹过这个街镇，是这个街镇的主要购买力：香烟、酒、香油、挂面、肉，凡是大望洲不生产的东西他们都会来这里采买。可以说，这街上的每一个角落他们都熟悉。但是，奇怪的是，大城市一天一个样，这个镇像被点了穴，即使县城越来越大，开发区越来越多，而这个过于偏僻的小镇终究没有发展起来，相反，一年比一年凋敝。如今，这些老掉牙的、腿上像灌了铅的老年人都有点嫌弃这个地方了：街道狭窄，青石板老旧破损，招牌更不讲究，尤为奇怪的是，镇上的许多铺子都关着门。有一家超市，透过玻璃窗，看得到里面的凉鞋、饮料和方便面，但是大门紧锁。他们环顾四周，只有一个露天摊在拐角处，他们走过去，摊子上摆着些苹果和香蕉，看摊子的中年男人正在玩手机。

打扰，请问哪里可以找到公用电话？

没有。那个男人头也没抬地说，这年头哪里还有公用电话。

那么，能不能借你的手机打一个电话？当然，我们可以付费。老赵上前补充说。

我在打游戏。

我认识你，钱老师上前一步，盯着中年男人说，你是我的学生周立全。

咦？那个男人终于抬起了眼。他打量了眼前四个老人，最后把眼光放到钱老师脸上，接着哈哈大笑起来。他说，你看没看到过去年网上的一个关于班主任的新闻？

什么新闻？钱老师本能地接口道。

一个人毕业了二十年，在街上遇到他班主任，当场扇他耳光，扇了几十个，还发到网上。我当时看到这个新闻的时候就想到了你。

钱老师皱了皱眉，他的脸上刚刚还充满着倦怠，这会儿突然变得煞白，他尴尬地说：你怎么说话呢，毕竟我是你的老师。

对啊，因为你是我的老师，我永远不会忘记你让我把手心伸出来，打三十板子，缩一下再添三十下。周立全挑着眉头，启发性地看着钱老师，你想一想！

做老师的总要教育好学生……

屁，你就是挑软柿子捏，比我成绩差的多得去了，只因为我老子吃牢饭了，你就看我不顺眼。那个中年男人突然站起身来，同时收起刚刚的嘲讽之色，拉下脸，抿住嘴，向前一步。钱老师对这突如其来的变化来不及做出正确的反应，他嗫嚅着，脸红到脖子根，情不自禁地往后退了一步，忘记了自己刚才上前想借手机来着。

老赵站出来了，他说，年轻人，讲话和气一点儿嘛，过去老师教学生，没有不打的；现在讲究方法，当时老师打学生是家常便饭，我们孩子也——

我们都以为你死了，也有人说你老年痴呆了，你还在呀？那中年人突然打断老赵，饶有兴味地继续盯着钱老师说，真是稀奇。

钱老师想说些什么，孙老善伸手挡了他一下。他转过脸亲切地对中年人说：这么说你认识他？那么，你看一看，认不认识我，好好想一想？

中年人转过头来看了看孙老善，咦，你不是孙小林的爸吗？

对对对，孙老善激动地靠到中年人跟前，我是孙小林他爸，你认识我儿子，对吧？

我认识，你们姓孙的方圆几十里无人不知，无人不晓啊，哈哈哈！中年人笑了又笑，声音向十字街的两头扩散，十分目中无人。好大一会儿，他像是笑累了，停了下来，又好像任务完成了，站起身大摇大摆地走了。

他走过去好几米远，钱老师才想起什么，他颤抖着跟了上去。

周立全,他喊,有事请你帮帮忙,有事请你帮帮忙。

老赵和老李也都明白了钱老师的意思。这是一个巨大的转机,说明有人记得他们。记得他们的人,了解他们的底细,认识他们的儿子,简直是巨大的转机。他们也顾不上什么态度不态度了,跟着钱老师追了过去。

周立全猛地一回头,他眨了几下眼睛,顺手从地上捡起一块砖,大声地一字一顿地说:

不要让我再看到你们,看到一次打一顿。你们打听打听,我周立全长大成人之后有没有说过不兑现的话!说完,将那块砖狠狠地砸向水泥地面,那块红色的砖顿时碎成十几块,有几块碎片蹦到了钱老师的脚边,吓得他一哆嗦。

我们都一把年纪了,怎么这么不讲礼貌?老李像是才回过神,颤抖着说了一句。

周立全走得差不多不见影了,老赵对着周立全的背影喊了一句:鬼东西!

流氓!孙老善气咻咻地补充说。

就在这时,一只鸟落在电线杆上,叫了两声,像是替周立全给他们道歉。空气里飘浮着热乎乎的气息。

比起年轻人的威胁,无人理会也让人觉得时间漫长。又过了一会儿,他们朝周立全相反的方向走去,快到街尽头的时候,看到一个老年妇女抱着一个婴儿在来回踱步。

老姐姐,老李上前,弯了弯腰,小声又客气地问,请问今天街上怎么没有店铺开门哪!

哦,那个老年人笑着回答说,你是外面来的呀,这阵子放开搞经济,什么人都摆摊,摆过了又不收拾,现在上面又实行大检查。不爱搞卫生的商户就关门躲几天。

检查什么呢？

什么都检查呀，卫生工作啊，门店装修啊，食品安全啊，还有东西有没有卖高价呀都得查。

这不是给百姓增加负担吗？

这样说不对，孙老善摇摇头说，过去街心都有狗屎和猪粪，你吃个点心，一群苍蝇跟你抢，太不讲究了。你看现在，干干净净的，管一管还是好的。

这样啊，那这几天有人要是上街吃碗面、打个电话应该怎么办呢？

这些事都是小事，再走七八里，是十里镇，那个集市正规一些，可以吃饭买菜。

那么，请问你有电话借我们打一个吗？我们可以付费的。老李说着又弯了一下腰。

老太太的脸上闪过一丝狐疑的神气，她正在思索怎么合理地拒绝的时候，不远处的老赵也学着老李的样哈了一下腰说，请相信我们，我们都是附近小岛上的人，想联系一下儿女。我们这些人，都这么大年纪了，个个身体有病，请帮帮我们吧。

他诚恳的态度起了作用。老太太掏出手机，递给了老李。

老李不加思索，直接拨了小女儿的电话。果不其然，跟昨天一样，一声长音，一声短音，之后就是"嘟嘟嘟"的声响。老赵看懂了老李的神情，接过老李的手机，也拨了赵光军的电话，一放到耳边就是忙音。

钱老师和孙老善也都轮番试了一下，所有的电话都没有打通。

在把电话还给带孙子的老人的一刻，老赵突然开口问道，请问你是这镇上的人吗？你还记得我们吗？

不，抱孙子的老人显然已经被这四个老年人的怪异举动吓住了。她摇摇头,揣起自己的手机急速朝巷子深处走去。

站在几近无人的街心,他们像四个迷路的小孩,来时的力气好像使完了。你看看我,我看看你,虽然脚底下仍然是昨天的地面,以往的地面,就算他们操着以往的口音,但一切似乎面目全非。

老李首先打破僵局,她看着钱老师说,看看你的小本,下一步做些什么?

钱老师顺从地掏出小本翻开,去八卦镇找钱三顺。他喃喃地念道。

六

幸好,老赵会使用网约车,他用手机下了单。不一会儿,远处哒哒哒地开来了一辆破旧的三轮车(手机上明明显示是一辆全新的黑色卡罗拉)。司机甚至都没有解释为什么车子变了颜色,少了一个轮子。上车的时候,他建议把车费先付了——不是不相信你们这几位老人家,而是不相信另外的人。另外的什么人?孙老善问。就是另外的人。总之,如果你们希望两个钟头之内赶到八卦镇,最好现在先付车费,而是只收现金。僵持了一会儿,孙老善把手伸到口袋里掏钱。其余人不吱声,没有人阻拦或者客气一声。上车后,钱老师拿出小本,把这笔钱记了下来。父债子还,总有一天,是会归还的。就是这么个意思。在去八卦镇的路上,四个人谁也不说话,心里那早上还残存的希望几乎全部破灭了,而这一趟无非就是验证破灭的事实罢了。

他们到达了钱三顺的单位,毫无曲折地被指引到钱三顺面前。这个过程顺利得出乎意料,顺利得使人觉得脚步加重都像是一种冒犯、一种破坏。

钱三顺刚刚从高空作业下来,穿着浅灰色的上下前后全是口袋的工作服,这件衣服非常脏,像是穿了一个月,不,一年那么久,膝盖和衣领等处几乎已经是黑色了,身上吊满了工具。可能是因为困倦或者是在高空被风吹得太狠,他的神情看上去非常麻木。他渐渐走到老人们眼前，长相和钱老师非常相似，可以说是年轻时的钱老师，也可以反过来说钱老师是经历了时光机器进化而成的钱三顺。他们如此相同的长相把其他人震慑住了。谁也没有急于说话，似乎一切都如此一目了然。钱三顺气鼓鼓地轮番看了看四个沉默的老年人，在谁的脸上也没多停留片刻，也可以说他看清面前站着四个老年人的时候，视线就开始不集中，他扯了一下下巴上的口罩，露出狡黠而漫不经心的微笑问：

谁找我？什么事？

没有人搭腔，钱老师意识到这是自己发言的时候，他清了一下嗓子，说，孩子，我是你爸爸。他的口气——因为激动，或者紧张，带着一种不合时宜的端庄，显得相当滑稽，不真诚。

什么？钱三顺瞪大眼睛，好像有人向他宣布马上有一个脑筋急转弯，过了几秒钟才做了一个撇嘴的表情，切，他说，真是天上掉下来一个爹！

三顺，我是孙伯伯，他的确是你爸。我知道你现在不记得了。发生了一些讲不清的怪异事，能不能找个地方坐下来，我们好好跟你解释。

钱三顺对这几个人打量打量，似乎心里有数了。他说，不用坐，就是一句话的事：你们得了老年痴呆。说完，他好像不诧异了，反而因为这戏剧性的场面而快乐起来，他嘻嘻笑了两声，整了整衣服准备离开。

老李喂的一声，冲着钱三顺的背影急速地说起话来，我们知道你是钱三顺，我们知道你老家在大望洲，你上头有两个哥哥，一个叫钱大顺，一个叫钱二顺。如果他不是你爹，那么你告诉我们，你爹长什么样，在哪里，多大年纪了，以前干过什么，得过什么病？这些我们都一清二楚，如果你不记得，我们都可以告诉你。

不等钱三顺有反应，老李兀自接着说，你爹做过民办教师，五年前得了肠癌，你们兄弟三个一人掏一万帮他做好了手术，现在你们兄弟每个人两个月轮流养活他。他按道理说今天在你开城的二哥家，过两个月才会轮到你，但是有些事情发生了，他找不到你二哥了，我们都找不到儿女了。只要你愿意承认我们，我们并不需要你做什么，你跟过去做得一样就好了。

这是自昨天以来老李说得最多的一次话。她一口气把话说完，然后就大口大口地喘气，好像说这些话需要平时十倍的力气似的。

你们是从精神病院出来的吧？三顺说，这真是大白天撞鬼。我告诉你，你说的都对，只有一点不对，我爸早就死了，我爸是得了肠癌不假，我们拿钱给他动手术也不假，但我爸当时就死在手术台上。所以，如果今天有人来跟我认亲，一定就是鬼，不然就是精神病。你们自己选，鬼还是精神病？

钱三顺的流氓行为引来了其他工友的一片哄笑，他们的笑声里不无恶意，但也透露出一个信息：钱三顺遇到的是笑话，而不是遇到了父亲。任何人都不会在其他人驱赶真正的父亲时露出那样毫无顾忌的嘲笑，唯一的解释就是，他们也认为这是个假冒的父亲。

老赵上前一步，站到其中一个刚刚笑停的中年男人跟前，他严肃而颤抖着问道：你难道没有看到那个老头儿长得跟钱三顺一模一样吗？

像，有一点是像的。那个工友再一次大笑，露出明显的牙龈，据我目测，他们俩都是男的。他的话把其余的人逗得前仰后合，笑声像蜜蜂一样在老年人们的耳边盘旋，笑够了，几个工人结伴而去，头都没有回。

孙老善的拐杖颤抖着击打地面，他什么也说不出来，只是一个劲地发抖。现在，这四个人，更像是说着疯言疯语的疯子，而不是鬼了。

到底怎么了？老赵问。

到底怎么回事？老李问。

菩萨，菩萨！钱老师张开双臂，大声地疾呼着，开开眼吧！

胡乱叫了一气之后，身上的力气很快耗完了，他们集体安静下来。

那天晚上，他们赖在八卦镇派出所的传讯室里。钱三顺也被警察传唤进来。但是他一口咬定不认识他们，还有这样讹人的？他说，你们找一个我认识的人来，只要有一个人证明他是我老子，我就承认是我记错了，我就承认我脑子坏了。

钱三顺说完，拍了拍自己的胸脯，他正在家喝啤酒，每吐一个字都带着一股酒味，为了显示自己的大度，他做了一个不予计较的手势，大摇大摆地拂袖而去。三个老头儿没有轻易放弃，他们轮番坐到警察对面，讲述自己这几天遇到的怪事。不知道为什么，明明早上头脑还是清醒的人，这会儿没有一个说话吐字清晰。钱老师算是伶牙俐齿，可今天一直在结巴，像是舌头上捆着什么东西；老赵忍耐不住，上前补充，结果也是颠三倒四，他用手摸了摸嘴唇，好像那里发麻，失去了控制；孙老善更是扯着嗓子叫；老李发现是他的助听器没电了，急中生智，她拿起桌上的笔想把事情经过写出来。警察刚刚用过的笔，她一握上就不出油，不得不改用嘴巴说。但是，她的嘴巴也不怎么利落，比平时迟钝许多。她甚至不能准确地说出自己的生日。他们都没能第一时间准确说出自己的生日。他们用得最多的词是"古怪""见鬼""撞邪"……钱老师反而是其中最冷静最具智慧的一个，他最后总结说，像是有一只手在搅动他们的生活，破坏了这个世界的秩序。他的汗衫上全是汗渍，跟他文绉绉的用词不匹配，可是没有发生戏剧性的效果，他们说的每一个字都被当成了耳旁风。警察觉得智商受到侮辱之后，开始想办法赶人了。

警察先拿纸让老人们写家人的电话号码。不出所料，没有一个能打通。他们上网去查辖区内的养老院——附近登记在册的养老院都没有丢人。他们想查看这些人的身份证件，说出的数字都查不到信息。在他们的要求下，警察拿来被褥、热水、痰盂和充电插头。警察希望他们早点离开。他们同意了，条件是警察帮他们每个人开一张证明。

证明什么？

证明我们精神正常，记忆正常，腿脚好使，对人友善，总而言之，是正常人。

这种证明只有医院才能开。

可是我们没有医保，钱也不多了。

他们的要求打乱了警察的计划。那些警察有着受过高等教育后才有的淡定和聪明，也有着不同寻常的隐忍愚弄的能力，但此刻，他们明显感到疲倦，难以集中精神应对。他们出去商量了一阵，决定派辆警车把他们送到任何他们想去的地方。证明可以开，却不能盖公章——因为管公章的人下班了。如果你们不要，明天请示领导——领导不一定同意，所以条件就是，要么现在拿着证明走人，要么在派出所坐着等一夜。

警察连哄带骗地把他们拉到江边镇，放下，车门嘭的一声关上后，车子飞快地逃走了。四个老人用手机的电筒照着脚下，向黑漆漆的、墨水一样黑的大望洲摸去。乌云遮蔽了月亮和星星，他们行走在泥地上，听脚步声一片，听脚步跟地面摩擦，慢慢地，跌跌撞撞地，渐渐甩掉了那积聚起来的寻找真相的信心，每个人都像老了十岁，再一看，又像变得更小了——小得像孩子一样懵懵懂懂，毫无主见，什么也不明白。

七

　　七月四日，到达大望洲的第二个黎明，老李第一个起来打开院门。越过门前的芦柴荡，江面上雾气弥漫。隔着一拃长的宽度就是一条大船缓缓驶过。大多是货轮和游轮，还有集装箱船、工程船、挖泥船，偶尔还有一两艘接驳拖船。她做好稀饭，尽量用很轻的动作擦洗玻璃窗和桌面，然后清扫出院子里的落叶和积灰，等她把房子收拾得干净整齐之后，老赵下楼来了。

　　老赵先发现老李似乎没有睡好，老李沉默了一下，点点头，算是承认了。她一抬头，看到了同样一脸憔悴的老赵。原来，老赵也几乎一夜没有睡，因为钱老师好像发烧了，一直在哼哼唧唧，天快亮了才退烧，这会儿刚刚睡着了。

　　啊，那怎么办？老李担心地问。

　　今天我得去一趟镇上，给他买点药，还得买点米、盐和茶叶，顿了一会儿，他又说，还得买点肉和菜，我们年纪本身就大了，又这么奔波忧心，再把身体弄垮了，就不划算了。

　　老李说是。

　　老赵说，他原先担心孙老善会倒下，毕竟他年纪大，又一贯养尊处优，一下子受这么大刺激，没想到是钱老师先垮塌了。他忧心忡忡地叹了一口气。

　　他们各自在椅子上坐下，没有再说话。

一会儿，孙老善也颤颤巍巍地下楼了。钱老师不在现场，缺少了钱老师和他的小本本，这几个人内心不安，连说话都像是一种背叛。他们面面相觑地呆坐了很久，都不知道应该不应该喝已经凝固的稀饭。

孙老善先打破僵局，他语气黯然地说：也许我们前世做过什么见不得人的坏事，才有今天的尴尬局面。

你有那么成功的儿子，自己还当过官，不能算小人物，只能说遇到了非常规的事。老赵安慰孙老善说。能够安慰孙老善的机会实在是凤毛麟角，孙老善一则当过大望村村主任，后来又在做慈善事业；二则孙老善儿子事业有成，老赵自觉无论是经济地位、社会地位还是思想境界上，自己都略略低他一些。可是眼下，这个孙老善是褪了皮的孙老善，抽了筋的孙老善，软绵无趣，实在让人怜悯。

我就是个芝麻粒。但我信佛之后想法又有了变化。

孙老善的手腕上是一串油润细腻的波罗的海老蜜蜡佛珠。

你们信佛的日常跟我们有什么不同吗？老赵没话找话。

信佛的人最基本的戒律是"五戒十善"，五戒就是不杀生、不偷盗、不邪淫、不妄语、不饮酒。十善实际是五戒的分化和细化，分为身、口、意三业的禁忌，其内容包括身体行为方面的善：不杀生、不偷盗、不邪淫。语言方面的善：不妄语、不两舌、不恶口、不绮语。意识方面的善：不贪欲、不嗔恚、不邪见。

信佛的人怎么理解当下的遭遇，又是怎么看待生死呢？

老赵问出来的这句才是他们共同的担忧，这趟离家和被遗忘是不是死路一条？说到佛与生死，孙老善打开了话匣子。他不直接说结论，而是从源头说起，先说佛陀。他说，从今天的角度看，乔达摩作为一位尊贵的太子，有很好的物质条件，万事不愁，那他为什么想去出家？关于佛陀出家的动机，有两种说法：一个说法是，太子虽养尊处优，但出行在路边看到农夫辛劳，耕牛疲乏，虫蚁被杀，心中产生强烈的怜悯之心。另一个说法是，太子经过三个城门遭遇"老""病""死"的故事。其实就是感受到生命根源的"苦"。佛教如果离开"苦"的概念，后续的修行无从谈起，正是因为感受到"苦"，乔达摩才感受到生命的某种不自由，而引发出所谓的解脱观念。有经文记载："诸佛世尊唯以一大事因缘故，出现于世？欲令众生开佛知见，使得清净故，故出现于世。欲示众生佛之知见故，故出现于世。欲令众生悟佛，知见，故出现于世。欲令众生入佛知见道，故出现于世，舍利弗，是为诸佛以一大事因缘故，出现于世。"简单而言，佛教的根本目标并不在于你追求的是快乐还是痛苦。

佛家以生死为无常，佛教也不认为生命只是偶然产生的，或者死后就陷入断灭的虚无，而是以不同的生命形态在不断轮回流转。所以，佛教是要获得解脱的智慧，要脱离生命苦海的轮回。正因为佛教如此强调智慧的重要性，所以会强调要"依法不依人"，"法"是佛教信仰的根本。佛教不等于烧香拜佛，也不是盲目的偶像崇拜。佛理的教育，以及修行的实践，才是佛教的核心关切。

孙老善说这些话的时候，气息平稳，吐字清晰，充满自信，把之前的丧气一扫而光，像一个教授了三十年佛学的大学教授第三百多次在课堂上授课。

这些话，老赵和老李有的听懂了，有的没听懂，但都像被一场大雨浇了一遍，大家觉得心里清爽多了。

老李起身把稀饭又热了一热，先盛了一碗送到楼上。老赵在楼下听到她轻声地说：无论如何，要增加营养，还有好多事需要你恢复起来才能做哦。她的口气听上去特别温柔，像一个贤妻良母。

之后，老李又送了热毛巾上去。她苗条而干练的身影忙活了好一会儿，老赵和孙老善都坐在楼下侧耳听着楼上的声音，他们露出感激的神情，像是在说，这种不幸时刻还有一个女人这样细致地帮忙，真是不幸中的万幸。最后，老赵听到她轻轻地说，马上再来看你，然后迈着很轻的步子下楼。

早饭过后，趁着孙老善在自己的话语中平复了心情，老赵又重复了一遍需要上街的话。说完，他不好意思地看着孙老善。他的意思再明白不过了：如果你不给钱，我就哪里也去不了。

孙老善听见了，他的助听器在耳朵上，应该已经充好电了，但他没有回应，甚至也没有回头。

老赵不得不再一次放大音量重复了刚才的话。

他唉声叹气地说，要买药，要买米，要买盐，这些东西是火烧眉头，马上就要用的。可是孙老善仍然没有表态。老赵的情绪开始有点激动了，他继续叹息，但话题开始拐了，他说从岛上到江边镇，他已经跑了数不清多少趟了。除了这条路，小岛周边的路他都不停地跑，因为年轻时的职业需要。他又说到当年是多么辛苦，到老了本指望会享点清福，结果一觉醒来，世界变得这么怪异，一大清早就被亲生儿子拒之门外。他又形容了一下突然被拒之门外的场面。他有存款，虽然不多，但不至于像现在这样买点油米都拿不出。言下之意如果他有准备，他肯定会带钱的。现在，他越来越接近问题的重点了，他平时是不会轻易跟儿子讨钱的，都是儿子主动给。这是做人基本的尊严。说着说着像被自己的语言蛊惑了。他明白自己正在受到无缘无故的羞辱，他的情绪越发暴戾，他的语速开始加快，我一生走破了多少双鞋，走过多少座桥，淋过多少回雨，救过多少人的命啊。老了老了，沦落到这么个境地，居然七十岁了身上连一分钱都没有。就像他用声音在空中画一个大圈，在最后一点的时候，急躁地和第一点交织了。

他正说得动情，没留意看周边，突然余光一亮，一张百元大钞举在他眼前。孙老善像刚刚才睡醒了似的，他递钱的一瞬间充满了温柔，他叮嘱说，你一个人去，不要买太多，我们这个年纪最容易闪到腰。

老赵一时停不下来，像重弹一首曲子的过门部分似的，他说，我前天还过着体体面面的生活，以为自己苦尽甘来，能够安安静静过一生，结果……

这时，钱老师从楼上下来了，之前老李只觉得自己和老赵的脸色差，现在才算是遇到真正脸色差的人。

他是听了老赵的话才下来了，他接着老赵的话头也开始大倒苦水。他说，老赵啊，我承认你年轻时到处行医，吃了不少苦，但是你至少有一个儿子那么体面，我养了三个，一个把我赶出来，一个把家搬了，一个站在我面前假装不认得我。这些我也不抱怨了，毕竟这是一个未解之谜。但是我越想越觉得苦啊，我作为大望洲第一代民办教师，教了二十六年书，到头来一无所有。我在职的时候转正要考试，等我不干了，国家政策就改了，所有人都转正了。和我一起教书，年龄比我小两岁的江望子，退休之后就能拿两千多一个月，去年他要是不死，现在工资能拿到四千了。你说我冤不冤，倒霉不倒霉？而且我放弃了发财的机会，牺牲了大好的青春给别人当园丁，自己的几个孩子反倒耽误了，你说亏不亏？苦不苦？

钱老师唉声叹气，老赵拍拍他的手背，老李也上来劝解。可是，众人的重视反而加深了他的忧伤，他一阵又一阵地咳嗽，仿佛永远停不下来，好不容易换口气，你以为他要停了，他又一阵猛咳，喘着粗气，让人觉得他的肺百分百出了问题时，他却平复下来了。

钱老师接着说，说什么生死无常，我觉得因为我们都是一些无关紧要的小人物，所以才落得这么个下场。我们掉到水里，就跟一片树叶从树上落下来一样；就像一根牛毛掉到地上；就像一滴油倒进油锅里；就像一只蚂蚁被踩在大象脚底板下。我们就算把喉咙喊破，也不会有人听见，就是这么渺小。留意到大家认真地听他说话，钱老师说起话来声音低沉，语调迟缓。

老赵敬畏地看着钱老师，心里想当过老师果然不同，不像孙老善，云里雾里，听过了就像风停了，钱老师讲话通俗易懂，句句入心坎。

钱老师的脆弱像一个哈欠，带动了一屋子人的脆弱。刚刚还在说佛的孙老善也开始长吁短叹，一种仿佛被悲伤推到喉咙口的勇气生了出来，他说：难道我不比你们更苦吗？不错，我是当过村主任，手里有点小权，可是，我吃的苦也不比你们少哇。我从前家里穷，为了让小林读几天书，钱老师是知道的，就让小明辍学了。你们至少孩子们都在，我的小明呢，我的小明早就不在了呀！孙老善说着说着眼泪流了下来。他张着嘴，哇哇地叫着，助听器拉扯到一边之后，他的哭声加大了一倍。他的嘴角流出了来不及吞回去的口水，不管三个人怎么哄他，他仍然止不住他的哭吼，到后来变成了声嘶力竭的叫喊。人老了，声带也发涩了，他的叫声像磨损过度的皮条在顽强地拉扯。

这个孙老善。像是又褪了一层皮。他从刚见面的时候就一层层褪光彩，先是褪掉了他的富有、豪爽、和气以及充满富与贵的语速，刚刚还剩下些通达和博学，这会儿也弃之不用了。他现在就是一个不知名的老头儿，好像一天也没当过南京江鲜饭庄老板的爹。他像一直在要饭，十分钟之前还在伸手，又或者一直在躲雨，躲得太久，哭丧着脸，警觉地缩着脖子，好像有人恐吓他再不走快点就要敲他一棍子似的。这一刻他才是一个天生的孤家寡人，他的任务就是展示脆弱的本质,就是在另外三个人跟前出丑。

彻底露出原形来的孙老善,再不能指望人们用初见到他时那热情指盼的恭敬眼神看他了,但他不是被轻视,相反,他变成了年龄最小的人,需要看顾和怜爱。他哀怨地说,老天哪,为什么好人总会遇到坏事?

老赵说,的确不同寻常啊。说到底,我们这帮老家伙格外倒霉,小时候过着穷得一年只穿一条裤子的日子,十来岁赶走"共产风",年轻时遇到"文化大革命",后来改革开放,给我们机会埋头苦干,好不容易把儿女养大成人,过了几天清闲日子,许多人已经慌里慌忙地入土了。我们侥幸活下来,现在还赶上这百年不遇的大疫情,赶上就赶上了吧,苦熬了几个月,好不容易算是撑过了最凶的一波,又让我们摊上了这种说不清、道不明的怪事。

老赵总结了一番,其他人纷纷若有所思,频频点头。钱老师拍拍他抖动的胳膊说,不要过于激动,现在的重点是解决问题。他把这句话记到本上,在后面加了三个感叹号。

刚才的这番话像是给这一百块钱做了一个仪式,老赵郑重地把钱揣起了兜里去镇上了。他买回了米和盐,买了一斤猪肉,一袋洗衣粉,又帮钱老师买了一盒退烧药,他最后从塑料袋里掏出一小包茶叶。他把茶叶握在手心里,表示很少,而且质量很差,根本就进不了嘴。

午饭吃过后,钱老师又开始发烧了,他赶紧用温水吞了几粒退烧药,就上楼睡觉了。

剩下三个人的时候,老赵突然开口说:

你们猜我今天遇到谁了?

孙老善问:谁?

钱老师的学生,周立全。

他没打你吧?

没打。原来那个水果铺子是他老婆开的,他从牢里放出来就打零工为生。

他为什么事坐的牢?

听说是他家附近建了个化工厂,他隔三岔五到厂子里去敲诈勒索,厂长也是小本经营,被他勒索得苦不堪言。一开始,就是几包烟、几瓶酒能打发,几次之后,数字越来越大,把人家搞得很为难。给吧,周围群众纷纷效仿;不给吧,他三天两头趁着客户来的时候来闹,把厂子声誉搞得很坏。最后,老板没办法,只好定期孝敬。有一就有二,他见这个厂长软柿子好捏,觉得这是一个生财之道,胃口越搞越大,离他家十里的厂子他也敢敲诈,一直说自己政府里有人。这不,遇到一个狠人,就不信这个理,周立全被人反设一计,敲诈现场被抓,人赃俱获,去坐了几个月牢,把原先的工作搞丢了。这就是一个坏人。但你们想一想,那天周立全的意思是他完全记得我们,记得钱老师,他甚至记得钱老师打他的事,那么很显然,他能证明我们的存在,也许可以通过周立全找到我们的子女。因为现在的问题是子女不记得我们,也不信任我们。还必须得那个人做证才行。

孙老善问,你有没有把你的意思跟他讲?

讲了,我请他去派出所证明一下我们的身份和我们讲的话,一开始他坚决不答应,我开了许多条件他都没有答应。

他想怎样?他要钱是好事。他的条件我们尽量满足他。如果他不放心,我们可以立字据给他。一旦回到儿子家,只要儿子认我了,三千五千肯定不成问题,三万五万说不定也可以商量。

对呀,老李这时候也来了精神,这个周立全说不定能够扭转局面。

孙老善急得要上楼喊钱老师下来商量。老赵摇了摇头用眼神制止了他。孙老善反应不过来。老李说：孙老，您等一等，看老赵还有什么要补充的？

果然老赵有补充。他说，周立全最后答应替他们做证，但只有一个条件，就是我们三个把钱老师带到镇上，当着他的面，我们每个人扇他一个耳光，他就不计前嫌，帮我们做证，让我们回到原来的生活，老赵顿了一下，补充说，回到儿女们身边。

畜生，这是人讲的话吗？孙老善一下从椅子上站起来，义愤填膺地说：一日为师，终身为父，上次在街上我就差点想教训他了，他对钱老师那个态度简直一点儿教养没有。今天居然还讲这些话，那你教训了他没有？

老赵沉默了一会，讪讪地笑了。他看了看自己的手脚，说，你看我这么大年纪怎么能教训到他呢！承认无力的耻辱感压迫了一下他的脖子，他说完头垂下来。

说的也是，这种愣头青不讲什么教养文明的，他急了会上来就捣你一拳的。

老了，许多事情都做不了了。要是再年轻个十岁二十岁，哪里由着他这样的人来败坏风气。这句话既是发狠，也是一锤定音，宣布老之将至。

老，似乎本身有一种符号，这种符号遮蔽了其他的信息；这个符号否定了他们的声音，他们的威严，他们的体面，甚至是他们的眼泪。昨晚坐在警察局，警察一个劲地想赶他们走，这大大刺伤了他们的自尊心。没有人怀疑他们是坏人，只怀疑他们是病人，是脑子出了问题。警察并不相信是其他人出了问题，是儿女们出了问题，单单只怀疑他们出了问题，而且还会继续出问题。警察信不过他们，什么原因都没有，就因为他们是老年人。

八

老赵终于再次向孙老善张口了。上次给的一百块钱维持了两天，毕竟新到一个地方，又是四个人生活，需要买的东西多。但是事情明摆着，如果你一直憋着，孙老善就会一直不给。老赵说：老孙，能不能先借点儿我去买菜。这个"借"字，在老赵看来是妥当的。等事情结束了，账该怎么算就怎么算。他再不济，每个月还能拿到千儿八百块（工资卡在儿子家），他还存了几万元养老钱。

孙老善看了老赵一眼，没吭声，他的脸上隐藏着难以捉摸的神情，不像不乐意，也不像吝啬，片刻后，他不声不响地挪到楼梯口。他上楼的时候显得很沉重，每迈一步，楼梯都要颤动一下。之后，有十分钟了，孙老善迟迟没有露面。老赵的脸色越来越难看，他许多年没有经受这种等人拿钱的尴尬了，这个时候，说他心里没火简直是瞎子。最后，孙老善总算下来了，手上拿着一张票子。就一张，而且还皱巴巴的，递过来的时候，也不像他过去那般善解人意、不露痕迹，而是郑重其事地双手各捏一角，递过了，手还停在胸前一小会儿才垂落下去。

这一回，老赵上街没有买茶叶，只带回了几斤米、几个土豆和一点儿腌菜。他说，镇上的茶叶不行，岛上的水也不行，虽然是从自来水管里流出来的，但是周边的小企业悄悄地把污水隐秘地往江水里排，岛上并没有为水消毒和净化，水管里的水有股臭味，喝得越多，人越臭；喝得越多，对身体危害越大。过去他是每天清晨一杯茶的啊，现在只能一杯温开水润嗓。生活的惯例被一再地打破——事实证明，所谓的习惯，都是可以改的。

钱老师仍然断断续续地发烧。大多数时候，他一直躺在床上轻轻地哼，声音细弱，让人觉得他死期将至。有时候烧退了，他能精神地下楼来坐片刻，他的面色也越来越差，身上那件褂子也越来越大，他的头发凌乱地贴在额头上，他虚弱得根本顾不得形象，但是精神却格外好。他瞪着的经过高烧之后的眼睛像被净化了一样，他显得比实际年龄要年轻、纯真、活泼，让人想起他年轻的时候。他年轻时喜欢发出各种声音，吹笛子，学小鸟叫，身上放个本本，时不时记下些什么，那笛子也好，本本也好，都旧不拉叽的，但无论如何，使他显得相当与众不同。但这样的情形最多持续一两个钟头，他又得抖抖簌簌往楼上去。有一次，他回过头来看着其余三人，用即将登上舞台的声音一字一句地说，真是奇怪啊，我前几天还有正常的生活，一转眼的工夫就掉进了一个大洞。我每天都在想着怎么样从洞口爬上来。

两三天了，他还没有爬上来。

再这样烧下去，他会死的。剩下三个人的时候，老赵说。

是的，我也担心这样下去就毁了。老李也有同感。

我又能做什么呢，我比他还老，要死，也是我先死。孙老善的头也垂到胸口了，似乎接受了不能施善于人以及垂垂老矣的现实。不过，大家不感到意外。从见到他的第一天起，他就是跟"孙老善"三个字不一致的人。现在，他的悲观和懦弱就像孙老善的反面，整个要跟真正的"孙老善"唱反调了。

我们得把他送医院。

是的，老李说，这样拖下去，不等真相大白，他就要死了。

是的，孙老善说，他像是做了什么错事似的垂下头，我得坦白一件事，就是我身上的钱也不多了。

还有多少？老赵迫不及待地问。

还有一点儿，不，几乎没有了。

你不是从家里出来的吗？老赵白了他一眼。

我是有准备的。我带了换洗衣服、牙刷牙膏、身份证和常用药，但不等于我带了钱。我腿脚不好，出行不方便，偶尔出去，都是儿子开车，钱根本不过我的手。我吃药也吃不出来钱啊。

平时多少攒下了一些吧。老赵还不死心地追问。

我哪里有什么钱啊？我儿子以我名义搞什么基金会，我只是挂个名分，钱怎么进怎么出都没我什么事。我对家庭没什么贡献，只要不缺了我的吃穿，我也就乐得清闲，反正是快入土的人了，哪里想到，临了，摊上这么个事。咳咳咳，他咳嗽着，呻吟着，声音软弱无力。

像有一道大幕，把他们和他们原本的生活，应该有的生活，有血有肉的生活切开了。但这个大幕又是柔软的，没有棱角的，甚至无声无息的，让人叫不出。

紧要关头，他们想用科学来化解自己内心的酸楚，或者借助传说。老赵在手机上搜到一个帖子说，国外一个地方大面积爆发蝗灾，中国浙江的鸭子过去救灾。他还发现有一个国家发生火灾，根本灭不了，几个月都灭不了。啊，一场火能烧几个月，金山银山也要烧光的呀。

还是操心眼下的事吧，不能看着钱老师就这么一直病下去啊？老李说，我明天回家一趟，看卡里能不能取出一点儿钱，我还可以带一些日用品过来。但是医疗费恐怕不是小数目，尤其是他还有高血压和糖尿病，一定不是简单的发烧。

所以，也许我们应该有所妥协。老赵出其不意地插了一句。

什么意思？老李问。

原来他昨天去镇上的时候又找了周立全。对方的意思没有更改，如果你们三个人愿意每个人扇钱老师一个耳光，他就一定会出来去当面向钱三顺和其他人做证，证明他们四个是大望洲人，是老熟人，是赵光军的老子，是钱三顺的老子，是孙小林的老子，是陶大香的妈妈。

我也去了派出所，警察现在也不愿意跟我多讲，明显不拿我当正常人，还说要不是看我年纪大，肯定觉得我是去找麻烦的。他停了一会，为难地说，不过他们也说了，只要钱三顺相信了周立全的话，他们会督促钱三顺来认人，或者付生活费、医药费。

你跟他们说嘛，周立全就是个混混流氓，他是存心为难我们。

我跟他们说周立全是混混流氓坐过牢的话，那以后我们还要不要周立全去做证了？

老李一听也愣住了。

现在咱们说这人人品不好，可是万一全世界就真的只有他一个人记得住我们四个，他又不愿意做证的话，岂不是打自己的耳光吗？老赵说得振振有词，这个人虽然是小人，但却是眼下最关键的小人。我们是惹不起也躲不起的呀！

老李警惕起来了，她像不认识一样地看着老赵，你真的准备把钱老师带到周立全跟前，我们一人上前扇他一个耳光？

这样僵持下去，他也不能回儿子身边，如果这是帮他的唯一渠道的话……

老李立即打断他，不能侮辱一个人，然后说是为了帮他。

是的，这是侮辱，可是周立全也说了，钱老师扇过他的耳光，踢过他的下体，诅咒过他的祖宗，而且根本不为什么大事。因为钱老师扇他耳光，嘲笑他，他气得回家告状，他老子根本不听他解释，又给了他一个耳光，所以他就没有再去学校。从这个方面来讲，周立全之所以沦落到今天这样的小混混，钱老师是有责任的。

他如果觉得打人不犯法，他自己动手就是了。

他可不傻，他动手的话，可以参照前面那个打班主任的判刑一年半。

所以，他把这件事让我们几个做，我们不知好歹吗？我们不明是非吗？我们不怕坐牢吗？真是的。

我们这么老了，没人找我们的麻烦的。老赵说。

老李不敢相信自己眼睛似的盯着老赵。老赵转过脸去看孙老善。

孙老善说，既然这是我们眼下唯一的出路，我们还是要民主解决。这样吧，我们举手表决吧。说完他率先举起了自己的手。

老赵紧跟着举起那只瘦胳膊。

你们真的准备这么做吗？老李的眼睛瞪圆了。她轮番看着这两个很滑稽的人，他们其实连手也举不直，他们可能以为那是年轻时候的样子，可是他们举起来的一只胳膊又瘦又瘪，另外一只根本不能说它举了起来，它只是蜷曲起来支在体侧。他们坚持着，大有再坚持一会儿就能胜利的架势。

二比一。

钱老师也应该投票。老李没好气地说。

他的事他应该回避，老赵说，就我们三个。

我不去。

你必须得去。如果今天的表决不算数，那么以后的每一次表决都不会算数。这个表决不光涉及钱老师，涉及我们的儿女们认不认我们的问题，既然我们四个杂姓人住在一起，就一定要有些规矩。

孙老善的话显然把老李唬住了。她的脸上又露出狐疑的表情，与几天前第一次见到孙老善时的表情是一样的。但是，很快，她恢复了镇定，不，我坚决不会和你们一起送钱老师给别人扇，我不会碰钱老师一下，我也不需要周立全替我做证明，我相信我女儿会回我电话的。

她说的话自己也不一定信——恐怕她在无人的夜里也是一次次拨打女儿的电话，拨打跟女儿有关的人的电话，拨打和她打过交道的人的电话。她的手每天紧紧地握着手机，就算是洗碗擦桌子的时候，另一只手也拿着，吃饭的时候她也会拿着手机，只有在拧抹布的时候才稍稍放下一会儿，但是她的眼睛也会持续盯住手机，仿佛她长了眼睛就只有这一个目标。

因为你觉得没有被女儿遗忘，所以你才不投票吗？老赵问，劝你不要心存幻想了，你也是我们中的一员。

不，相反，我觉得可能发生了跟你们一样的事，但是我绝对不会相信这光天化日的，你们要把一个生病的人逮去扇耳光。

如果他曾经也在光天化日下扇了别人的耳光，损害了别人呢？孙老善问。他手上提着一串钥匙，这是他在家里找出来的，拿到手的时候有的已经锈迹斑斑，经过数次擦洗，才显出原有的质地，但到目前为止，这些钥匙无法打开任何一把锁，但是，他不舍得放到一旁。它们在手心里显得很有分量，给人以打开宝藏的期盼。

老李沉默起来，她想了一想，总之我不会这么做。我没有读过几天书，我讲不出那么多的道理，但我懂基本的理：你不能无缘无故地扇别人一巴掌。

如果扇这一巴掌事情有转机呢？

老李没有回答，她反问道：如果周立全让我们都扇你一巴掌呢？你的意思我们也得扇，你也抬起脸来受着吗？

可是，老赵结结巴巴地说，我又没做什么恶事，也没跟周立全打过交道，要说打过交道，最多是以前帮他看过病。我走家串户，救死扶伤，给许多人量过体温，打过退烧针，我问心无愧，也不会有人想扇我的耳光。

你不就在做坏事吗？你要打一个七十岁的，正发着烧的老头儿，跟你无冤无仇的人。

这也叫罪？老赵不乐意地喊了出来，有意拖长字与字之间的间隙，这个方法可进可退，可攻可守，可真可假，我还说你有罪呢！

那么，我有什么罪？老李不动声色地问，关于我的罪，你能说出多少？

你现在就有罪，你愿意眼睁睁看着我们被人忘记，远离儿女，病死在岛上，也不愿意假惺惺地在钱老师脸上碰那么一下。

这是个晴朗的中午，天空又蓝又白，坐在屋里头，感觉不到燥热。门前的树苍翠欲滴，老李盯着这如画的风景，似乎想弄明白这美景的含义。

老李说，我讲个故事给你听吧。我小学三年级的时候，有一天，我去上学，你知道那时候我们男女同学是不讲话的，有一天我刚走进教室，旁边一个男生，以不常见的热情向我招手。我过去后，他小声地对我说：有人讲你坏话。我问哪个，他说是胡闯，胡闯刚刚骂你家祖宗八代。

关键不在于他向我告密，关键是他下一步的动作。他从板凳上站起来，把位子让了出来，胡闯就在他边上，他这个意思很明确，让我从他的位置上经过，去找胡闯报仇。我们那个年纪还不太会讲道理，一言不合就动手。但我这个人胆小怕事，我并无此意。可他就那么靠边站着，我承受不了他的好意，只好从他位置上进去，伸手打了胡闯一巴掌。

结果可想而知，我被又高又壮的胡闯一顿反击，鼻青脸肿地回家。为了面子，我妈晚上牵着我的手到胡闯家讲道理。我妈是个小脚，天又快黑了，她走一里多路很受罪，但是为了我，也为了她自己的脸面，她牵着我去讨说法。可是，胡闯的父母也不是乐意讲道理道歉的人，何况我妈本身也是个胆小怕事的人，她老半天也没把话说清楚，很让人瞧不起。果然，人家不耐烦听她讲话，把她推出门，还揪掉了她一撮头发。胡闯家的门槛太宽，比我们家的高许多，我妈绊了一下，爬起来坐在地上哭。被别人羞辱又打不过，她只好揪住我劈头盖脸又打了我一顿，打得我嗷嗷直叫。可是她的脚那么小，天黑了她又看不见路，只好又拽着我的手跌跌撞撞把我牵回家。我妈打我的巴掌印子和胡闯打过的印子叠在一起，在我脸上挂了许多天，所有的人看到我都会抓紧时间多盯一小会儿，生怕我忘掉脸上这些印痕，忘记那天发生的事。

　　从这件事中我得到了一个经验和一个教训——除了不随便打人的耳光，我还知道了自己想要什么样的妈妈，我以后要做什么样的妈妈。

　　老李说完，大家陷入了沉默。像是和老李小时候经历的相同黑暗穿越了半个世纪，穿过山沟和庄稼地，到达了他们中间。

　　过了半天，老赵清了清嗓子问，你讲这些是什么意思呢？

　　从那天晚上开始，我就知道自己是个脑子简单的傻瓜，所以我牵着我妈妈的手在心里暗暗发誓说，李惠英，打人脸之前要三思，否则，打到别人脸上的巴掌又会打回到你自己身上。我年轻的时候不能完全做到，可到了这把年纪，我还是能做到的。

　　怕自己的话还不够清晰，她又明明白白地说：无论如何不能去扇一个人的脸，除非法律上判他要被扇脸，那也要由法庭来指定人扇他。要是人人都可以扇别人的脸，这种荒唐事还继续发生的话，那就不是文明社会。她吐字干脆、果断,她的声音传达出一种坚定的不动摇的气势,空气有那么一点儿凝固。

现在,她的形象发生了微妙的变化。她使用最多的词是"胆小怕事",但她现在呈现在众人面前的形象恰恰相反。这个故事里含着某种隐秘的力量,表达了她绝对不会妥协的坚定决心。良久,老赵打破沉默。他说,老李,我也有个故事想告诉你。老李没来得及允诺,老赵就迫不及待地讲了出来。

干过我们这一行的,见过许多平常人见不到的事,也见过许多似是而非的事。那年行医时带过一个徒弟,有时候我有事,他就自己走家串户去帮人看病。有一次他走到一个河堤上,那是一个比现在更热的夏天,正是午后睡午觉的时间,他见到河堤上躺着一个十四五岁的小孩,在那里不停地哼哼。看到他过来,那男孩仰起沾着血迹的脸看着他。那个男孩的双手绑在背后,双脚也被绑住,瞪着两只可怜巴巴的眼睛,朝我徒弟投去求救的眼光。我徒弟觉得自己是一个医生,肩膀上还背着药箱,理所当然要救。他解开小孩的绳索,用自己的杯子到河里接了一杯水,还帮他脑门上涂了红药水。他边涂药水边叮嘱说,你一个人出门的时候长点心眼,看到有人要打你,你要先下手为强,不能让人绑你,一绑你就被动了;还有,掂量掂量,如果打不过,就跑,越远越好。他讲的时候很真诚,虽然他的孩子还小,但他已经觉得自己会成为一个好父亲。他做好事的时候没有一个人看见,自然一分钱好处也没拿。见那男孩活动手脚,咧开嘴笑,我徒弟放心地走了。过了两天,我和徒弟又经过那个河堤,看到上次救人的河堤上聚焦着许多人,但是,那个人群非常沉默,像一捆湿漉漉的柴火。我们走过去看看发生了什么,我心想万一是中暑需要人丹和抢救什么的,我兴许能帮上忙。

但是我发现一家院子里放着两口刚刚刷好油漆的棺材,原来这家的男女主人前天被砍死了。门前看热闹的正在议论，说发现的时候，男主人头皮上还嵌着一把刀，已经断气了，他老婆的手和脚都被砍断了，流了很多的血，过了很久才死。

惨哪，那个人说，是被男主人自己的儿子砍的，他儿子脑子不正常，前天他们把他绑起来准备送到精神病院，一转眼工夫，不知哪个坏了心的故意把他放了，疯子在外面游荡了一天一夜，天亮的时候回来把父母都给砍了。

我徒弟一听心里就明白是怎么回事了。他顿时面如死灰，一个劲地哆嗦。我当时还以为他是吓着的。旁边有人安慰他说，都过去了，去了也好，他们活在世上没有一天安生过，因为那小孩到处闯祸，明偷暗抢，放火烧山，因为没杀人，上面不管。现在总算安生了，他杀了人，被公安锁走了，虽然有精神病，而且不够年纪枪毙，但好歹一生一世也不会再放出来祸害乡邻了。

我把头探到门里看，在门前的地上，放着两具僵硬的尸体。越过蒙着纸的头部，看到其中一个，薄薄的裤子里头两条不规则的腿，像是一生都在拼命奔跑，跑到扭曲，还没有跑得过死神。

老李啊，你不知道我徒弟的心情。他们以为脑子有问题的人摁那里村里人谁都知道，可我们都是过路的，又是那么高温的大中午，前后没人，我徒弟怎么会知道？还以为他是被大点的小青年欺负成那样的。

所以说，有时候你以为自己在做好事，坚持原则，其实可能是在帮倒忙。你不插一脚，事情不会糟到哪里去；你插了一脚，主持个公道，事情反而更糟了。

说完，老赵静静地等着，整个屋子里一点儿声音也没有，等到他抬起头来的时候，老李满脸是泪，但她抿着嘴，没有发出声音来，过了一会儿，她走回自己的屋子里。

但是被这个计划激发出希望的孙老善已经大声地朝楼上呼喊。他的声音盖过了老赵的话，钱老师乱糟糟的头出现在楼梯口。他虚弱地问：天塌下来了吗？天塌下来我也走不动了。他说。

老赵赶过去，硬是把他拽下了楼，开始帮他换上出门的球鞋，哄骗他说带他去看医生。

你们搞到钱了吗？钱老师说，我觉得你兜里一分钱也没有哇。

你怎么知道的？孙老善问。

我会看呀。我这人没别的本事。看人还是会看的。话虽如此，他却像真的要去看医生一样，温顺地跟着大家出了门。

三个老头儿出了门，走了几步，站住了。钱老师一直回头看老李有没有跟上。在确定老李不会跟来的时候，他们三个人慢慢地走了。

傍晚的时候，三个人回来了。老李站在门口迎上前想扶一扶面如死灰的钱老师，被他拒绝了。老赵和孙老善的脸色也铁青。老李知道，缺了她，可能事情没有办成。

果然，在上楼之前，钱老师最先向她发难。他大声地说：老李你也真是的，打我一下又怎么样呢，这是为大家好，为我好。你瞧瞧，你不去，现在我们白跑一趟。说完他却向老李挤了挤眼睛。老李顿时明白，他是在说给老赵和孙老善听。

老李静静地看着他们，如果老赵和孙老善向她发难，她倒能硬起心肠说几句狠话，替自己辩解，但钱老师这样说他自己，却让她感到一阵心酸，尤其是他眨巴眼睛的样子，实在有点可怜。有一瞬间，她的脸上仿佛出现了愧疚之色，再仔细一看，她涨红的脸上只有惊诧和不安，最终，她像配合似的回怼了一句：我当你发烧说胡话。说完走开了。

晚饭还是老李做的。做好后四个人坐下来吃了。气氛压抑，各怀心思。三个老头儿决定不给老李好脸色看，但不妨碍觉得她的食物很可口。菜最简单不过了。一把炒青菜，一只土豆切成丝炒青椒，两只鸡蛋炖的鸡蛋羹，几样菜加起来不超过十块钱，吃起来有一百块的味道。钱老师的胃口也好了一些，但他们的面色表示，没那么容易原谅老李。晚饭后，老李告诉他们，她明天回出租房里拿一些东西，包括药、米和剩下的钱。没有人搭腔。

九

第二天天刚亮，老李把早饭做好，一个人悄悄出了门。要是有人站在埂上，会看到她照直不打弯地往镇上去。黎明静悄悄的，连风也不敢乱动，空荡荡的江面一直延伸到天边，老李的背影如同一个黑点，渐行渐远。

中午的时候这个黑点又慢慢放大，到了孙老善的门前，模样清楚起来。进屋后，她拿出不少行李：洗换衣服、洗发水，用了一半的油盐酱醋，她还搞到了一些菜籽，说要在后院种一些菜，看样子她认定这种生活短时间内不会结束。她刚刚整理好，老赵走过来，问她有没有女儿的消息。

这显然是明知故问，但老李还是客气地说：没有。

那么，你的房子是她帮你租的对不对？

是她租的，在网上租的，并且一次性缴个两个月房租，下个月房租到期之前她就会来接我。

所以房东也联系不上她？

联系不上。

你试过了？

我试过了。

老李以为谈话告一段落，转身想走，没想到老赵紧追不舍地说，你有没有跟大女儿联系上？

我一直就没联系过她。

我记得她家住在附近不远。

我也没有去过。

你应该去一次。老赵说。

不，老李说，如果她想见我，她知道怎么找到我；如果她不想见我，我去了也是白跑一趟。

也许你应该换个思路了，毕竟这是非常时期。老赵自顾自说了下去，你应该主动到大女儿面前道个歉。要是她原谅了你，就是帮了你自己的大忙，也是帮我们的大忙。你看，打人家耳光违背你做人的原则，找自己的亲女儿道个歉应该不是侮辱吧。如果你不好下台阶，我们可以陪你一起去。

老李大吃一惊。她注视着老赵的眼睛，问他到底知道不知道她的女儿为什么不认她？

老赵回答说，就是重男轻女那些事吧。

老李摇了摇头。

大家都这么传来传去，再说了，再大的矛盾你们也还是母女，打断骨头连着筋。老赵说。

可是大家传来传去的话也可能是假的，比如现在镇上的人都说我们是一群老疯子。你认吗？

我当然不认。老赵耸耸肩膀。他说，我从年轻时候到现在，不知道被误解过多少回，要是回回都认，现在连骨头渣都不在了。

他的事在大望洲不算秘密。

自从当了赤脚医生之后，围绕在他身上的事只有两桩：他在看病人的路上，他老婆兰凯在捉奸的路上。

一开始，她只怀疑由他看过病的，或者上门来找老赵看病的，这些妇女的面容像版画一样刻在兰凯的心上。有一次，她到街上

买酱油,看到一个妇女,那个妇女朝她多看了一眼,她走过去,问人家:

你跟老赵睡过吧?

那女人目瞪口呆,都忘记扇她一耳光来证明自己的清白。

有一次,老赵正在晓庄给一个女人放血。那女人患有难缠的湿疹,脸、脖子,还有手上,到处挠得血肉模糊。说到放血,是老赵的师傅教的。老赵的师傅是一位外地流落到大望洲的怪老人,无名无姓,却会放血,逢到人中暑、发热、肩膀疼、胃疼、颈椎病、失眠、哮喘和神经性头痛,他都给人放血。他对大望人不搭理,独对老赵中意,说他,"虽缺文化,胆小,却有学医之仁"。他带老赵走南闯北,各个村子给人放血,教他如何识别好血和坏血。后来有人举报,说他俩"无证行医",师傅因此回故乡,说避一阵风头就回,结果所到之处,见人放血,疗效立竿见影,混得风生水起,他就此一去不返。老赵学了个半吊子,有人找来放血,又不忍心拒绝,可是又没有执照,难免躲躲藏藏,有点神神秘秘,而且又赚不到什么钱回来。这是老赵老婆起疑心的首要原因。还有一个原因,就是老赵长得身材高大,身形俊美,就算不行医,只在生产队当个农民,也仍然是个好看的男人。

那天,老赵给人叫来放血。别人放血在胳膊肘、耳朵背后放,或者中指、无名指。这个女人怪了,她放血非要在背上放,所以上身的衣服捋到脖子处,露出整个白生生的后背。老赵摩拳擦掌,给棉球消毒,拍打后背,寻找下手的地方,折腾半天,刚刚看到黑血一喷,他松了一口气,突然头一抬,看到窗户上贴着一张怒目圆睁的脸,他吓了一跳,以为见了鬼,赶紧跑出来看。原来是自家老婆跟来了。她气得已经浑身发抖,五官都已经错了位,一副受辱深重的表情,似乎正在思考是当场发飙还是回家清算,最终,在与老赵四目交会的瞬间,她决定家丑不外扬,转身往回走,把老赵和他手上沾满黑血的针丢在身后。

她就是这个特殊的做派:既不像其他的农村泼妇一样大吵大闹,大哭大喊,用她自己的话说,给他留下足够的面子和改正的机会,然而他不珍惜,一犯再犯。

下一次,她出现在一个弥留之际的老太太的屋角,猫在那里,她以为没人知道她的头时隐时现,在生死跟前,人们不屑于搭理她。直到夜幕降临,她听到屋子里传来哭声,夹杂着"我的亲妈哎"这样的呼喊,知道自己再一次犯错,于是又默默走开。

但是,她如此三番五次地跟踪,用她摆动的双臂和哭丧着的脸,时时刻刻无声地宣示对老赵的不信任、不将就,宣示她正在受苦受难。

师傅离开之后,老赵被送到县里培训了一个月。照理说,再熬个几年,攒一些经验,他回来就是个堂堂正正的医生,"赤脚"两个字都可摘去,过几年调到乡卫生院工作也是极有可能的。他的未来过于光明,刺伤了兰凯的眼。有病人来看病,她倚靠在放检查床和药箱的偏屋门口,她看四十岁以下的女人都直愣愣的,如仇深似海。因为她那随时战斗的姿态,令很多妇女颇为不爽,宁愿绕道去别的村看病,老赵的职业生涯因此变得扑朔迷离。

赵光军六七岁时,她跟踪的时候会带着小孩,像带着补充筹码。赵光军以为妈妈带他去赶集或者其他什么甜头,但他妈妈每次带给他的都是嘲笑和被像猴子一样看热闹。每次遭到无情的耻笑的时候,他都会充满怨恨地看着老赵。他尚无判断能力,谁弱,他帮谁,谁显得苦巴巴的,他向着谁。赵光军知羞耻之后,拒绝同往,她又带着赵光玲,赵光玲也没有判断能力,喜欢到处乱跑。母子也好,母女也罢,反正就是给老赵添堵来的。老赵苦不堪言,却以超常的毅力忍耐着。因为他的师傅早就对他的性格和命运有了判断。其间,他也反抗过,有一次,他把自己的大舅哥请过来。三人当面,他晓之以理,动之以情,兰凯被说服了。他写了一份保证书,保证不会与任何病人有瓜葛;兰凯同时也在一份绝不再疑神疑鬼、胡乱跟踪的保证书上摁了手印。大舅哥签字作保,场面搞得很严肃,但是没用。第二天,他出诊时,照常频频回头,确定身后无人时,他等在那里,等着兰凯跟上来,那耐心和虔诚的态度,像久旱的庄稼等待着雨水。

但兰凯事实上从来没有为这个事跟老赵正面沟通过,她通过各种手法表达,但嘴里从来不说"通奸""妍头""乱搞""不忠"等字眼,几乎一生都没有说过这几个词。直到赵光玲长到十来岁,她有天晚上突然把饭碗一掼,厉声指责老赵说,你说说,为什么赵光玲长得不像你也不像我?!

片刻的迟钝之后,老赵站起身,他随手一挥,挥掉了桌子上的稀饭、咸菜、炒豆干。那时候的粗瓷大碗个个质量好,骨碌碌滚得满地都是,一片狼藉,但没有碎,孩子们吓得不轻,赵光玲假装听懂了妈妈的话,她严肃地盯着父亲,以示和妈妈一条心。老赵懒得解释,辩解显得更加愚蠢,他把嘴里的几粒米嚼了咽下,拂袖而去。

兰凯在捉奸的过程中逐渐遗忘了自己:自己的乐趣、自己的欲望、自己的想法。她挂着连自己也不辨真假的忧伤暗暗地窥探着丈夫,这忧伤后来慢慢地侵入她的肉里、骨头里、脑子里,二十年之后,最后在脑子长出一个巨大的谜团,把她带进了坟墓。

但是老赵在最有可能的时候没继续从事救死扶伤的工作,倒也不全怪兰凯。他受训的项目中没有放血。可他经常给人放血,有时能放好,有时不能。他对理论不感兴趣,打针也不是十分在行,尤其是考试，对他来说如同上刑场。有一天，上面通知他去考试，说这次考好了有机会到镇里当个正式医生。

这个高大健壮的人，走了许多路，放过许多人的血，这会儿拿着通知，看了又看，脸色发白，到末了，对来送通知的人说，算了，我不是干医生的料，我就不参加考试了，名额给别人吧。这句话距离他干医生已经足足十年之久。

但是好事者说，老赵不干赤脚医生之后在家都是单独一个人睡灶边的小床。

大望村第一个离婚的是秀屏，大家似乎都觉得意外——老赵应该是第一个到乡政府去打离婚证的人，大家都觉得那样才理所当然。

兰凯死了之后，大家等待老赵的生活发生翻天覆地的变化，至少带个中年妇女回来，比兰凯年轻，比兰凯明媚，比兰凯有风韵——这是兰凯脑子里长久存在的未能打败的敌人。然而，没有。老赵接受了生活，独自生活在岛上将近五年的时候，试图出门做点小买卖，无果，只好继续种地，直到赵光军勇敢地承担起儿子的责任，把他接到上海，可以说，他七十年的生命，截止到七月一日，一切都还在正轨上。

来小岛的第九个晚上，天又下起了雨，七月的雨声夹着雷鸣，树梢在呼号，仿佛大自然在宣召什么。几个人侧耳听听，又一无所获地收回听觉——他们承认完全不懂这高级的语言。门前的江水暴涨，江水比任何时候都浑浊，都凶狠，它咆哮着拍打着没在水里的芦苇头。老李面色苍白，她注视着伸手不见五指的黑夜，从这里，白天可以感觉江上轮船在缓缓前进，到了夜晚，那闪着一星一点儿的微光就是船上的照明灯。不知何故，她感到一阵恍惚，一阵眩晕。她的记忆力好像丧失了，怕自己会栽倒，她赶紧靠到床头。过了好大一会儿，晕头晕脑的神志才略清醒一些，屋子里各样摆设的轮廓才渐渐清晰一些。炎热、陌生——这就是她眼下的感受。她不明白自己怎么会在这里，在等待什么。一阵软弱。眼泪无端地掉下来，渐渐地，她发出低低的抽泣，接着是长时间的恸哭，等到老赵——或者是钱老师，总之，他们之中有一个先听到隐隐约约的哭声，即使他们的耳朵不太灵光了，但这哭声还是穿透了他们的心，他们变得柔软，放下了架子，白天的冷战——尽管是冷静的、顾全大局的决定，在此刻也显得过于小家子气了。

老赵敲了敲老李的门，同时咳嗽了一声，等了很久，门开了。门内的老李脸色不好，她形容有点枯槁，但看上去已经比较冷静——一副明事理的表情。在被请进屋之后，老赵先真诚地做了检讨：我们这几天太过焦急了，对你的态度也有点无理，但这不是真心的，我们都急得失去了主心骨，我们知道你也不好过。他道歉的样子竟然格外富有男人气。没想到，白天还发着烧的钱老师也加入进来，再后来是孙老善，他干瘪着两腮，牙齿在拿掉之后，他整个脸显得更窄，他带着歉意地笑，还鞠了个躬，让他们之间紧张的气氛一下子变得滑稽了。

之后一直到深夜，他们的对话出其不意地充满着温情。他们又开始回忆。

老赵说，我算了算，我们村上七十岁以上的就五六个了，说不定这会儿都不在了，六十岁到七十岁的也就二十个不到了，我们经历了九九八十一难才活到今天，如果失去了儿孙，活着就没有任何意义可言。

是啊，钱老师总结说，我们生在旧社会和新社会的交界处，与血雨腥风的日子擦肩而过，是我们的幸运；经历过贫穷，也见证了改革开放，我们的一生是波澜壮阔、丰富多彩的一生。

老赵白了他一眼，觉得有点不着调了，他打断钱老师的抒情，略有点粗暴地说，当务之急，我们应该同心协力找到办法回到儿女身边。

老李，你是真不容易啊，小陶死得早，你一个人拉扯两个女儿长大，给婆婆养老送终，一直没有改嫁，想想真是不简单的人。

钱老师说着说着又动情了。他的鼻子抽动着，像是克制不住自己的情绪。

老李像是没有听见别人在恭维她。她说，过去的事不要提了，我们还是向前看吧，再想一想行得通的办法吧。

她的话得到了全体老头儿的响应。那天晚上，房子里的气氛非常祥和，大家基本达成一致：重找其他办法，周立全这个混蛋，让他死一边去。

为了缓和气氛，也为了发泄一下对周立全的不满，大家都把他定性为"坏瓜"，不光是因为他敲诈别人坐过牢，也不光是因为他对钱老师怀恨在心，伺机报复，更是因为他对老人不尊，乘人之危，并且毫无悔改之意。

关于这世上的坏人，他们四个人总结了一下，大约分成以下几类：第一类罪大恶极的，比如在医院杀死了手无寸铁的医生杨文的孙文斌，强奸幼女的鲍毓明；第二类贪污受污的（太多了），谋财但没害命；第三类是比较坏但还有救的，比如在饭店里打架致人残疾的恶棍、卖假口罩的骗子、偷人家治病血汗钱的小偷，这些坏都罪不至死；第四类就是周立全这种，打老年人或想打老年人的；这个等级的坏人还包括：在人家鱼塘里投毒的、见死不救的（特别是看到男人欺负良家妇女）、玩忽职守的（拿工资混日子）、短斤少两的。老李问了一个问题，是她听说的，有一个母亲推着童车去马路上散步,她低头看手机的时候,童车溜到了马路中间。老赵解释说,世上有一种过叫无心之过。无心之过不在此列,失手杀人、防卫过当都不在此列,是另外的话题。但是,"坏人"的范畴肯定比刚才说出来的多,有些坏是很含蓄的,有些是披着"善"的外衣的,有一些是当时觉得好,许多年之后发现是坏的。比如"垮塌的桥梁",当时觉得是造福一方,后来压死了不少无辜的人。

后来他们又总结了另外几种坏。一种叫"时好时坏",就是有时做好人,有时做坏事;一种叫好一世坏一时,做了一辈子好事,只做了一两件坏事;还有一种叫"以为自己是好人其实是坏人",意思就是谁都看出这是个坏到骨头缝里的人还经常自诩是大好人。钱老师又想起一种坏。他说有一种男的,喜欢上一个姑娘,花言巧语把她骗到手。但是在跟姑娘相处的过程中,他越来越清楚,这姑娘纯洁无瑕,单纯可爱,于是他放弃了继续骗下去的打算,偷偷离开了。这就叫作恶作到一半。

不是迷途知返吗?老赵问。

迷途知返的意思是良好的结果,但作恶作到一半带来了巨大的痛苦。因为这女孩在没有犯任何错的情况下,被人盯上,又被人甩掉,这给她带来的困惑很难消除,为这,她性格都变了,后来她发誓永远不信任男人,她也真的不相信任何人,就是作恶到一半的后果。

老李追问道,那犯了无心之过的人真不算坏人?

不算,比如,拿刀把打他的人捅死了,因为害怕,因为出手没有轻重,可以算防卫过当。

但是,假如是这么个情况,老李详细地说,她有一个姨表姐,家里生了两个姑娘和一个儿子,有一天晚上下大雪,非常大的雪,一家五口挤在一张床上睡觉。半夜的时候,老二尿了一床,妈妈骂骂咧咧地起来换了垫被，帮小孩换了裤子，过了一会儿，老三又尿了一泡，这下爸爸妈妈都恼了。爸爸怪妈妈刚才换被子的时候没让老三尿尿，妈妈怪爸爸睡得像猪，孩子又不是我一个人的，凭什么你一个都不管。夫妻俩吵起来了，妈妈气得把老三拎起来扔到大门外去了。那孩子在门外哭着挠门，嘴里喊"冷冷冷"，夫妻俩在床上对峙，谁也不服谁，谁也不愿意丢掉自尊去把孩子捡回来，直到两人吵累了，再听听外面没有动静了，赶紧开门把孩子抱进来。那孩子已经失去了知觉，送到卫生院，天亮的时候就死了。

我表姐和表姐夫都是老实巴交、埋头苦干的人，从来不会耍奸偷滑，也不跟邻里拌嘴斗气，平时也不舍得打孩子，那一夜，却把孩子弄死了。你们说，他们算坏人还是好人？

判刑了吗？

五十多年前的事了，那时法制不健全，没有判刑。我就想知道谁是坏人，是把孩子关到门外的那个，或者他们俩都是？

没有人吭声。好像谁先吭声显得谁不够深刻。天色已经微明，不知不觉，一夜就这么过去了。总结了这么多，还能总结更多，似乎一时很难总结完，因为越聊越复杂，他们决定不再跟自己过不去。对于这个世界上这么多的坏人，而且还源源不断地生长出更多的坏人，他们痛心疾首，越想越怕，丝毫没有睡意了。但也不想再继续深入了，他们又把话题拉回自己的现实处境里。老赵想到了钱三顺的儿子，他在八卦镇小学念书。也许可以去找找他，通过他打通其他人的沟通渠道。

天色大亮，他们一行就动身前往。赶到八卦镇的时候，才知道学校又开始放假了。一学期只上了一个多月的课。钱老师无比沮丧地说，这种好事我在的时候就没遇上过。

他们又赶到钱三顺的家，三个人等在一家超市门口。钱老师的目光在儿子家的巷口来来回回搜寻。一个多钟头过去了,竟然没有看到一个他认识的人,也没有一个人认出他来。仅有的收获是他看到一个人从儿子住的那栋楼里出来。他走过去装成送快递的问钱三顺的儿子在不在家。得到的答案是那孩子走亲戚去了。

他们再次无功而返,像被主人遗弃的老狗,他们沉闷无声地向家走。西边有大块铁锈红的晚霞,有一种铺盖天地的气势,显得咄咄逼人。到达大望洲的地界,在一片排水渠的角落,传来轻微的扑腾声。他们停下来看。有一只鸭子卧在路边的一株灌木里,探了一下头,又缩回去。

野鸭!老赵兴奋地说,我以前回家的时候经常在地头遇到野兔,小火慢炖,可香了。许多年没有这样的运气了。

等他们走近,发现在野鸭的翅膀下面,站着四只毛绒绒的雏鸭,雏鸭刚刚会站立,眼睛微睁,反应还很迟钝。母鸭警觉地仰着脖子,口腔里发出"嘎嘎嘎"的警告声,它做了一个张翅的动作,准备把不知危险的小家伙们拢进来。

这会儿逮,一逮一个准,母鸭舍不得丢下小鸭的。钱老师说。

逮?老李突然提高嗓门,口气很严厉,眼睛盯着钱老师。她的眉头上挑,像一把撑开的雨伞,只等着暴风来袭。

只是开玩笑。钱老师讪讪地笑着,他的脸上写着屈从——他一贯知道什么时候是屈从的最佳时机,他退回到路上。

经过七八天的摸索和磨合,他们算是开始真正相互了解:老李虽然表面看上去柔弱,却是个坚定的不容易被说服的人;比较爱操心的是老赵;但真正的悲观主义者是烧香信佛做善事的孙老善,虽然他也在该表态的时候表态,该出门的时候出门,该吃饭的时候吃饭,该睡觉的时候睡觉,也没有像钱老师那样持续发烧,可是他整天魂不守舍,像是灵魂出离了躯壳后,迷失了方向,找不到回到他身体的办法。钱老师把小本本攥在手上,稍有力气的时候就要召集大家开个会。他是四个人里面最爱思考的。现在他有了新的思考方向。他说,也许这是一场阴谋。他恰巧看过一部电影。有一个叫楚门的人,生下来就在摄影棚里。他的出生、成长、初恋,一切的喜怒哀乐,都是被人为操纵的真人秀。全世界人都在茶余饭后看他的人生,就他一个人不知道自己在为其他人表演。这个电影的主题就是讲全世界合伙骗一个人的故事。这个人用了三十多年才发现这个惊天的秘密。

知道了?老赵问。

知道了。

然后呢?

然后跑掉了。

跑到哪里去了?

不知道,反正最后真相大白。

也许我们也在一场阴谋之中。他启发大家说。

那么,为什么呢?孙老善像复读机一样问了一句。这个问题其实每天都堵在每个人的嗓子眼里。

这是个老问题。为什么选中我们几个,对不对?钱老师清清嗓子,喝了一口水,继续说,我们要换换思维了,不要再说"也许不光只有我们"了,我倒觉得有另外的可能。

什么可能呢?

我还看过一个新闻,一个男人把老婆杀了,骗了一大笔保险公司的钱。

你的意思是我们的孩子也出于这个目的,合谋想搞死我们?

不要这么想自己的孩子,这是不对的。老赵大声地制止他们继续说下去。

虽然话题中止了，但就像下过的雨打湿了头发一样，这些话浇在他们每个人的心上，他们看上去表情都很凝重。后来，就像绕开一个深水塘一样绕开事情的起因，一门心思地谈对策。

第二天一大早，钱老师又想到了一个办法。他说，我有一个主意，但不知道好使不好使。

大伙让他说说看。他说，你们看，我们跟孩子们不能直接联系，但是，他们的领导肯定能跟他们联系。我们可以找他们的领导，当然，眼下这情况，我们的话领导也未必信。所以，我们要编一个更严重一点儿的故事——其实我们眼下已经很严重了。比如说，我病了，我得癌症了，这几天一直发烧，有可能要复发了，我们也没钱了，你看孙老善，瘦得都脱了形，营养跟不上，我们把这些事写出来，夸大一点儿，交给他们领导，只要他们领导重视起来，安排我们见面对质。只要能见面，我们拿出证据，他们一定无法抵赖。

好主意。孙老善立刻叫了起来，这真是一个绝妙的好主意，钱老师你这会儿有没有力气，要不再歇息一阵，等好一些了再写。

那么，先给谁的领导写呢？

三顺。老赵说。

三顺不行，钱老师说，你看一个电工，他的地位太低，领导素质也差，不会重视他的，换个人吧。

孙老善说，那就给赵光军的领导写。赵光军的医院是个赚钱的大医院。

老赵一听急了，那怎么行，万一领导觉得他人品不行，亲爹都不认，会影响他的前途。赵光军一个人养家糊口，本来压力就大，来这么一下子，他心情不好，万一开刀的时候手一抖，那就是人命关天的事了。

那给赵光玲写。

放屁,老赵一急爆了粗口,她是个小商小贩,连个固定住所都没有,有个屁领导。

大家面面相觑,老赵从不提赵光玲,一提居然如此大失斯文,真相原来是女儿混得甚至都比不上大顺、二顺他们。钱老师顾不上指责老赵的态度,反而更温和地看着老赵残留着唾沫的嘴唇。孙老善调整了一下坐姿,他说,问题在于,我家小林没有领导,小林自己就是领导。说完他自己都听出有显摆的意思,赶紧纠正说,他这个人,无官无职,现在饭店生意不好,他正郁闷呢!写信告他的状,根本没用处。我还有个小女儿,你们也知道还在上大专,主要靠小林养,我也就是个名分上的爸。

现在,他们确信有两个孙老善:一个是大慈大悲、口若悬河、满腹佛理的孙老善;另一个就是现在这个护子心切,比一切父亲都要自私的孙老善,而且口气相当坚定,不容讨价还价。

老赵转过头去看老李。老李说,你想让我写信给叶子吗?

叶子是谁?

我的女儿。

不对,我记得你的大女儿叫大香,二女儿叫二香。

是的,老李突然脸色发白。她嗫嚅着说,我女儿在日本的名字叫叶子,她在日本,应该是搞什么历史研究。单位地址和名称我不知道,我只知道她的家庭地址。

算了算了,钱老师摆了摆手说,我们不能往日本写信,这涉及国家面子,那真是丢人丢到国外去了。

所以,老赵说,写给钱二顺?

钱二顺是个瓦匠,他就是那种站在马路边上,有人来找工人,今天修个厕所,明天补块瓷砖的游击队。他要是有领导就好了,农民工有出头之日，这个国家也就好了。

那大顺呢？

大顺在菜市场卖鱼，鱼摊子只有巴掌那么大，他的领导就是他老婆。他老婆让他杀哪条他就杀哪条，叫他几点下班就几点下班。

老赵突然有点来气，他的语气带着压制不住的愤懑说，钱老师，古话说，龙生龙，凤生凤，老鼠的儿子会打洞。你作为一个教师，怎么没把自己的儿子们培养好？

这话带着异乎寻常的粗鲁和凌厉，若换在平时，非常伤钱老师的自尊，钱老师完全有权利生气的，并且这已经不是第一次了，但基于此刻儿子们顺利躲过一个麻烦，反而像占了便宜。钱老师也没反击，只在鼻孔里哼了一声，算是表明不满的态度。

大家都尴尬地沉默不语，语言就是这么个效果。你想使用的时候它帮不上忙，像破抹布似的又臭又散，没人听得进，没人相信；要是想要伤人的时候，一击就中，甚至其他人也会受到波及。

但是钱老师果然是过去的钱老师：他有着能忍辱负重的名气。他转移了话题，把大家带入战斗现场。他说，我们可以给大香的领导写。

老李没想到事情一下子拐到自己这边。她有点结巴地说，我早就说了，我跟大香断绝母女关系了。

断绝是断绝，但仍然是母女，这是铁的事实。这样吧，我们做两手准备，写好给领导的信，然后再跟她商量。她认，好办，撕了信，当它不存在；不认，找领导。

局面又回到了前天，大家都看着老李，好像很快又要做出投票的样子，如果这回投票，就是三比一了。

老李说，让我想一想。说完，她离开大家，去了后院，此时天上有了一块块云朵，太阳不像刚刚那么辣了，有一丝丝的微风时不时吹过来。老李从厕所边的小屋子里找出生锈的锄头和铁锹,开始整理草地。她干起活来依然很麻利,不一会儿,就清理出一块方方正正的菜地,把上面的瓦砾和杂草挪到一旁,把板结的地翻了一遍,撒上在镇上买的菜籽。不出意外的话,半个月,小青菜就能吃了。她抹着脸上的汗珠,开心地说,就像没有任何难题摆在面前一样。

十

这天午饭出奇地丰盛,有肉糜蒸蛋,还有去了刺的家常鱼片,以及一盆西红柿蛋汤。走到饭桌跟前时,三个老头儿孩子似的笑了。

钱老师说,你们可能不相信,我第一次吃肉糜蒸蛋时是十一岁。

怎么可能,大饥荒的时候一般家庭哪里能吃到肉糜蒸蛋?老赵对自己的智慧和判断十分自信。钱老师想在这一点上做文章,他可不答应。

我是说真的。

那时候大饥荒刚刚开始,但大家都不知道,有人以为只是他自己家出了问题,有人在刚开始就觉得快结束了,还有些人觉得那是假的。反正没有人相信"吃不饱"和"饿死"会是接下来的常态。那时候的人都比较单纯。我呢,有天去外婆家村子去玩,快中午了,外婆没有回来烧饭。我凭着印象在村子里转来转去找外婆。看到有位戴眼镜的老先生站在门口,他长得瘦骨嶙峋,手伸出来,手背上青筋暴突,穿的衣裳太大,也可能是人太瘦,衣摆掀来掀去,让人觉得这人空空荡荡的,但是,怪了,人们经过他的家门,总是跟他点头打招呼,就连我外婆比他年长,看到他还停下来问候他。

又过了两天,我外婆请他过来吃饭。原来想请他给我大舅舅的儿子们取名字。我舅舅的儿子们最大的都七岁了还没有名字。那是我第一次见到肉糜蒸蛋。蒸蛋上撒着葱花，滴了香油。我一开始当那是普遍的炖蛋，也没多么馋，直到我外婆往我碗里舀了一勺，我尝了一口惊呆了：有肉，油而不腻，滑溜溜，鲜美无比。托那位戴先生的福，我竟然吃到了这么好吃的东西。我自己又厚着脸皮舀了一勺放进嘴里，还是第一口的味道，嫩滑绵软，入口即化，香气久久不散。我回家后一直惦记着再去外婆家。结果，过几年我再去，已经物是人非，我外婆已经过世，我舅舅也带着孩子们离开了村子，我也没有再见过那位有资格吃肉糜蒸蛋的先生。

后来我知道那位瘦不拉叽的人姓戴。人家向他点头哈腰；人家把小孩送到他手上，任他打，请他吃肉糜蒸蛋，就为了取一个名字，其实不是为名字，是为前途。戴先生识许多许多字，会写信，会算账，会写对联，会说古论今。我之后一直回味那肉糜蒸蛋刚刚进到嘴里的滋味。有时候记得清楚，有时候模糊了，那时就想，我要做个他那样有派头、有肉糜蒸蛋吃的人。尤其是大家都吃不饱的灾年，我就会想起戴先生。我有时候羡慕他，有时候嫉恨他。我也想做个让人羡慕又嫉恨的人，尤其是经常半夜饿得睡不着，我的脑子里就会浮现出外婆桌子上的那碗肉糜蒸蛋。我有一种感觉，即便是其余人都快饿死了，还是会有人请这位先生吃肉糜蒸蛋，拜托他写字的。只要有人出世，就得需要名字，只要到了年关，就得写对联。唉，所以说，我当教师，是八九岁的时候就注定的事，是少年时的梦想，是命运。

钱老师深情地说着。说一句，舀一勺慢慢品，再说一句，再舀一勺。那碗肉糜蒸蛋，孙老善舀了几勺后，老赵和老李碰也没碰，令其全部无可选择地进了钱老师的口腔，在他的唇舌之间滚动几下，接着是喉咙吞咽的声音。钱老师就是这样，他的话语有时无足轻重，让人不舒服，有时则相反，让人不由自主地进到他的调门里，至少这天晚上，肉糜蒸蛋属于他，他属于肉糜蒸蛋。

吃过饭，大家各自回房午休。等到大家从楼上下来的时候，吃剩的菜摆在桌子中间，碗筷收去并洗掉了，但是老李不见了。

他们前后院看了一看，不见人影，又朝坡下的树林和芦柴荡喊了几声。没人回应。他们又等了一会儿，每个人都觉得空落落的，坐立不宁。

如果是买菜，她会打招呼的。老赵说。

天天烧饭，太累了？都我怪这几天身体太弱。以前我喜欢在家里洗洗擦擦，我一向喜欢生活在整洁有序的环境里。钱老师说。

以后我也下来做做家务，不能指着她一个人。孙老善说，间接肯定了钱老师的猜测。

三个人开始反省。一致认为老李出走是因为一个人承担那么多家务，做饭、洗衣服，还贴钱买菜，不堪重负。大家都这么说，好像全都忘记了他们上午约定要向她大女儿领导写告状信的事了。

一直到天黑，老李也没有回来。打她的手机，一声长音，一声短音，然后就是忙音。完了，完了，他们不再仅仅因为吃过可口的饭菜而想念老李，相反，他们内心有一种极度的不适。虽然才生活十来天，但这十来天也像十来个月，甚至十来年一样深入到心灵。现在，不仅感觉少了一个战友、一个亲人般心中凄惶，更像是少了一条胳膊、一条腿一样的疼痛。他们感到没有力气，没有希望，没有继续战斗的勇气。半天工夫，老李的女人味儿散去了，夏天特有的馊酸味儿、淤泥烂掉后的腐味以及一种倒霉的气息弥漫出来。他们从彼此的脸上看出了同样的感受，他们从没有像今天这样彼此相怜，惺惺相惜过。

没有人开口，他们已经决定好第二天一大早去寻找老李，现在做晚饭的任务落到了老赵身上。他草草地煮了一锅稀饭，配上些中午的剩菜。

　　那天晚上显得格外漫长。三个老头儿过得很凄凉。天气闷热，虽然有纱窗和纱门，可是连墙缝里都是杂草，里面潜伏着成千上万只蚂蚱和苍蝇，还有蚊子嗡嗡扰人，这些敏捷的小东西，大的都赶上蝗虫了，在客厅和卧室来来去去，如入无人之境。你四处寻找，它无影无踪，你稍不留神，它就冷不丁叮你一口。岛上的蚊子毒，咬到哪里，哪里起包；找不到蚊香，也没有杀虫剂，三个人坐在客厅纳凉发呆。钱老师到底忍不住，他说老李走的原因可能是因为大家要找她女儿的事情。

　　不一定，老赵说，毕竟我们不是太了解人家。这个时候说这话有点儿蠢，没人搭腔，似乎三人都在反省。孙老善和钱老师此时身不由己，方寸大乱。他们都清楚，老李在，局面一个样，老李一走，局面简直糟十倍不止。像被流水带着向前，此刻，离老李缺席他们的生活已经十多个钟头了，他们脑子里其他的东西全部清空了，一切事务都像被拦河坝挡在身外，过滤出来的全是老李的好：她不卑不亢，行动敏捷地默默做事；她不悲观，不肯用行动和言语伤人，坚决维护钱老师的尊严；她种菜，把手里的零钱全部贡献出来。我的天，老李多么重要啊，给他们带来多少安抚啊。

　　这样的话本来钱老师不想说出来，是怕老赵多心，因为除了陶大香，只有赵光军最符合实施"领导干预法"的条件。但是老赵不肯写信给赵光军的领导，一方面他担心影响赵光军的前途，但另一方面，他现在开始怀疑事情发生的缘由了。

　　他们三个都严重拒绝养老院，即使每个人曾经都有这样的机会，尤其是老赵。赵光军有一次在晚饭的时候试探地问过他，如果他重新结婚（彼时赵光军离婚手续还没有办，只是在分居阶段），他爸爸有没有心理准备跟二十多岁的年轻小姑娘处得来？

处不来也是要处。当时老赵这样说，表明自己识大体，但后来他琢磨出来了，儿子邮筒里拿出来的许多广告纸都是关于"养老公寓"的信息，他再傻，也明白儿子想把他从房子里撵走，他心里一阵剧痛——现在想起来，他的心还是缩成了一团。他老了，孤身一人，死在养老院，跟死在这个岛上有什么区别呢，万一这就是个阴谋呢？钱老师讲的那个电影几十年前就有了，不知道触发了多少人的想象力。说不定此刻，在这个世界上，有数以万计的摄影棚正在拍摄这样的片子，而主人公完全不知道，卖力地学习、卖力地生活、卖力地讨好女人（不管他如何卖力，合适的女主角是由导演选的，不是他自己），他难道不会是另一场真人秀的演员？说不定赵光军也参演了，说不定钱老师、老李都是演员，就为了出他的洋相，看他到头来多么的惨，也许为了收视率，即使他从二楼跌下去，他走到江中心去，他一头撞到树上，估计他们也会躲在摄像头后面笑呢。

老赵心惊肉跳地一骨碌坐起来，他到楼下四处看看，老相框的背面，正中间的吸顶灯，中堂画的老虎的眼睛上摸了摸，既然摄像头能藏在熊的眼睛里、电视机的后面，也就能藏在一棵树的树杈上。

我去找老李，十四日早上五点多钟，老赵就收拾停当。他说，钱老师你身体怎么样，要是吃得消也跟我们一起去。我觉得三个人一起去比较好，你们实在行动不方便——

他停在那里，不说了。他昨晚听到孙老善起夜五到六次，楼上没有马桶，孙老善颤巍巍地从木质楼梯上来来回回，中间有那么一两次,他还停在楼梯中间,老赵觉得他是走到一半忘记自己是下还是上了,这样的事自己以前也遇到过,明明要出门买个什么东西,到了超市就忘得一干二净。有时烧菜,放了盐之后又放了第二次,最离谱的一次他连放了三次,幸亏尝了尝才没放第四次。老家伙老了。老赵想,离死不远了。这么想的时候,他立刻联想到自己,联想到钱老师,联想到老李,就迫不及待地拉开门,他的架势好像在说,快,一分钟不能耽搁了。

像几天前一样,三个老头儿结伴而行。这一次不是为了扇谁的耳光,而是要寻回一个好女人——这差不多是他们在心里达成的共识,就差没有说出口。当然也可能永远不会说出口,小岛上没有夸女人的传统,要夸,也要收着夸,以免被人说浪荡。

他们步行到镇上,然后招了一辆三轮车,去十里镇老李的公寓。

这一次,没费多大劲就找到了老李的公寓。敲了一下,门开了,里面站着一个穿灰色立领工服的女人,正在打扫房间。

老李呢?老赵问。

哦,你说的是上一个租客吧?她的房东说她一个多月的房租没有交,就让她走了。

怎么可能?钱老师说,她女儿帮她付到下个月末。

她房东也是这么说的,可是一直查不到那笔钱,他只希望李老太找一个汇款证明出来,李老太也找不出来。

她联系不上她的女儿,当然找不出来。

问题就在这里,房子是租给她女儿的,她一个人住本来就不合法,万一有个三长两短,房东说负不起责任。她的房东是一个孤老头儿,就靠这个租金过活,他可耗不起。

她的东西呢?

好像行李在管理处的仓库里，他们说可以放个几天。

她人呢？

那我不知道。我是派来搞清洁的，我知道的都已经说完啦。

可怜的老李，赶紧找找她。

三个老头儿一下子焦躁了。他们小跑起来，老赵腿长，心情最急，走路带风。钱老师也急，可是他虚弱，动作做不出来。孙老善到底稳重，他们的眼前是大楼，楼前是陌生的年轻人，草丛里有狗，远处有树梢、楼顶和晚霞，但是没有一个地方有他们的老李。

他们在镇子上来回走，桑拿房、药房、面馆、时装店、修脚按摩店，后来为节省体力，三个人分成三个小分队。一队去邮局、银行，一队去公寓管理部，一队往裁缝店以及十里镇上唯一的旅馆。十里镇明显比江边镇热闹许多。不管出了多么天大的事，人世间依旧是这么热闹。有人看到三个老头儿转来转去，就招呼他们消费。有人招呼他们买葡萄，有人招呼他们买按摩器：一个样品摆在路边，充上电，放到什么部位，什么部位麻酥酥的；还有人向他们推销景德镇陶器，一个一米多的瓶子才四十块钱，多气派。他们说。那些人露出热情讨好的笑，他们完全看不出来，这些老家伙口袋里一个子儿也掏不出来，最后老赵提议去警察局。那里也没有老李。

她现在应该多么绝望啊，就这样被赶出家门？！这个世道太坏了，对老年人赶尽杀绝啊。

天快黑的时候，他们不得不往回走。这一次，比每一次都更难受。他们三个人好像精力完全耗尽的麻木感，带着一种逆来顺受的无力感，坐在三轮车上，车斗上的帆布被风掀起来，噼里啪啦，他们谁也顾不上去扯一下。

经过镇上的时候，小广场上的音乐响了起来，一群人在微弱的路灯下跳广场舞。三个人面面相觑，有点不敢相信，发生了这么大、这么多不幸的事,简直可以说陷入叫天天不应、叫地地不灵的绝境,这些人竟然无关痛痒地跳啊、笑啊,还有一些人围在四周,如醉如痴地看着。

他们从三轮车上下来,天色已微微昏暗。路边开着老李喜欢的黄色小花蕊,江边上几株野生的木槿也开花了,牵牛花开在无人居住的院墙上,河岸边的万年青的枝叶胡乱朝天上戳。孙老善屋后的万年青,老李修剪得特别齐整,把其他各个地方无人管理的万年青都比了下去。他们的心情很沉重,眼前愈发昏暗。老赵先看到一个模糊不清的黑点挡在了江边镇和大望洲之间的河道上。是老李。她坐在地上,身边放着一个带轮子(绝对派不上用场)的行李箱,行李箱已经沾满了泥土。老李挨着的树枝是他们第一次来的时候准备御敌的,现在成了她的倚靠。但是,随着他们一步步走近,他们面前的这个人带着一种大义凛然的傲气,一种我可以坐等到死的傲气。她的脸上没有一丝悲苦,在他们苦苦搜寻她、把她想象成气若游丝的时候,她保持着漠然坚硬的棱角,静静地看着三个人歪歪倒倒地向她靠近。

十一

三个老头儿费了不少口舌游说老李回归集体。他们说知道她有地方可去，那房子永远是她的，谁也夺不走，谁也占不了。但是毕竟七八年不住了，肯定脏得不行，要收拾老半天，还不如跟我们一起住。他们再三保证不再为难她，尊重她的任何决定。经过这件事，大家知道错了，大家少不了她，一个也不能少，只有团结起来才能渡过难关。

老李的态度开始动摇，思考了一下后站起身拍了拍裤子，默许了。三个老头儿赶紧抢过她的行李箱，一起往坡上走去。天已经全黑了，他们像一团移动的云团在堤坝上慢悠悠地走着。大望洲荒凉得有点瘆人，尤其是黑天完全笼罩的时候，但他们第一次有一种失而复得的感觉，不仅是四个人又齐全了，而且好像才明白他们竭力争取的生活其实是别人的生活，这里才是原来的生活。因为这里的每一个角落都有过去的记忆，都有发生过事的痕迹。他们东看看西望望，好像过去几天暂时失去的好奇心都回来了。那种对眼下生活的敌意似乎消失了（原来自己怀有敌意的是被"赶回来"这件事，但不是"回家"这件事本身）。

显而易见的事实是，他们必须自立，他们要振作精神，提高嗓门，不能指望某一个人，而是每一个人都要保持警惕心和自主意识，来面对共同的又是单独的困境。

他们在等待什么呢？

经过整整一天的折腾，婴孩淡眉般的月亮挂在天上，那一夜四个人睡得格外香甜。到第二天天色大亮，屋子里依然一片寂静，偶尔一两声咳嗽荡不出一百米的范畴就偃旗息鼓。

他们在等待，等待一切尽快到来，等待一切回到从前，或者等待更糟的情况再发生，总之，他们唯一能做的就是心烦意乱地等待。

像是打破僵局，老李早饭的时候开始说起她自己的事。她的确是不愿意为难女儿才离开大望洲的，她的确是因为重男轻女才伤害大香的。但是大香和妈妈闹翻并不是为她自己，而是为了没出世的妹妹。

我怀上老三时大香就说，妈妈，如果你查出来是个妹妹，你也养下来，养下来我帮你带。她长大了会孝敬你，感激你。怀老四的时候她还是这么说。

但是，婆婆喜欢男孩子。我婆婆待我很好。我嫁到大望洲，最让我惊喜的收获不是小陶，是我婆婆这个人。因为她是一个好人，脾气暴躁的好人，她脾气暴躁是因为许多事都不尽如人意，但是可以说，她是我理想中的妈妈的样子。我嫁了个丈夫，得到了理想的妈妈。她大脚，跟男人一样有粗壮的臂膀，挑起百多斤的担子疾步如飞；她还抽烟，歇工的时候，一根接一根地抽，完全不在乎别人的眼光……

她操持这个家，外号叫"铁娘子"，她对生活充满着与生俱来的、压不住的、一刻也停不下来的热情。这是一个打不败的人，不知疲倦和恐惧为何物的人。我常常跟在她后面，看她忙东忙西。不管刚刚她发了多大的脾气——她发脾气有时因为天气，有时因为人，有时因为畜生，但她无论发过多大的脾气，说了多少的粗话，只要转过头来跟我说话，口气会变得很温柔。她是跟我娘家妈妈完全相反的人，我妈妈常常教育我要小心谨慎，我自己也常常警告自己要小心谨慎，除了动手前考虑清楚，说话前也要三思。嫁给小陶之后我突然明白自己内心喜欢有一个这样的妈妈，我很高兴她是我另一个妈妈。我没读过多少书，但有些道理我懂啊：知恩图报。你敬我一尺，我敬你一丈。我就是这么想的。

我之前从没见她哭过。我觉得这是一个不会哭的女人。

但是现实不理想，后来一切都变了。

我结婚头三年连着生了两个女儿。真是要了她的命。她第一次哭是我生了二香。我听到她在厨房里炖鸡汤，我已经闻到了鸡汤的香味，但我同时听到了哭声。我觉得对不起她。她生了一个儿子和两个女儿，但她所有的心思都在儿子身上，现在她的儿子结婚了，她等着把满腔的热情投入到孙子身上——孙子就是孙子，不是指孙女。当时的情况，生完第二个，生第三个就比较困难了。我们这样的家庭，上面没有人，基本两胎就要绝育了。

我那时年轻，结了婚也没有去过县城，还是没见过世面，我认死理，觉得应该满足她这个愿望，这是必须的，天经地义的，老话说知恩图报嘛。如果她骂我、虐待我，我就可以光明正大地跟她顶，生不出儿子不是我一个人的错，医生说生男生女是男人决定的；要么就是，你自己是个女人，你还重男轻女？她没给我犟嘴的机会。她对孙子的渴求是持久的、不变的，好像从开天辟地的时候就形成的观念，好像是绝对正确，永不需要怀疑的事。所以，到后来，我也一门心思想生儿子，我以为那也是我的终极愿望。

老李停了一会儿，接着说，我想这就是人对人的影响。我受了她的影响，但她不是恶意的，她就那样影响了我。我大女儿十岁的时候，为了让她高兴，我偷偷取了节育环，怀了第三胎。到了五个多月查出来是女孩就打掉了。怀第四胎的时候，政策已经更严了，肚子鼓起来一点点儿就会被人怀疑、举报，上面来人要求流产、引产，紧跟着结扎。天气快暖和的时候，肚子大到快要藏不住秘密了，我婆婆又让我去做B超，那时我是比较乐观的，我觉得许多症状都跟之前三胎不一样。我又回娘家东托西求，好歹找到一个没出五服的堂姐，她介绍我去一家医院做了B超。这些事是犯法的，哪个医院我也不提了，反正做出来还是个女孩。我一点儿没有犹豫，马上决定引掉。引产的痛苦远远大于顺产。打过针之后，就算墙有两丈高，我也能爬上去，爬上去为了跳下来摔死。虽然非常难受，但总的来说，我觉得那是唯一的出路。我不能带着一个女孩回去，我更担心那一幕再发生一次：一个老人，弯腰驼背地砍柴，挑水，逮鸡，一边掉眼泪一边给鸡拔毛……后来大香责问我的时候我也没有抵赖。她说你说是奶奶想孙子，到底是你自己想儿子还是奶奶想孙子。我想了想，这两者那时候已经分不清楚了。引产之后，我挣扎着回了家。那时我全身疼痛，腰和背都像被刀砍过似的。我婆婆一看我肚子瘪了就立刻明白了。她再次坐在厨房的小板凳上掉眼泪，哭完又烧水做荷包蛋。我觉得对不起她，不好意思多吃。但是大香一点儿看不出我的难受。她一看小孩没了，跟我说，我觉得你是个坏人，我以后不想认你了。她说这话时一点儿没有咬牙切齿，但是她的声音里有一种愤怒和慌张，像面对一个大机器、大发动机、大轮船、大老虎那样恐慌。她是我和她奶奶一起带大的。她和我们喝一样的水，吃一样的饭，但脑子跟我们完全不一样。她相信男女平等，她认定什么是"对"、什么是"错"之后就不更改。她还说孩子在肚子里三个月的时候就知道事情了。妈妈，我在你肚子里三个月的时候，听你跟爸爸说你想要一个儿子。

不，是你爸爸和奶奶想要一个儿子。

不对，妈妈，是你想要。她说她还在我肚子里的时候就听到我说话了，所以她不想出来，她是在预产期过了十七天才出世的，而且没有哭。她说她是故意不哭的，她生气。可是我没有留意她有没有哭，我当时在留意听接生婆说话。接生婆在报手指头、脚趾头、耳朵，有没有长尾巴，最后才说，是个千金。我引第三胎的时候大香已经不高兴了，引掉第四胎的时候，我们的关系彻底坏掉了。她不怎么理我，总是躲我远远的。吃饭离我远远的，走路离我远远的，干活的时候也跟我离得远远的，遇到下雨的时候出门，而我们只有一把雨伞，她宁愿淋雨。她渐渐地变得跟这个家完全不协调，不搭。她的性格变得很忧愁、很沉重、很悲观，谁都知道那是后来的事，我也不能假装觉得那是天生的……

小陶死在我婆婆前面，我知道我辜负了我的婆婆，我再也无法报答她了。小陶死后半年，大香离家出走，那一年她才十七岁。她告诉我说，她不准备回来看我和她奶奶，她这一走就是为了摆脱我和她奶奶，她说等二香有身份证了，也带出去。二香以后也不会再认我。

我人生的理想有一半实现了，但另一半却似乎越搞越糟了。大香的态度影响了二香——而不是我和她奶奶，我们怎么说也没有她姐姐榜样的力量大。

大香不随便发狠，但她一发狠，就能做到。她二十岁的时候，就结了婚。结婚的时候没有请我，只是告诉了二香。二香去代表娘家参加了她的婚礼。之后，二香也没有再回来，她奶奶死，也没有回来。很奇怪，我一点儿都不生大香的气，反而觉得她恨我是个好事，证明不是跟我一样没有主张的人。几年前她让二香传话说，妈妈什么时候承认她错了，我就认她。

叫你认错这个事我们听说过。我向来觉得是她不对。老赵说，计划生育是国策，怎么能把账算到你头上。真是的。这个女儿真不懂事。

小陶后来发生了意外。老李说。大香也认为是我的错。

不是跟胡万魁发生口角后脑溢血而死的吗?你女儿把这场意外也算到你头上,就更过分了啊。钱老师说。

所有人都这么认为,但是大香不怎么认为。大香说她爸小陶是因为我而死。

这个事情大家都记得,孙老善说,怎么是你的错,小陶的死跟胡万魁脱不了干系。

胡万魁后来赔了你们家五千块钱,这个事我是知道的,孙老善说,那时我还在村委会管事。这个公道还是我帮你们讨的。

可是我女儿不认为这是个公道。她认为是我的错。她需要我承认是我的错才认我。

唉,老赵叹息着说,就认个错吧。我们都半截快入土的人了,只有儿女可以依靠,儿女不认,活着有什么意思呢?

不,我当时不认为是我的错。

现在你觉得是你的错了?

去年二香问我的时候,我还说不是我的错。

认个错那么难吗?

不,难的不是认错。难的是认错之后怎么办。

过了一会儿,老李继续说:我大女儿长得特别好看,瘦脸型,长腿,可惜就是不爱笑,一点儿也不爱笑。我生了她,却没有让她爱笑。我婆婆本来爱笑,后来也不爱笑了,尤其是小陶死了之后,她就没有再笑过。大香不仅不爱笑,还不准备生孩子,男孩、女孩,一个也不要。她不要,她说她不配,她不能。二香说,姐你配,你能。她说不,她一定不配,一定不能,首先她就不能做一个快乐的妈妈,因为她不是快乐的人。

啊，这孩子。老头儿们长长叹息着。

我不懂你的逻辑。钱老师说，你是真的觉得自己重男轻女错了，对吧？

对。

可是二香现在认你了，二香也有出息了，你可以通过她，告诉大女儿你错了，对吧？老赵补充说，二香有出息，还去了日本。二香可能是我们村第一个出国的。

对老赵的话，老李没有肯定，也没有否定。她接着说，现在，你们明白了吧，就算是死了，我也不会向她的领导告状，我甚至不愿意在任何人面前提她的名字，只要这个人怀着恶意猜测她。我宁愿沉默到死，如果有必要。

那你什么时候认错？孙老善问她。

我永远不会认错。老李说。她结束了谈话，离开了客厅。她恢复成了原来的样子：安静的眼睛、抿紧的嘴和苗条的体型。

但是，现在，这更像一个谜，换句话说，这更激发三个老头儿的兴致。为什么，为什么，为什么？无声的询问通过前胸、后背、眉毛、胡子、眼珠和布满老年斑的手背问出来，汇成一股细流。他们的疑问越来越多，就像一层浪打过来，还没来得及避开，另一层又扑过来，浑身湿漉漉的，只能不断地躲闪，然后摇晃脑袋，把问题像沾在头上的水珠一样甩落到地上去，好像这样一来，问题就被太阳晒干了，消失不见了。

后来的时间，老李谨慎地沉默着，但跟前几天的沉默有了不一样的意味。前几天的沉默像是一种沉静的，看云起云落的沉默，也像是天生的性格呈现；现在的沉默则像是浓烈的悲伤，像火炉里熊熊火光上面蒙了铁皮盖子，沉默像滚烫的绝望。这些迹象无可置疑地表明，她已经完完全全地加入到他们的行列，不再是一个旁观者。

十二

在那样一个夜晚。忽明忽暗的不肯远去的星星在天空闪烁，它们静默无声，每一颗星星的背后都隐藏着一个秘密的暗门，那门背后，贮藏着一切世间的真相。

钱老师说，不要为难她了，我说几句。老李你不要难过，你比我好，你是养了两个姑娘。一个有骨气，一个有出息。瞧瞧我，养了些什么东西？实话跟你说吧，我现在觉得这一些都是他们三个搞出来的事，你们是被连累的。

于是钱老师开始讲儿子们做过的坏事，包括：偷笋、偷鱼、偷鸡，逃学；躲在瓜田里装鬼，把偷瓜的人吓得尿裤子；把狗塞进别人家的腌菜坛子；游泳的时候假装溺水，憋着气沉在水底，把村子里的人都引到水里捞人……种种祸害，五花八门。

这些坏事被钱老师用嘴串联在一起，给人一种错觉：这兄弟三个从出生到成年，一生之中马不停蹄地调皮捣蛋、打架爬树、偷鸡摸狗，无恶不作，让人闻风丧胆。

他们没杀人，对不对？孙老善好像进入到电影情节里去了，一副想知道真相和结局的表情。

杀人的狗胆倒没有，都是些小毛小病，小乱小错。钱老师似乎又开始发烧了，他绯红的脸颊上挂着愁云，但是我确实没有教养好他们。揭完儿子们的短，他断断续续、唠唠叨叨地讲起自己的遭遇。他一九四九年春天生的，念到高小毕业，也不认得几个字，硬是靠自学学到了一些知识，懂得了如何思考和做人。二十二岁的时候，本村才建了一个小学，凭着能写会算，他放弃了做会计的机会，去做代课老师。一开始教语文，教得很好，学生们也很喜欢他的课。后来下放来了一个语文老师，他被安排去教数学，他服从了。后来学校提倡强身健体，他又兼体育老师，再后来增加珠算，他又去教珠算——反正像颗螺丝钉，让他去哪里他就去哪里。他任劳任怨，可工资非常低，一开始每个月几块钱，后来涨到十几块，再后来二十几块，但是怎么涨都是学校里工资最低的。这样紧紧巴巴的日子一直持续了许多年。儿子一个接一个长大，好几次他都不想干了，他甚至也想出门做买卖发大财，凭他的能力无论做什么，都有可能比别人好，可是看到没有好老师教导，孩子们眼巴巴哀求他的样子他就于心不忍，于是继续教下去。他陆陆续续教了二十六年书。结果呢，结果不言而喻，他干到最后还是一个民办教师。第一批转公办老师，没有他；第二批还是没有他；第三批转的时候，他想他是这个学校资格最老、教龄最长的人，这回应该没问题了吧。还是有人不放过他：举报他年龄造假。且不说我没造假，就算造了假，这是杀人放火的罪吗？至于剥夺我生存的权利吗？这世上无处不是这么一种人，见不得别人一点儿好，检举、揭发、告密，硬是让我没转成公办教师。此后他一直倒霉，身体也出了故障，一直到今天，在穷里、苦里和病里苦苦挣扎着活下来了。

而那些批他、整他、嫉妒他的人，过去和现在仍然有许多水平不如他的同事和后辈却浑水摸鱼，靠着关系和美色，或者什么也不干，光干耗着也转成了公办老师。这些人二十多年前每个月能拿到四百多、五百多，现在涨到三四千了，算是老有所养。只有我过得水深火热，累出的重病随时会要了我的命，还要看儿子媳妇的脸色，靠他们轮换着养活。如果命运公平一点儿，现在的局面就是相反的，因为有几个钱，儿孙们会来巴结我……他长长地叹息，叹命运不济，叹时运不佳，叹儿孙不孝，叹老无所依。

如果再这样下去，要不了多久我就会旧疾复发，头一个死掉的。他以大量的虚词和叹息来增加命运的悲惨，一副深受迫害、无力反抗的样子。

来大望洲近半个月了，回想起来比一生还要漫长。那一天傍晚，孙老善听到了一个声音，那个声音既像人又不像人的声音，像小时候听到的来村上鹅毛换麦芽糖的叫唤声，又像是哪个妇女在唤鸡回笼，或者是浪头打在石头上。

更像是谁在哭。

谁哭？他问。

谁在哭？老赵问。

谁哭啦？钱老师也问。

他们下楼去找老李，她并没有哭，她在看照片。厚厚的一摞摊在她的腿上，她把照片放进枕头底下，她说她也听到了什么，还以为是他们中间的哪个又有什么地方不舒服了。

四个人站在客厅中央，你看着我，我看着你，好像要把什么真相狠狠地看出来。恐惧清晰地挤进了这个房间，在他们的额头、眉心、嘴角和鼻翼处乱窜，几乎肉眼可见。他们静静地等了一会儿，等着这种恐惧的感觉悄悄地消散，因为恐惧帮不了任何忙，只会让他们更六神无主，更烦躁不安。他们的心里都盘亘着一座大山，那就是钱的问题、米的问题，归根到底，是怎么样活下去的问题。没有蚊香，可以忍；没有干净的水，可以忍；真的，这是一帮吃过苦、吃苦的能力还在的农村人，但是没有降压药、降糖药和速效救心丸,以及没有米——这是生死攸关的事,火烧眉毛,不能假装不存在。

所有人心事重重,已经没有人再用手机碰运气了——昨天他们想到阿迪,阿迪生在江上的渔船里,他的父亲是船夫。阿迪比孙老善还年长一两岁,一生未婚,一开始生活在船上,打鱼为生,后来船烂了,搁浅在沙滩上,他挪到堤坝上搭了棚子。他也算和这几个人一起长大,看着这几个人结婚生子,以及他们的儿女长大成人,各奔东西。阿迪长年只穿着一件汗衫,冬天下雪天外面再套一个露出棉絮的冬衣,却几乎不生病。他终日无所事事,因为没分到地,冬天晒太阳,捕点小鱼,坐在狭小的船舱里喝酒,夏天则铺条千疮百孔的凉席。从来没有人通知他,但他几乎不缺席大望洲的任何婚丧嫁娶,他讨要一碗肥肉,一小杯白酒,心肠好的还会再给一碗海带汤、蛋花汤。

他一定记得我们。

他们沿着堤坝溜达了一圈,所到之处,野草乱生,原先的小溪里积满了淤泥,枯朽的树木倒在路上,无人挪到一边。建筑物倒是都在,鸡圈、旧式茅房、猪笼,所有的房子上都挂着锁,即使窗玻璃早已稀巴烂,能同时钻进去两个人,锁也锈得糊在了一起。每一户人家都曾经人丁兴旺,那些磨得圆滑的门槛曾经每天有人进进出出,那些窗玻璃上或者有窗花,或者有残留的"囍"字。过去这里有人结婚,有人过大寿,有人死亡,如今这些都不存在了,这些形态各异的锁像一个个无声的宣言,宣布此处已经是不适之地。走到老赵的家门时,大家停了下来。可是老赵本人似乎花了更久的时间才认出这是自己的家,几年没有砍伐的藤蔓完全把前面裹住了。前门门板发黑,门前的地面上是一大片雨水的污渍。冬天的时候,许多人摸过这屋檐下的冰溜子。几乎每个小孩都试着用舌头舔过冰溜子，然后又恨恨地把它砸个稀巴烂，像是固定动作。许多年见不到冰溜子了，全球气候变暖了。老赵跌跌撞撞地摸到屋后，他种的那棵桃树早已经枯死了。

你家里还有什么值钱的东西吗？钱老师问老赵。

一台我老婆陪嫁的缝纫机，不能用了；一张四方桌，柳木打的，用了三十多年了，一台黑白电视机应该也还在。

不知道为什么，他记得这么清楚，使其余三个人听了万分难过。

经过老李家门的时候，那情景更是凄凉。这房子还是老李刚嫁过来的时候修的。后来小陶突然没了，紧接着女儿离家，婆婆离世，邻居们后来开始过上好日子，重新盖楼房，每家每户都加高了地势和墙高，导致老李的房子像是害臊似的缩到坡下。下雨发大水的时候，泥沙冲刷，这个房子竟然几乎埋没在土里了。它孤零零地陷在低处，屋顶的瓦在不同时期破碎了，屋后枯枝败叶搭在上面，看上去像个脸上布满了不干不净沟壑的愁眉苦脸的老头儿。

我以为再也不用回来了，女儿们不在，这里对我没有意义，没想到有这么一天……

老李把头扭过去，三个老头儿赶紧转移话题，安抚她，继续向前。几乎所有的地方都巡视过了，后来到达坟场。一片杂草中间，有隐隐约约的起伏，原来坟场竟然也平了。好像这里不是曾经埋死人的地方，好像那些深藏的尸骨从来没有存在过，好像清明、冬至，那些坟头跪着的子孙也没有真的存在过，好像这一切都没有真的存在过。

老赵站在一个微微隆起的地方。他说，这里埋着一个十八岁的姑娘。她的家人问她的男朋友要彩礼，她男朋友被婆婆指使来恫吓她，说如果她家再要彩礼，他就不娶她了。那不是他的意思，他只是被家人逼着来说这话，可是她当真了，她怨恨父母卖女儿，又怨恨男朋友如此轻易退缩。她的失望是双重的，她的孤独是加倍的，勇气就那样被挤压出来了。她喝了一瓶农药，几个钟头没人发现，毒性发作的时候她突然后悔了，她从房间里走出来，走到父母的房门口，难为情地说，我喝药了。那时是夏天，发着大水，那时的长江动不动就发大水。老赵到的时候，邻居们已经帮她灌了一盆肥皂水。家人不愿意惊动其他人，怕外人知道了笑话，也没有派人去找船，只想等到第二天天亮的时候像走亲戚一样送出去，可是事情没有按照他们的计划发展，那孩子没有坚持到天亮。在她生命的最后几个钟头，死亡发出了自己的声音：热水烧开的声音、瓢与瓷盆相撞的声音，脚步摩擦地面的声音。所有的人，都小心地说话，轻轻地呼吸，他们太怕引人注意了，就好像死神没有被吵醒，天亮就会自动走开的意思。那孩子一贯乖巧、懂事，会看脸色，如今更是羞愧不已，她一声不吭，因为自己造成家人和医生在黑天里进进出出而觉得万分抱歉，好像只有自己安静下来，才能弥补给别人增添的麻烦。她忍耐着胸口剧烈的疼痛，只是人在向她灌肥皂水的时候，她轻声地说，不要拉扯我，我自己来。她发紫的嘴唇慢慢凑近碗口……

死前的几个小时，她大小便失禁，屋子里弥漫着剧毒农药、肥皂水和粪便的臭味。她在那样的气味里慢慢呼出最后一口气，她的头侧向门口，眼睛里充满着对生存的渴望，无限留恋地等着门口出现未婚夫的身影。她没有哼哼，即使五脏六腑全部被剧毒烧坏了，她还想保持着端庄的、骄傲的笑，像是随时应对心上人盛装前来……老赵陪着她，直到她咽下最后一口气。

如果她在的话，现在也快五十了。老赵说，那是死在我眼前的第一个人，而且是个女孩，我小时候喜欢看打仗的电影，总觉得有一天我们会遇到势不两立的敌人。可是从那天晚上开始,我突然明白了,"敌人"从我们出生的时候就已经陪伴在我们身边,有时候就是最亲近最信任的人。

钱老师在另一片墓地也不走了。

我妈的坟也在这里,好像也不在了。

我妈一直肚子疼,我当时还没有结婚,也没有工作,在大队里挣工分。我妈妈经常喊肚子疼。有一次,她疼得受不了,就想请医生来。

我从来没有帮你妈看过病,一次也没有,老赵说。

那时你还不是医生嘛。你当医生的时候我妈已经不在了。

哦,是的。

那时我们大队的赤脚医生是胡医生。胡医生来过两回,他说我妈可能是阑尾炎。

他跟我妈说的。我妈让他跟我大哥重说一遍。我大哥问阑尾炎是大病吗?

不算大病,但是不割也不行啊!

不割一定不行吗?大哥问。

那也看情况。医生在我大哥的追问下,缓缓地说:也要看运气。有的人没割也好了。

对嘛,我就说嘛,我们农村人什么苦没吃过,不可能得了个阑尾炎就到医院去。你帮着开点药吃吃嘛。

医生就开了药给我妈吃。我妈每天吃,可是不管用。她的肚子越来越痛,后来不能做饭了,不能蹲下来洗衣服了,甚至也不能走了,就只能躺在床上。她很想到医院去,但她也不能直接说,她就天天呼喊钱谢万。"钱谢万!钱谢万!"我当时也不懂她为什么一直喊我侄子。事实上她喊得越凶,我侄子越不敢到她床前去。她白天黑夜地喊,后来又喊"条子!条子!"但是我们都没听懂。等我听懂了转告我大哥的时候,我大哥说找不到什么条子了。

等我妈死的时候,在她的枕头下面发现了条子。条子包在一块围巾里。打开围巾,是一块绒布。翻开绒布的一瞬间,我还真以为梦想成真,她藏着什么金银细软呢,结果一看,是条子。

我是听说你妈妈死的时候喊什么条子条子,人家还以为你妈妈在屋后藏着金条,你妈死后好几个月,都有人带着铲子在你家屋后挖了又挖,这个事我们也听说的,老赵说。

那就是个误会。我们也希望传言是真的。要是真的,上房揭瓦、翻地三尺都没关系。但我们家里的事我们兄弟心里都清楚,屁也没有。

那到底是什么条子呢?

那个条子那年头根本派不上用场了,那是她痛糊涂了才乱叫的。钱老师不太愿意去解释"条子"的内容,更乐意介绍"条子"的功能。

这里到底埋过多少人?

这个话没有人问出声,但盘旋在每个人的脑海里。自从大望岛存在以来,所有居住在这里的人死后都会埋在这里,但是,近年来,尤其是这十几年,人们不但不住在这里,也不死在这里,似乎更不会惦记留在这里的一切。总有一天,在这里生活过的人都会彻底离去,这个地方将会重新变为神秘之地,会成为过去,以及下一代人的远方。

几个人继续往前走,眼前、侧面、江边、内坝,到处没有阿迪的人影。

一轮下弦月悬在空中,远处灰色的浪花有节奏地拍打。一艘船,又一艘船,无声地从眼前静静驶来,又悄悄驶远。

也许他已经死了。

也许他在我们走之前就已经死了。

所有人都开始沉默，忽然间语言失去了意义，只有眼前这些熟悉又陌生的景物才收拢了他们的心思，令他们心有戚戚。

来大望洲这么久，如果说有什么值得高兴的事，就是这四个人此刻同心同愿，和平相处，抛开了社会关系，他们平起平坐，相敬如宾。那天他们商量好了，一致决定早上和中午每个人都只吃一碗稀饭，晚上那顿，尽量不吃，早点睡。可是毕竟吃惯了晚饭，一时还不太习惯。当晚老李还是走进厨房，用剩下的一点儿面粉摊了一块鸡蛋饼，味道很鲜美，但量很少，每个人只分到了一小片。

吃的问题是最重要的问题，甚至像唯一的问题。虽然每人都吃了一片饼，但显然，每个人都没有饱，钱老师和老赵都没有吃饱。因为才刚刚收拾好桌子，老赵就问了一句：还有多少米？

老李的脸腾地红了，不知道她想到了什么，也许过去小陶在世的时候也是经常这么问她。老李似乎忘记了自己并不负有"保证缸里有米"的使命和义务，她结结巴巴地回答说：好像没了，的确没了！

但是，不等老头儿们开始有什么情绪，她赶紧补充说，她想到镇上的银行去看看，她还想试一试银行卡。

大家心里都清楚，如果银行卡有用，昨天或者前天她就已经把钱取出来了。被证实无用的事还要一再尝试，无用的话还要一而再地说，那是多么无奈的事啊。

十三

难道真让我们饿死吗？中国我不敢讲，至少大望洲上我敢打包票，几十年没有饿死人了。我们大望洲八十年代就出现过那么多万元户，现在甚至有好几个千万元户，我们养育的子孙遍布全国，如果让我们几个老人活活饿死，还有天理吗？钱老师的声音悲愤交加，唾沫溅了出来，他的嘴唇在胡子底下抖动——他已经好几天无心刮胡子了。

怎么可能？这大好盛世，把我们几个人饿死了，不就是闹笑话嘛，开玩笑。老赵快速地回答，语速过快，恰恰表明他已经感到担忧了。

今年春天几千个老年人得瘟疫死了，这也是事实啊，老年人向来是弱势群体，无论是体力还是智力。孙老善说。

不至于，不至于，草地里有荠菜、野蒿子，芦柴荡里可能还能摸到田螺。老赵说。

不至于到"共产风"的光景吧？孙老善说，实在不行我们到镇上去要饭。

国家已经很宽容了，摆摊做小买卖可以，饭肯定是不让要的。

可是我们有什么好卖的呢？

看着其他人的情绪全调动起来之后，个个愁眉苦脸，钱老师倒又最先淡定下来，他若有所思地说，事实上，如果走运的话，我们可以弄到一些救急的钱。

其他人一听来了劲,还有这种事,快说说。

钱老师说,我妈妈说的"条子",我告诉你们是怎么回事。事情要从五十多年前说起。也就是一九六二年的时候,有一个县委书记到大望洲来视察工作。

我怎么不知道?老赵说,一九六一年的时候我也十二岁了。

是的,听我说嘛,我妈妈当时坐在门前洗衣裳,一群人走来了,他们有穿中山装的,有穿皮鞋的,有戴眼镜的,还有挂着照相机的。这一行人在谈论我妈妈听不懂的大事情:沟渠改造、筑坝周期、反季种植……中间那个人穿着件中山装,上面口袋里插了支铅笔,他个头不高,面容清瘦,可一眼就看出是个大领导。大领导走到我妈跟前,弯下腰亲切地问她,大娘,您今年多大年纪啊?您老日子过得还好吧?我妈那时还不到四十岁,因为我小姨和我外婆都是头年冬天死的,我妈连受打击,一个年下来,头发竟然白了一多半,所以看上去显老。那个大领导看上去也有五十了,他竟然喊我妈"大娘",我妈一时没有回过神来,边上有人催促说,快回答县长的问题。我妈虽然心里难过,还是客客气气、心平气和地说,还好,还好,多谢领导关心。我妈妈和我妹妹旧年死了。

县长听了一愣,他看着我妈的脸,看了一会儿,就在这时,一条狗——不是我家的,本来它远远地站在邻居家的屋檐前,这会儿突然发出了剧烈的嘶吼,那不是它平时的胆量,也不像一条狗的作风,就好像它突然受了什么刺激似的,对着这群尊贵的客人咆哮起来。有人赶忙找棍子要教训它,县长摆了一下手,等待狗的叫声停下来后,他轻轻地说了一句,对不住哪。

我妈倒不好意思了,赶紧摆手,不是您的错,她们不是被剥削死的,没有人剥削我们。是饿死的,遇到荒年,家里穷,没法子。

我妈本来就那么一说，但是万县长的脸一下子变得通红通红。他说，真对不住，是我们失职，真对不住，我刚上任不久，您以后有什么困难都可以告诉我。

我妈说，您贵姓啊？

那人说，我姓万。说完，他朝边上的人说了一句话。一个年轻人拿出一个小本，那人把小本本展在手心里，在上面写了几个字，递给我妈。我妈不识字，她小心翼翼地举着纸条，不知道拿这张纸怎么办，但是后来，有个跟从的干部悄悄跟我妈说，县长的这个条子有用，保管好。

我妈是真听人劝。果然把条子当宝贝一样保管着。这件事也成了她生命中的闪光时刻，偶尔农闲，跟邻居们在一起缝补衣裳闲聊时，她就会提到那位姓万的大官。我妈清楚地记得他的发型，他讲话的样子，他的上衣，后来，她又想起了他的手上有疤，像是受过伤；她还想起他穿一双布鞋，布鞋的针脚都细密，一看就是好手艺；再后来她又想起，他讲话是四川口音，这一点是又过了几年我们村来了四川人逃荒，她听人家说话才明白过来的。

到了万县长来过我们村的第八个年头，也就是一九六七年，我五岁的大侄子得了流行性脑膜炎，我大哥急得团团转，快疯了。我妈那是第一次想起了这张条子，让我大哥带着一起去了县城。奇了，条子特别管用，这种病许多人没救过来，我大侄子捡回了一条命，而且没聋没哑。我大侄子上学的时候起了大名叫钱谢万，就是表达对万县长的救命之恩，这也是我全家的真实意思。又过了两年，我妈病了。她死的时候喊"条子！条子！"就是指这个，但是那时候万县长不是县长了，甚至可能犯了错误，我们兄弟几个根本不敢去找他。我妈阑尾穿孔，死在家里。后来我们想，如果胆子够大，跑一趟试试的话，可能条子还会管用的。根据我自己的经验，只要拿出这张条子，要求一定能得到相应的满足，当然不会是全部的满足，但一定不会空手而归。

条子上写了什么？

条子上只有一句话：我万一鸣承诺钱吴氏全家，有困难来找我，我当尽力。后面附着他当时住的地址和他自己的名字。我大侄子找他之后得救了。到我妈死的时候，他当时不在任上，没法找；后来我找他的时候，他已经不当领导，退休了，但他住在县委大院里，他认出是他自己的字，说只要他活着，他会尽力。我也没狮子大开口，就请他帮了一个忙。但他还说，他的儿子孙子也知道这个事，这个条子的事他们会认的。我最后一次找他，他已经不在了，但他的儿子认他的字，也帮了忙。并且他儿子交代了自己的儿子，后来他们搬家了，还把新的地址给了我们，总之，遇到非常时期，我都会去一趟。

你最近一次去是什么时候？

肠癌动手术那次。

你去托他们找医生？

对。他儿子在，不过说他们已经说不上话了，但是他们借给了我一笔钱，减轻了三个儿子的负担。不然我的手术费不一定凑得齐。我的手术很成功，也亏了万县长的儿子。这都是事实。

听完之后，大家都不说话。钱老师猜测他们觉得不应该一而再地去麻烦别人。他解释说，他也都是非常时期才去。非常时期人不必过于讲究。

但是，老李说，要是我，我以后是不会再去了，他们的好意已经太多了。欠太多人情还不起，迟早有一天想起来心里会不好受。

她的话相当于在钱老师热热的心头浇了一盆凉水，钱老师正待争辩，孙老善插话说，听你这么一说，我也想起来有一个人可以救急。

他说这事情不远，就是七八年前。有一天，他儿子的公司收到一封信，是一个孩子写的。那封信写得真好。他到今天还记得那封信的开头。那孩子说：亲爱的孙老板，我也知道你曾经是个穷人，但你现在是个有钱人。当你有了钱的时候，你有没有花一点儿时间往你的背后看一看？看一看你的乡邻、你的宗亲过着怎样的生活？你知道不知道在你过去生活的地方，还有八十岁老人家徒四壁？你知不知道那里还有中年四十贫而无医？你知不知道甚至还有十岁孩童不仅求学无门，更是行无鞋，穿无衣？

我家孙小林从小不怎么爱学习，而且他也特别忙，对于那些一沓一沓寄到饭店来的复印出来的，或者发到手机上的求救信已经很麻木了。有一回他收到一封血书，说是为兄求助。写血书的是个十几岁的姑娘，说要卖身为哥哥求医。他查了之后发现血书就是用油漆写的。真侮辱人。还有一回他收到了一封信，里面全是生病的孩子的照片，要多惨有多惨，后来也证实是在网上下载的。还有亲自上门的慈善组织，张口奉献、闭口道德，孙小林偏偏不吃这一套，就连那些衣衫褴褛窝在饭店门口过夜的流浪汉也没有打动过他。相反，见得越多，孙小林的心肠越硬，但这一次，他竟然被打动了。他把这封信拿给我看，说这孩子是个人才，文采好，戳中了他的软肋，他要供他上学。他也做了明察暗访。情况属实：那孩子是留守儿童，他爸爸在广东打工，妈妈在家带他和两个妹妹，他爸爸被黑心老板骗了，一两年没有寄钱回来给他缴学费，他面临失学，但不想重复父母的命运，要做一个像乔布斯那样的英雄。总之，他的贫穷和野心混在一起特别特别吸引人，孙小林一向喜欢保护弱者，对这个小孩表现出来的自尊和脆弱特别欣赏，他承诺资助他上学，每年给他寄学费、文具和书包。

孙小林资助了他七八年，花掉了七八万，去年那孩子考上重点大学，还打过电话来报喜，他的家离这里不远，比县城还近，也就二十几里路，我想我们可以去他们家一趟找找他的家长。他们每年都发拜年短信，对我们是感激不尽的样子，一定会收留我们。孙老善越说越兴奋，但是老李又过来泼了一瓢冷水。她说，帮别人是有福的，去找人还人情，就不体面了。

可是这个说法再次遭到大家的指责。大家异口同声地说，他们现在就是遭难时刻，也已经不怎么体面了。现在去找这些人，其实就是冲着过得体面一点儿去的。

十四

　　基于前几次意见分歧造成的内伤,再加上眼前的窘迫事实,老李适时地沉默了。他们商量一番后,决定一起去。无论如何,这个时候,属于他们的只有八个字:相依为命,抱团取暖。
　　他们先是坐三轮车去了孙小林资助的那个学生家,按照孙老善记忆里的地址,很快找到了。这个受捐者的房子不赖,是个新盖的两层小楼,外墙贴着浅黄色的瓷砖,门前的绳子上晒着衣服,走廊上还摆着鞋子,一只猫蹲在门口,这是个生气勃勃的家。看到要找的这户人家有奔小康的迹象,四人心里都略略有些欣喜。
　　一个中年男子站在门廊的阴凉处,低头看自己的手机,听到动静,他斜起眼,盯着四个红头赤面一字儿排开站在门口的老人。孙老善客气地行了一礼,报出自己的名字,唯恐对方记不住。他快速地报出了那孩子的大名、收到信的年份以及信的内容。复述信的情节的时候,孙老善有点动情——他想起一个细节,那孩子寄了一张手捧奖杯的照片给孙小林,照片背后写着"向恩人汇报"。想到此处,孙老善有点哽咽,或许是天气太热,或者是奔波得太累,或许是记忆里的温暖,总之,他揉着鼻子,想要掉眼泪了。
　　是你啊,那个中年人把手机插回裤兜里,双臂抱在胸前,气鼓鼓地说,你儿子去年在报纸上说一年给了一万,简直是胡扯,前年给了七千,去年才给了三千,今年的呢,屁也没有。你说说,这是怎么回事?

今年生意不好,今年是大灾年。孙老善被这连珠炮似的发问吓住了,他退了一步,克制着自己的慌张和难以理解,小声地解释。他还报出了南京上个月关张饭店的数字,似乎试图以此来消解这陌生男人语气里的怒气。

那就不要在报纸上把我儿子的照片和姓名登出来,你这是侵犯了姓名权和肖像权,你们这些人,有点儿钱就无法无天,乱吹牛,满口胡言。陌生男子那张脸拉得老长,眼睛瞪得老圆,唾沫星子飞溅在空中。

你,你,你,恩将仇报,不知好歹。孙老善估计许多年没有骂人了,他两片嘴唇激烈地颤动着,他想要控制住自己的战栗,结果上嘴唇陷入了下嘴唇里,他一个字也吐不出来了。

什么你你你!有一回,我儿子去饭店找你儿子,他亲眼看到饭店里的人拿客人的剩菜给他吃。想一想这个画面:我的命根子,宝贝儿子,在你家吃残羹剩饭!

你,你,你——孙老善的手指跟着一起晃动,可是这一回,他却辩解不出来什么了。要说残羹剩饭,他自己都吃过,但那不能叫残羹剩饭呀,有的菜,甚至还没来得及端上桌,客人就喝大了,买单走了。

滚,那个男人说,滚开,骗子,有多远滚多远,滚!他的声音里充满着戒备和被冒犯的愤怒。

四个人从毫无怜悯之心的房子里往回走。一条狗站在拐角的地方一动不动地打量他们。他们已经走远了,那个人还在原地大声地数落,向他的邻居们介绍那四个行骗的背影:想来骗钱。

打110。有一个女邻居说。

犯不着,那个男人说,他们再敢来,我一脚踹进沟里去。

四个人一声不吭地从村子里转回到公路上，这次钱老师打头，招停了一辆黑色卡罗拉往老县城去。车里突然多了四个人，空气明显沉滞，司机满不在乎地撸起裤管，一副什么气味都不在乎的神色。他们经过了新建的马路宽阔的新城，等红灯的时候看到一家牙医诊所、一间洗衣房、一个汽车修理部和玻璃花房，看到三三两两有活力的年轻人在忙碌。这些生活离他们好像太遥远了。街上有人戴着口罩，有人不戴。后来车子经过一大片棉田，经过一栋栋魔方一样的大楼，最后到达青砖老城区。老城区的房子都很旧，密密麻麻的不那么规整，小车在巷子里绕了好几个圈，一直到四个人都晕头转向的时候，司机说，到了。

　　钱老师第一个下车，留下孙老善和司机解释车费的事。

　　钱老师敲开一间平房的门，这间房子真的很老。开门的是个四五十岁的中年人，虽然也有许多白头发，跟门口的这些人比起来，还是年轻的。他说万县长是他的爷爷，他的爷爷不在了。

　　我知道，钱老师说，我找万县长的儿子万柏林。

　　那是我父亲，我父亲已经过世了。

　　钱老师啊啊地张着嘴，一副不知所措的样子。

　　您找他们有什么事吗？那人客气地问。

　　钱老师立刻从开天辟地的时候说起，说他妈妈有一天下午坐在门前，有一位领导……

　　那个中年人站着的时候肩膀两边不一样高，可能腿脚也不好，中间有一会儿他还有点站不稳，伸出手扶住了门，但他没有插嘴，一直听钱老师在那里絮絮叨叨地说。他看人的样子不急不躁，没有一丝的不耐烦。钱老师递过来的纸条，他双手接住了。纸条实际是差不多揉烂了，但是在烂之前被精心塑封住了，现在，它看上去像照片一样硬硬的，可以随意端详和抚摸。

中年人看了一会儿,把条子还给了钱老师。这个时候钱老师已经讲完了他母亲的故事,大侄子钱谢万的故事,差不多快讲到他自己的时候了,那个人轻轻打断了他。他说:我不认识您,但我认识我爷爷的字。当然我也不能特别确定,因为我的眼睛有点问题。不过没有关系,我相信您就是了。需要什么,您可以说一说。

他其实已经明白他们要什么了。四个老年人,被太阳晒得面红耳赤,有一个年纪最大的似乎都喘不过来气了,看上去太狼狈了。远处一辆出租车上的司机,狐疑地瞪着这个方向,一定是车费还没结。这人说话的时候神情是温和的、亲切的,甚至是带着一种晚辈的谦卑。他们大可不必这样紧张,但眼前的四个人似乎热得完全没办法正常说话了。他们已经完全失去了本来的面目——或许恢复了本来面目,像一群正在逃窜的嫌犯,又像从一个车祸现场爬出来的;他们表面上没有伤,但内心已经伤痕累累,但他们还好歹强装镇定硬撑着站在那里。

那个人回身去里屋,他走得很慢,腿上似乎有伤,步子迈得很小,一会儿,他回来了,手里拿着几张红色的票子。他说,拿去买点水吧,我就不请你们进来坐了。

十五

那天晚上,他们都做了梦。

孙老善梦到一只老虎在追赶他,咆哮着要吃掉他。他醒了之后很长时间没有睡着,又接着做梦。这一回梦到了年轻的时候,他还很小,似乎还没到能做主的年纪,地里的庄稼生了虫,别人家都在忙着洒药水,请亲戚邻里来帮着灭虫,只有自己的家人一点儿不着急,既不知道哪块地里有虫,也没出门买点药水回来备着,就那么眼睁睁地看着别人忙得热火朝天。孙老善心里急,又说不上话,只好来来回回、家里家外地走,走着走着,直到大雨滂沱,他在雨中奔跑起来,双手伸向天空,湿漉漉的睫毛遮住了双眼。后来,他累醒了。醒了之后,他还想睡过去,因为那时虽然着急,可是非常年轻。他记得梦里的自己眉眼很清秀。

老李梦见起火,到处一片火海,眼睛、鼻子、眉毛都烧没了,手指头也烧没了。就是现在,她也好像感到皮肤上火辣辣的。她一贯乐观、主动,但是,说起这个梦,她带着一丝隐隐的不安。

钱老师梦见发大水,梦见老赵提到过的那个死去的姑娘,她活着,但还是十八九岁的样子,朝他笑,喊他钱老师。

老赵梦见了那个县长。那个脸红红的县长,那个做了承诺让子子孙孙都兑现承诺的县长,他觉得县长很亲,他在梦里看到了他的五官:方方正正的脸、憨厚的笑、微微发黑的皮肤、粗糙的大手,说话的声音很温柔，像是怕把他惊醒。事实上他从来没有见过这个人，钱老师说的事他也一无所知，他只见过他的孙子，他们爷孙很像，但又不完全一样。但是在梦里他突然很想念他，没有任何预兆，他想这位县长想得直想哭出声音来才可以。他哭的时候把自己惊醒了。

早上起来他们第一件事就说昨天夜里的梦。现在，有一个不得不思考的问题摆在面前：这件不幸的、违反常规的、不科学的事为什么恰恰选中了他们？

天气越来越热，简直到了坐着不动仍然汗流浃背的时刻，既然吃饭的问题暂时得到解决，他们必须继续挖掘根源，商量对策。他们不得不围成一圈，各自摇着纸做的扇子思考这个问题。

钱老师虽然体弱，喘得很凶，仍然是思考的生力军。他提出一个十多天前就提过的问题，重新写到了本子上：为什么偏偏是我们，此事一定有蹊跷。

我们不能再沿着头一天的思路了。那时候我们认为这事必然在他处发生，现在看，没有证据，即使在其他地方也有发生，很显然，对我们一点儿帮助也没有。所以，我们应该回到自己身上来重新换个方向考虑。

大家都同意这个意见。

依我看侦探电影的经验，老赵说，我们要找一找共同点。

共同点上次找过了，我们都是大望洲生活过的人，大望洲不宜居住之后我们全都投奔儿女。

如果共同点是"大望洲"这个特征的话，我们更没有办法了。因为到目前来看，只有我们四个人回来了。说明其他人没发生这样的问题，或者没用我们的方法解决。

事情又绕回来了。

钱老师说，我们一生的生活都充满着曲折和艰难险阻，虽然没有战争年代的跌宕起伏，但却有大大小小的烦扰和困苦，现在好不容易颐养天年了，却要被逼着过这种叫天天不灵、叫地地不应的鬼日子。

这个意思差不多每天要表达一下，但大家每天都同意他的话。

孙老善说，事情到了这种地步，就像有一只手在天上，把我们四个人搞得翻天覆地。记不记得当年的孙悟空，他在翻筋斗，翻到了天边，得意扬扬的。他是多么聪明能打的猴子，天不怕、地不怕，可是如来施了魔法，猴子以为自己在天上，结果呢，还不是被如来捏在了手心里。

钱老师说，换句话说，我们以为现在在大望洲，说不定也有个什么大神，在操纵我们，他们偏偏让我们落到这荒乡僻壤，为的是要害死我们。

大可不必，老赵说，害死我们太容易了，我有一天在街上过马路，明明是绿灯，突然一辆电动车窜出来，看到我来了个紧急刹车，如果什么大神有这个本事，让司机的反应慢个半秒我就死定了，我经不起电动车撞那一下子的。

孙老善说，是的，我在南京的时候，我们小区里有个小孩，家里很金贵的，吃什么都要吃有机的，奶粉都吃进口的，真是要什么有什么，一看就是含着金钥匙出生的富贵命。可是有一天，那小孩跟着奶奶在小区门口玩，看到别人在小店里买辣条吃，他也嚷着要吃。奶奶拗不过，就花五毛钱买了一小袋。哪里想一根辣条下去，这孩子口吐白沫，浑身抽搐，送到医院时就没了。

怎么搞的？

过敏。

老李也说了一件事。她说，她在日本东京的时候听说惠比寿附近一个女孩失踪了。警察把叶子隔壁一个独居男人喊去问话。进警察局的当天，那人就招供了，但是迟迟没有判下来，因为找不到更多的证据，他的家里也没有发现那个女孩的任何物品。耗了一年多，那个女孩回来了，原来她在网上认识了一个男孩，去他的家里生活了一年。

独居男人是被屈打成招的吗？

并没有人打他。他后来说，无论如何他都是有罪的，必须要坐牢。他说，就算没有杀人，他一直在偷窥那个女孩，在心里谋划过要拦路拐走她。总而言之，他在心里犯下了许多的罪，甚至在心里杀了千千万万的人，所以他坐牢一点儿也不算冤枉。

天哪，还有这种疯子。

那可是千真万确的事，那个人的相片还刊登在报纸上。许多人喊他变态，因为如果那个女孩不是自己离家出走，而是真被拐了的话，他这样子引导，就是耽误破案了。但是他说，他知道她是安全的，并且他知道她将去哪里，因为他偷窥、窃听，还跟踪过她。他知道她是因为太厌倦这个家了。尽管如此，那阵子，到处有人用各种各样的方式骂他。可是奇怪的是，等他无罪释放的时候，许多人骂他，也有许多人给他寄信寄钱。写信寄钱的那些人说，他们理解他，因为他们自己也有罪，在心里恨过他，诅咒过他，希望他死，所以他们也要有所行动。这人后来没有回到惠比寿广场，不知道去了哪里。

本来他们三个老头儿的意思渐渐向着同一个方向，慢慢明朗，慢慢接近于一个布局，相当于发现了有什么人在下一盘大棋，一个大阴谋，一个大陷阱，一双如来佛的大手制造了一场肉眼看不见的灾难，想置他们于死地，他们有一会儿工夫觉得自己掌握要点了。但是老李，就像在一幅快画好的画上涂上了跟原来风格不一样的颜色，她把他们带着跑偏了。

回正题，回正题。钱老师说，谈谈我们眼下的处境。口气略显得有点儿气急，但不恼怒，他对老李从来都不恼怒。

老李不好意思地笑了一笑，表示抱歉。

十六

钱老师因为在昨天的经济危机中有功劳,吃饭的时候,相比较昨天之前,他夹菜的频率很高,孙老善因为他的反常举动,有点惊诧似的,连连看着他的筷子。

这时的孙老善,又略略恢复成过去那个干部、慈善家、房子的主人。他脸上的表情变得有点严肃,有点不满,对坐在他下首的人在他眼皮底下频繁伸筷子的动作有点看不惯的样子,但是他的情绪控制得还好,一会儿就视若无睹了。

老李的习惯从第一天保持到现在。她一如既往地等到其他人坐定,钱老师已经吃了大半碗,才拿起筷子。几天的相处,老赵早就观察出来了什么。他开玩笑说,老李是真正的贤妻良母,无论是形象气质还是行事作风。他们说你出过国,可是一点儿都不拿自己当人物,是不是在日本,女人的地位非常低。

老李说,我去之前也是这样听说的。

你不放心女儿,怕她受委屈。

是的。

钱老师也来了兴趣,他说他看过一本书,听说在日本,老年人到了六十的时候,就背到山上去等死。

那我不知道,这个事我没有听说过。

日本人就是野蛮,这种事也干得出来。孙老善说。

老赵突然插了一句：

中国人也干得出来。

怎么，你见过？

有病不给医的事情不是常有发生吗？老赵讲了一个故事。隔壁村子有一个老头儿，养了四个儿子。这老头儿是个风云人物，年轻时风流倜傥，吃喝嫖赌样样在行，很潇洒，很社会。三十来岁的时候因为在赌场出老千被人砍了一只小指；后来又因为做买卖赔了个精光，在外躲债躲了两三年，后来也发过小财。总之就是体验过锣鼓喧天的大场面，也经历过乞食露宿街头的倒霉光景。养大的四个儿子，分别是服装厂生产厂长、教师、农民和企业家。按理说，也算风风光光、坎坎坷坷一世。七十来岁的时候修身养性，在家养花弄草，跳广场舞，颐养天年。死之前的一个星期还在家里打太极。那天下午他觉得肚子疼，以前也疼过，也没有当回事，那天疼得比较厉害，他就自己去了乡卫生院。医生说，肚子里可能长了个瘤，让他去县里治。他打电话给儿子们，大儿子带他去县里。县里说，比较严重，到市里去确诊。大儿子打电话给二儿子，二儿子也回来了，和大儿子一起把老头儿送到了市里。医生说，动手术的话成功的可能性只有一半，他们打电话给其余的两个儿子。儿子们从天南地北都赶了回来。会诊后形成了两派，一派同意做手术，一派不同意。怎么办呢，投票也不成，一直是二比二，后来改抛硬币，正面手术，反面不手术。结果三儿子如愿以偿。从市里办出院手续的时候，老头儿知道不妙，拽着医院的床板不肯动。三儿子对他说，我们到县里去治，这个病用不着在大医院治，这是小病，县里离家近，方便一些。到了县城，面包车没有停。老头儿又开始叫唤了，几个儿子又劝他说，医生说了，回家方便我们照顾你，把医生请回来给你输液。回到家，老头儿疼得都叫不出声了。他们的确请了一个卫生院老医生给老头儿打了三天吗啡。老头儿趁身边没有人，试图收买医生。他说他存了钱，还有金子，只要医生把他送到医院开刀，回来后一切都是他的。老医生没当真，后来喝酒的时候当笑话说给同行们听了。第四天，有两个儿子心急如焚，因为只请了两天的假，要赶着去上班。老头儿心里明白儿子们不救他了。儿子们到房里来看他，他就掉眼泪，尤其是小儿子，他过去最疼的儿子，这几年做油烟机代理赚了不少钱。小儿子心肠软，虽然坐过牢，却不是家里最坏的。老头儿用眼神哀求，起了作用。小儿子坚持要送医院。可是哥哥们多厉害啊，自己不便出面，把嫂子们搬出来，嫂子们去做小弟媳的工作，说，把辛辛苦苦赚了十年的钱，花在一个要死的人身上，以后孩子要教育，自己也要留钱防老，这样那样，后来，七个人（不包括那老头儿的老伴，老伴年轻时受了他许多气，没帮他说话的另一个原因是知道说了也没用）轮番做小弟弟的工作，做了三四天，吵得震耳欲聋，小弟弟中间也几度强行打电话叫救护车，并且拍胸脯说所有的费用自己一个人承担。他签了保证书，还摁了手印，可是哥哥们又反悔了，因为传出去影响名声——现在消息多快啊，一秒钟就传遍全国。他们又特别拿自己当回事儿。又拖了三四天，老头儿躺在稻草上，肚大如鼓，面色如涂了墨，嘴唇裂出一道道口子，渐渐地只能出气不能进气。老伴偷偷灌了个热水袋从脚底塞进去，被大儿子看到了，大儿子气哼哼地翻了一个白眼，把热水袋拿走了；老伴想用棉签蘸点水帮老头儿润一下唇。二儿子说，妈，干什么，干什么！他们是真着急，有一个是厂长，要管理一百多号人；有一个是高中老师，要负责毕业班学生的成绩，家长们已经开始投诉了。

老头儿也算识趣，又喘了一个白天和一个夜晚，终于在凌晨悄悄咽了气。死了之后，小儿子希望按他生前的意思让他土葬，可是两个前途无量的哥哥不同意。一旦被举报，是要开除公职的。当着老子遗体的面，兄弟们又是一番争执，震耳欲聋，那些来奔丧的老年亲戚们都说脑仁疼。

老赵说完之后，大家都不再吭声。钱老师讪讪地，有点儿此地无银地辩解说：我家的事向来我大哥做主。我们这一辈人是讲传统的，长兄为父，长嫂为母嘛。

不是讲你家，你老娘的事我还真不知道。不要多心。老赵突然心情变得很好似的，说，我只是想说，这种事我亲眼见过，过去、现在和以后都常发生，不足为奇。

是不足为奇，孙老善说，不要说活到七十多岁，我还见过年纪轻轻生了病家里就不给治的，那还是当生产队长的时候遇到的事，你们都不一定记得了。

大家都侧过头来等他继续说，可是孙老善像好几天都没有开过口的样子继续吃饭。

你当生产队长的时候，见过什么人生了病家人不给治？老李问。老李很少主动问三问四，但是他们都说，她也不阻止。可这次，她认认真真地问孙老善。

孙老善说，你说什么？

我在问你刚才说什么？

我什么也没说。

你说你当生产队长的时候见过有人生了病不给治的事。

什么？

钱老师和老赵也纳闷了，怎么一秒钟之前的话就忘记了。

什么？孙老善抬起茫然的眼睛，他紧接着问道：你们都来啦？

什么？轮到钱老师茫然不解了。

孙老善说，稀客，自从离开大望洲我们老兄弟见一面少一面了。

老赵放下了碗。他看着钱老师说，糟了，孙老善得老年痴呆了。

什么？你是哪个？孙老善居然听见了，他转过头来看着老赵。渐渐地，脸上露出喜悦之情——这个表情在这次见面的十几天还是第一次出现。就好像没有任何忧虑，没有任何不舒服，没有出过远门，没有到达老年，也不像故意装出来的样子，是那种真正的无事一身轻，安享晚年的平和老人。他微笑着伸出手，和几个老朋友一一握过，又连声向屋子里深处招呼，让人送茶来。

几个人闷声不响地把孙老善扶上楼休息——除了楼上，又能去哪里呢？

孙老善睡着之后，三个人坐在厨房里叹气——厨房挨着后门，后门开着，有一点儿风从外面吹进来，缓解午后窒息的闷热，像是要打雷，可是太阳仍然很辣，门缝里一株小草被晒蔫巴了。

孙老善这一睡就是足足一个钟头。钱老师和老赵分别上来查看，回来的时候都说他是正常睡着了，不是昏迷。基于对老头儿们的不信任，老李也上去查看了一次，果然有沉沉的鼻息，偶尔还会咂嘴，像是在吃好东西。

三个人像坐在探监室外一样坐了整整一个钟头，甚至不敢站起来走动，好像走动都会加剧某些坏的格局。其间，钱老师不停地从手机上看新闻。他们最想看到的是这种病（毫无疑问是一种病）被正式承认、宣布，或者已经有专家在研究疫苗，拿出了医治方案；最不济也希望其他类似的事情正在大规模发生，政府正在准备临时安置点，把这些无人认领的老年人集中在一起，抽血——如果DNA失效，使用测谎仪，电视或网上招募证人证词等一系列措施。过去一年，全世界经历的瘟疫、地震、大火和洪灾都是百年不遇。今年全世界的日子都难熬。想想去年，我们还是要什么有什么。猪肉吃得起，从上海到南京一个多钟头就到了，一千多块就能坐飞机去趟海南，孩子们都有工作。孙小林的饭店生意火爆，包间一个星期前就预订出去了，哪想到短短一个月，开除了一百多个人。我的判断是，孙小林连面子都不顾了，那一定是经济真要完蛋了。

顿了一顿，也许怕大家误会他幸灾乐祸，钱老师说，我是盼望孙小林生意好起来。富人变穷最多没有肉吃，穷人再变穷，就是吃不上饭的问题了。

他继续说，这个国家的问题还很多，认识历史问题、与外部世界对话的姿态问题、文化融合问题，最重要的当然是中西方关系问题，如何不让目前的事态继续恶化。

钱老师边说边在本子上画画。他会画高楼、小动物、牡丹花和远处的山峰。老李说，钱老师你真是口才好，写字好，画画也好。

钱老师说，我唱歌也好，以前在学校，我教过美术、描写和唱歌。可是到头来——

这时，孙老善从楼上下来了。他坐到原来的板凳上，接着刚才的话头讲起来了，我当生产队长的时候，你们都一个个还没当医生也没当教师呢，老李那时候还没嫁过来，我就当生产队长了。

是的，老赵看了看其余的人，对孙老善说着说着就失去记忆的事只字不提。钱老师引导地说，八大队的队长，我是三大队的社员，你管不着我。

孙老善说，我们生产队的焦秃子你们记得吗？

大家都还记得。

他领养了一个儿子，儿子长到三十岁，也没有娶到老婆。焦秃子东凑西借，帮儿子在人贩子手上买了一个姑娘。这个事情我当时是不知情的。他们都说是媒人介绍来的，双方情愿，还发了喜糖到生产队，我也尝了一颗奶糖。但是好多天都没有见新娘子出门。大伙都觉得奇怪，焦秃子说他儿媳妇有点傲气，谁也不搭理，门也不出，过一阵子就好了。他这么说，总不会还有人强行冲到他屋里去看人吧，你们说是不是？所以我也一直也没有见过。

有一天夜里，那是三月天，气温乍暖还寒，我听到外面响声震天，猜测是不是哪家着火了，正准备穿上衣裳去看看。刚打开手电筒，看到焦秃子扛了一只麻袋经过我家大门口。他说，队长，我放一样东西到地里去。那时候分地到户不久，所有农民都干劲十足，有人半夜挑粪到地上，有人天不亮起床去浇水，都是常有的事。我看第二眼的时候，觉得麻袋好像还在动，心里想，不会是猪吧，后来想一想，他家没养猪，我眼花了也可能，就没多嘴，而且他扛着麻袋站不稳，满头大汗，我见他不断地点头哈腰的可怜样子，点点头让他过去了，后来我又听了听动静小了，就关了门，上床睡觉了。天亮的时候村主任找到我，村主任边上还站着两个警察。原来那儿媳妇不是明媒正娶来的，是人贩子拐来的，那姑娘机灵，佯装答应，然后写信给娘家。昨天夜里娘家那边带了警察来要人，可是进村的时候焦秃子的儿子不配合，把人堵在渡口跟人吵嘴。我一听，觉得事情很大，就很配合他们的工作，陪他们去找焦秃子。因为焦秃子这会儿正像死狗一样躺在灶间，闭着眼睛装死，一动不动，一言不发。被问急了，翻身起来一口咬定说，家里根本没有第三个人。

不是你亲口中说你家娶了儿媳妇吗？

你们谁在我家见过女的，见过的说说她长什么样？焦秃子眨巴眨巴眼睛，做出苦巴巴的表情说，不过是我儿子要面子，到外面吹牛，我家里向来只有两条光棍。

警察找遍了他的房前屋后也没有找到被拐来的那个女子。那个警察耐心地问看热闹的人，有没有见过照片上的女孩。他们递过来一张照片，一个女孩笑得天真烂漫，露出又白又整齐的牙齿，两只眼睛眯成一道缝，好像刚刚尝过了蜜糖。大家都说从没有见过。跟在警察身后的是一个眼睛半瞎的老头儿，听说是姑娘的叔叔，他沉默地紧紧贴着警察，缩着肩膀，好像担心随时被人揪出去打一顿的样子。边上还有一个男孩，大家猜是那女孩没有公开的男朋友。他东张西望，警惕地打量着每一个人。

警察举着照片挨个问围观的人：见过没？见过没？

真没见过。我们都一一凑上去看，肯定地说从来没见过。有人觉得应该帮着焦秃子说几句话。有一个老人，当时七十岁了，他的牙都掉得一颗不剩了。他带着老年人的沉稳对警察说：

你看看这个家。从门槛开始，一直往里找，看看能不能找到一样超过十块钱的东西？

那警察不明白他为什么要去找超过十块钱的东西。他很不解地看着那个老人。老人觉得警察有点傻，他大声说：

同志，有文化有见识的警察同志，这不是一个坏人，这是一个穷人啊！

警察更加不解了：我来办的拐卖人口的案子，这跟穷不穷有什么关系啊？

我说的就是这个理。经历过旧社会的人都知道只有地主才能买得起人。他是穷人，怎么买得起。他如果那么坏，怎么会这么穷呢！

他大声地说，旁边看热闹的妇女和小孩就拍手喝彩。这个老人本来觉得自己很有道理、很有头脑，现在觉得自己很有勇气、很有正义感了。警察想解释，可是人家不听啊。他一开腔，妇女和小孩子们就大声地叫，大声地笑。僵持了一会儿，两个警察只好带着家属走了。

那男孩却不死心，警察走了他也不肯走，手里拿了块砖在焦秃子家门前的堤岸上站着。他可能想,我就盯着你们,看你们到底放不放人。谁敢上来惹我,拍死你们。我们又觉得他可笑,也敬佩他胆子大。事实证明他还是太年轻、太天真,他抵在焦秃子家门框上硬是耗了两天多。焦秃子父子俩照常吃、照常睡、照常下地,根本不顾那个男青年饥渴难耐。那小伙子也有骨气,连口水也没有喝,毕竟是仇人嘛。有时趁焦秃子不留意,跟打热闹的邻居家小孩打听。小孩们平时傻头巴脑的,那几天也都守口如瓶,一问三不知。大人们交代了,就算平时对焦秃子百般看不惯,这时候也不能向外人伸援手,胳膊肘哪能往外拐!第三天,又累又困又饿的小伙子到底走了。又过了几天,有人看到焦秃子的儿媳妇了。真像是变魔术变出来的一个大活人。不同的是,她看上去一点儿不像照片上的姑娘,不仅不漂亮,而且不怎么正常似的。她傻傻呆呆地坐在门口,腿上绑着棍子,胳膊兜在胸口,手脚都是断的。有一个多月的时间,她整个人都痴痴呆呆的。什么时候看到她,都好像刚刚睡醒,双眼睁不开,身子站不直。焦秃子到处说,他上当了,那姑娘来的时候手脚都是断的,现在又生了一场很重的病,一直打摆子。人瘦得变了形,不要说生孩子,正常生活都不行。人财两空,悔不当初。又拖了年把,她还是不能下地,不能生娃,只能坐在门前的小椅子上看大船,焦秃子让儿子把她送走了。

这么说,你知道焦秃子买人了是不是?老李盯着老赵问。

不能那么说,都是道听途说。我们村上人说话,喜欢夸张和误传。要是村头什么人传句话到村尾,只要经过三个人,一个钟头,保证传过去的话牛头不对马嘴,这个事情你不了解。你想一想,有一年,王富春托人到他妹妹家,叫她回一趟娘家,他妈妈想女儿了。传话的偷懒,派了他的儿子去,他儿子偷懒,请他的同学代话。结果你猜怎么着,那姑娘一路哭着回来,因为她得到的是她妈妈暴病而亡的口信。

你不是生产队长吗？怎么能跟老百姓一样不负责任地看问题？

生产队长是为老百姓服务的，又不是要跟他们作对，或审讯他们的。这句话孙老善好像准备了很久，说过许多次似的脱口而出。

那天晚上那姑娘是被装麻袋里藏起来的，对不对？老李不依不饶地问。

那不能这么说，黑灯瞎火的……

你不是有手电筒吗？

那两个五号电池的手电筒能有多亮？我眼花了也可能。

那姑娘被拐来的时候就已经断了胳膊还是焦秃子把她手脚打断了？

没有亲眼看见。孙老善说。

你也没有看见吗？老李问老赵，你是医生。

我没给那姑娘看过病，老赵说，焦秃子家住在洲头，我住在洲尾。大望洲几百户，一些人相信我的医术医德，还有一些人不信我。我一直听人说他们家儿媳妇病了，但作为医生，我又不是要饭的，不喊我，我又不好主动到人家屋里去……

他们指望她自己好呢，结果也没好。钱老师说。

不是好不好的问题，好不好是后来的问题。是她来的时候是不是好的，她是不是被拐来的，她的腿是不是焦秃子跟他儿子打断的？

焦秃子跟他儿子两人都死了，这个事谁能说得清？

你是生产队长，后来又是村主任，你怎么能不过问呢？老李死死盯住孙老善，眼睛也不眨。

那姑娘被放走了之后，怎么不报案把焦秃子抓起来？老李问。

那年头不像现在这么发达，后来那姑娘走的时候都不像人了，病得认不出人了,谁知道她去了哪里。

你心里清楚,他们家拐人了是不是?

作为生产队长,我当然希望每家每户日子过得热热火火,有女人有孩子。

所以你睁一只眼,闭一只眼?

那倒也不是,虽然以前经常有拐卖人口啊,换亲啊,父母逼婚啊,那时候婚姻不像现在这么自由。我跟我老婆子也是见了一面就定下来,见了两面就进洞房的,不也生儿育女一辈子,和和气气。孙老善说。

你手上犯了这么大错误,居然还顺利当了村主任,看来你真有两把刷子。

别提了,我是村民选举上去的,我也不想干这个村主任,芝麻官,一点儿好处都没有。

对,是没有,可是许多人想干都没干上。钱老师说。

关于自己年轻时的事,孙老善讲完这一件就不再讲任何事。可是老李却盯上了孙老善讲的这个姑娘。她一连串地发问:她的手脚都是怎么断的?找过她的那个男孩之后就没再来过吗?她后来到哪里去了?她现在怎么样了?

开玩笑,老赵说,三十多年前,从四川到安徽就相当于现在从中国到美国,三十多年前我们连收音机都是稀奇货。

大家都说你心肠好,菩萨心,讲公道,看来不全是真的。老李一直以来都那样温和、那样顺从,可现在,她像是吃了枪子一样直盯着孙老善发难。

那天夜里,天气仍然很热,就连窗户吹进来的风都像是在火里烤过了一遍,天上的星星若无其事地悬在天上。因为今年的瘟疫导致大量的工厂停工,路上行人稀少,多少年都没有机会看到的星辰竟然重新在天上闪烁了。星光之下是荒凉的树林,不紧不慢坍塌的路面,随随便便生长的野草。年轻的时候之所以能够忍耐下去,是因为没有见过高达二十多层的房子,没去过电影院,没见识过时速三四百公里的高铁,没有去过能摆一百桌的大饭店,没有看到过百米高的大佛。现在,这一切都见识过了。见识过东京巨蛋、上海外滩、南京总统府,看到过机器人扫地,如今这地方实在毫无吸引力了,一天一天,对每一个人都是煎熬。

到了七月十八日,那天是星期六,其实星期几对他们意义不大,老李独自去了镇上,他们知道她没有钱,但是假装这不是个事。他们幻想她会带回一些吃的、手纸、蚊香,甚至啤酒或者西瓜。当然这些只是心里的愿望,最终什么也不会带回来,因为她的银行卡上什么有效数字都没有,就跟一块塑料没有区别。

但是,快到中午的时候,老李回来了。她满头大汗,拎着一个塑料袋。进门打开,大家挤过去一看,果然是肉、土豆、米和一盒蚊香。这真是太出乎意料了,三个老头儿都像孩子一样笑起来,他们大胆地问她到底从哪里弄来的,当然他们很怕听到一个一次性的答案,比如,捡了一张票子,或者突然发现口袋里还有一张票子,他们更想听到一个有奇迹的答案。

但是没有。

老李说,她卖掉了一枚戒指。本来就不值钱,是当年结婚时小陶买给她的,跟耳朵上的耳环一样,也是老银,有个识货的给了她一百块,当然肯定不止这个价,但是也没什么可惜的,吃饭比那些东西重要。而且,她身上还有一样东西更值钱。她不是指耳环。耳环是婆婆给的,不值多少钱,但她永远不想摘下来。她小心地从屋里拿出来一样东西,是一条铂金手链。这是叶子给买的,我六十岁生日的时候,她说,妈妈,每年生日我都会给您买点儿纪念的东西。后来,她又给我买了一条珍珠项链,还有一次生日买了一个小按摩仪,专门按摩肩膀和后背,可是留在日本没有带回来。

不到万不得已,我是不会卖掉它的,这是女儿给我的盼头。她说着,嘴角挂着笑,突然眼泪掉了下来。

她带动其他人陷入更深的追忆,他们你一言我一语地说着过去。没有感天动地的事,都是这样的小事,买件羽绒服啊,买两斤蛋糕啊,都是儿女的好,现在,这些变得格外珍贵。现实生活如此贫瘠,如同嚼完了肉的鱼骨头,鱼肉、鱼汤、鱼头,或者是鱼出锅时放的那一点儿葱花,这些东西都不在了。他们后来一致认为,儿女不认他们也肯定另有蹊跷。

他们联想到了更多的好东西。老赵想起儿子家浴室的电动浴缸,他只是偶尔会进去使用。不是儿子不许,是自己舍不得浪费水,他此前觉得水应该跟空气一样免费,但现实的情况是,儿子家每个月要缴几百块的水费,这令他郁闷了很久才适应。孙老善想起了龙虾、象拔蚌、鲍鱼,有时候客人点了还没有上桌就一个个喝多了,喝趴下了,被抬走了,这些东西做也做好了,儿子就拿给他吃。钱老师想念有一次到医院开药时遇到一个熟人,那熟人用他的医保卡帮钱老师免费推拿了一次,浑身舒畅。他们还想念火锅、臭鳜鱼、啤酒、麻将、针灸、拔火罐、广场舞,钱老师非常想念几个前途无量的孙子。历史的错误不会再犯,在教育孙子方面,他无所保留。有人的喉咙发出吞咽的声音,谁也没好意思指出来,都假装没有听见。

欢乐的情绪维持了很久。天黑时点起了蚊香。蚊香点燃的那一刻,大家虔诚地凑过去闻。今晚不再受蚊虫叮咬之苦啦。儿女们已经不用蚊香了,他们嫌这味儿重,都用蚊香片、电蚊拍、蚊香液,但是这四个人，异口同声地说喜欢闻这有点刺鼻味儿的老式蚊香。他们沉醉在蚊香带来的旧日幻觉中。钱老师忍不住叹了一口气，其实我们这样生活也挺好的啊，要是不这么狼狈，体体面面地回来的话。

其他人看了他一眼，没有人接话。短暂的欢乐之后，他们更多的精力用来继续想办法——大伙一共贡献了至少十个办法，但可操作的方案寥寥无几，几近全无。

十七

老李和孙老善怄气,可是老李做饭的时候,孙老善仍像个小孩子一样站在厨房门口,巴不得饭马上就好。他完全看不懂老李的脸色似的,他问老李什么事情的时候,老李也装着没听见,实在不能不回答的时候,她也简短得很。有一天晚上,他们坐在门口乘凉,孙老善伤感地说,你也不要不理我,说不定我们明天就分开了。他还从来没有这样沉重,这样绝望过。大家吃了一惊,再去看孙老善,发现他眼皮下垂得很厉害,两只腮本来就因为没戴假牙瘪了进去,现在一看,更老更丑。更可怕的是,他完全不记得老李在气他什么,他也不记得焦秃子的事。他甚至想不起来自己村子里有焦秃子这户人家。大家轮番向他证实,确实有这么一户人家时,他才意识到自己的脑袋里出了纰漏。听明白了原委之后,他相当激动地跳起来,要冲出去到外头搞清楚。大家把他扶到椅子上,围到一起安慰他,给他做工作,告诉他一个老年人不能随便单独出门,尤其是天气这么热又身无分文的情况下,有些老年人就是在这种情况下发生了意外的。钱老师说,我一直都觉得你在佛学方面有很深的造诣。这个时候,救我们的不一定是真相,而是信仰。两个月前,我看过一个视频,疫情高峰期的时候,好像是意大利,他们没有医生,没有口罩,每天都有成千上万的人死去,牧师们联合起来在广场上祷告。按理说,他们也应该去找医生和口罩。可是你看,人家靠着祷告，用信仰的力量带领他们抗拒对死亡的恐惧。

　　这个话题让孙老善略略振作了一些。钱老师继续回忆过去他俩在电话里沟通过的事，认为孙老善给他的人生带来了许多启示。孙老善是真正把"乐善好施"执行得十分到位的好人。现在，这位好人，你有没有什么想跟我们分享的哲理故事？说到哲理故事，孙老善的脑子慢慢恢复了理智。他想起了两个故事，想分享给大家。他清了清嗓子，调整了一下坐姿，不等大家坐定，开始用以前在电话里一样的腔调讲话了。

　　第一个故事，一老僧见一蝎子掉到水里团团转，想要用手捉它上岸来救它，谁知一碰，蝎子猛烈地蜇了老僧手指。老僧无惧，再次伸出手打算把蝎子捧出水面，岂知又被蝎子狠狠蜇了一次。旁有一人说："它老蜇人，何必救它？"老僧答："蜇人是蝎子的天性，而善是我的天性；我岂能因为它的天性，而放弃我的天性！"第一个故事很受欢迎，孙老善又接着讲第二个故事。据《五灯会元》记载：百丈禅师有一天上堂，下座后，众僧都已散去，独有一老人站着不走。百丈禅师便问其原因。老人回答说："我不是人，实是野狐，迦叶佛时曾是这里的住持，当时有学人问我：'大修行人还落因果否？'我回答说：'不落因果。'因此便堕野狐身五百世，无法脱身，因仰慕禅师的修为，特请禅师慈悲开示。"百丈禅师默许了。于是老人合掌问道："请问禅师，大修行人还落因果否？"百丈禅师答道："不昧因果。"老人言下大悟，即礼谢道："今承和尚代语，令我超脱狐身，乞和尚以亡僧礼送。"说完便消失了。次日，禅师在后山岩洞中发现一狐身，便用往生之礼葬了。

　　无善无恶心之体，有善有恶意之动，知善知恶是良知，为善去恶是格物。

　　为善是造善业，为恶是造恶业。菩萨畏因，凡人畏果。唯有大修行者当为则为，皆不所畏之。

大家都耐心地听他说，等着他把话说完。说完这些之后，脸色和情绪都有所缓和。大家明白他得到了释放，于是接着聊刚才的话题。钱老师说，儿女忘记我们，我们总算记得他们，如果我们也把儿女忘记了，找他们的想法就没有了，那我们还有什么呢。

孙老善反应过来，发现他们对他说的话完全不当回事，他一时不能拉下脸来发作，只是悠悠地说了一句：对牛弹琴。

大家赔着笑脸，打着哈哈，又接着商量。老赵说，他们能忘，说不定接下来我们也会忘事。我们说不定比他忘得更彻底。这句话先把他自己吓着了，他的面色越来越灰，像是谁从他头顶撒了一层石灰盖住了他的脸。老李看了一眼，也被他的面色吓了一跳。她过去一直觉得他壮实，扛得住事，他不是经常说嘛，天塌下来我个儿高。一副能担当的气势。可现在，他眼睛下面挂着厚重的眼袋，显得很倒霉。他像一根晒干的挂面，嘎吱嘎吱脆，任何人轻轻一掰，就折了。

老李轻声地说：不要担心，不要担心，会有转机的。她示意他找个舒服的椅子坐下来慢慢说。钱老师也附和着老李。老赵慢慢冷静下来，他急不可耐地说出了自己的想法。

他的想法很简单，在手机上发布被遗弃的信息。被遗忘的四个老人最老的七十六（孙老善的虚岁），还有一个癌症病人（钱老师），还有一个为乡村奉献了青春的赤脚医生，还有一位三十多岁就守寡的老太太。

我们应该通过媒体求助社会还公道，也许管用。与其说大家觉得这个主意好，不如说老赵失常的样子把大家都吓住了。他们一致同意立即就试一试。

他们先打电话给本市交通广播电台。还好，电话通了，有个女声接的。女声把他们的电话、姓名和地址都记了下来，说随后有消息会联系他们。他们幸好有一只旧收音机。打完电话他们就凑到收音机边，时时刻刻竖着耳朵准备收到关于自己的爆炸性消息。但是一整天过去了，没有他们的新闻，第二天又等了一天，也没有播出来。老赵打电话过去催促，那边的导播说他们正在直播一场重大交通事故，这个事情暂时缓一缓。他们还想说什么，人家啪的一下把电话挂了。真是太过分了……老赵又打，对方说了一句"喂"就挂；他们再打，一听他们叫，对方一句话不说就挂。

过一会儿，他们换老李来打。老李酝酿了好一会儿，把情绪和气息调整好了才说了一声"喂"。还好。人家接了，但是对方完全想不起有老头儿投诉的事。没有记录，没有人提起，没有人记得这些电话，真不知道，他说调查一下，结果再打去的时候，他又完全不记得这些事……像鬼撞墙似的。

钱老师才学会玩抖音不久，他试着把自己落难的信息发到了抖音上，"艾特"了他喜欢的几位学者和明星，但是没有一个人转发，观看数为零。孙老善后来又清醒了一点儿，他提议把四个人的照片放到网上去，他们特意在屋后发了霉的墙边上拍了几张照片，每个人都看上去惨兮兮的，可是仍然没有人给予关注，一点儿动静都没有，就像把四块大石头投进水里，没有溅起一丁点水花。到了第二天，钱老师发现原来是手机欠费，没有发布成功。一阵抱怨。换了孙老善的手机，折腾半天联上网之后，仍然没有任何人关注。他们感到灰心，明白了一件事：结果无论如何也是一样的，这个世界对他们四个石头一样的老人不会有任何兴趣。

十八

到了在大望洲的第十九天,七月二十日,下了一阵大雨。下完雨天气一下凉爽起来,凉爽带给了他们一些力量和想法。

老赵说他可以去捡垃圾。他看到镇上有塑料瓶、纸盒子、报纸和废铁,但是做这些至少需要一辆车,如果没有车,光是凭手提,就算捡到了也没办法处理。如果你雇一辆三轮车去运这些东西,到头来,卖废品得来的钱全部付给三车轮主也不够。

这是在逼我们死!孙老善闷闷地说。他是想到死最多的人,另外三人再一次发现,孙老善又变了一副样子。不仅是面部,是整个身体、体形,还有性格(也许最关键的是性格),他变得悲观、刻薄,尤其是他讲到焦秃子家的事情的时候,大家都相信他知道麻袋里装的是人,被打断了手腿,蒙住眼睛和嘴巴,藏在了地头。孙老善怕麻烦,才假装不知情。说不定他拿了焦秃子什么好处(焦秃子水性好,喜欢摸鱼捉虾),可能他吃过人家鱼虾才没有去查真相。那姑娘后来之所以病成那样,也是因为在寒夜里冻了好几个晚上的缘故。后来她被送回娘家——也许根本就是往路边随便一扔,如果她想跟回来,抡起一脚把她踹倒,转身就跑。他们是能干出这种事的人。都是一起长大的,他们是什么人,大家心里都有谱。老赵、老李和钱老师都觉得左邻右舍,包括孙老善虽不至于是同谋,但一定都是知情人。而且,他在这个时候讲出那样的故事——事实上是在折磨其他人。至于用意嘛,他们猜测,也许觉得不应该让他一个人看上去十分焦虑和害怕,而其他人都很淡定。其他人并没有像他以为的那样淡定,这里只有老李是淡定的。她用几两面做了几个馒头,虽然只有一团面,但发起来之后看上去很多,他们是因为这个事才显得有点儿振奋的。孙老善插话的时候,其他人开始有意疏远他。他们完全可以像前几天那样说,没事的,船到桥头自然直,车到山前必有路,那样的话来上几句,但没人说,似乎有意让他受折磨的时间可以长一点儿。

挣钱的方案被证实不可行,但大家也并没有完全想到死,毕竟老李身上有一条铂金手链。孙老善的房子里还有一些老物件,比如一幅中堂画,画上是一只老虎,画框还是名贵的木头做的;他们还发现了一个镜框里有一张合影,是孙小林和前任县长(没下台,升到省里去了)的合影,这些东西可能是新的证据和突破点。孙老善开始忘事之后,很嗜睡。他不在的时候三个人随便聊出来了一个新想法:实在万不得已的时候,可以拿着这张照片到县(刚刚升级为市)政府喊冤的,但这事孙老善肯定不会同意,跟他们不同意到自己儿女的领导那里揭丑是一样的道理。眼下,这个事谁也没提,先这么搁着。

但是,不幸的是,钱老师也开始忘事。距离孙老善忘事不到两天,钱老师一拍大腿,说他想到一个好点子,他提议去找周立全帮忙做证。显然他忘记了这个好主意早已实施未果。他一开口,其余人立刻明白,"脑子发昏"这事轮到钱老师了。老赵倒不那么着急上火了,他逗钱老师说周立全绝对不会帮忙的时候,钱老师委屈地说,他教了他三年多。

三年多他都学了什么呢?

他是个调皮捣蛋的家伙,可没少让我操心。我当老师的头一天，立志好好教书育人，为建设"四个现代化"添砖加瓦，当好合格的园丁，为祖国培养更多的人才，为实现四个现代化而奋斗终生。可有人是三天不打，上房揭瓦。所以，教育，就是因材施教，对有的同学，鼓励、表扬；有的人，就要当头棒喝，绝不能手软。

孙老善一听，乐了。他说，老钱你一套一套的，可你自己才高小毕业，你当了老师，好像打学生是家常便饭吧。有一个学生头被你打破了，有一个学生手指被你打骨折了，这事闹到大队干部那里了，这事你不记得了？

老赵补充说，你的学历事实理论上讲当老师不合格。你许多字都不认识，比如"惴惴不安"，你一直读成"喘喘不安"；"辍学"，你念成"缀学"。我有一天在县城坐公交车，看到一个穿西装打领带的男青年在说，他"千里绍绍"去找他的叔叔，我就断定他是我们大望洲的。我上去拍拍他的肩膀问他是不是，他点头说是；我说他没有念过初中，他有点伤自尊，奇怪我怎么知道的。后来一追问，果然是周建设的儿子。就算他长大成人出去闯世界，穿得人模狗样，用的成语还是你钱老师教出来的。一开口就把他的老底全兜出来了。但凡念了初中，比如赵光军，到镇上念了初中之后这个错别字就纠正过来了，他倒没有怪你教错，他小时候喜欢炫耀成语，到了初中反而一个也不肯说。为什么？怕说错，丢人。

看着大伙乐得拍手跺脚，钱老师脸都气青了。这不能说明什么，如果一定要说明，那也只能说我看的字多，听的字少，我是自学成才；再说了，我当老师是上级领导的意思。

上级领导不了解你，孙老善笑着说，了解了就不会赞成。

幸亏你那时没当村主任，当了村主任你肯定就不赞成。

那是。

纵然孙老善从内到外都变了一个人，一天比一天瘦，肚子里的水分和气度都被抽气筒抽走了，但如此直截了当地用话伤人，钱老师一时还不能适应。他张开嘴想吵一吵,可能是想到了自己还住在人家家里,他吞了一口唾沫,默默地转身上楼去了。过了一会儿,他再下来,问大家:

什么事这么好笑?中午要不要帮忙做饭?

现在,轮到他把上午的事忘到脑后了。孙老善大惊小怪地说,天哪,你的记忆差到这种地步了,用年轻人的话说,你的脑袋长在脖子上就是个摆设吧?

在钱老师的小本本上,这个上午一字没记,是一个完全的空白。老赵不得不拿过来把上午的事简要地记下来。现在,它不是一个会议记录本,它是一个新的证据。证明此刻的困境,证明此刻的真实。

稍晚的时候,老李发现四个人都处于清醒和当下的状态,要求坐下来开一个会。

这是老李第一次召集会议,大家虽然很好奇,但三个老头儿都同意了。他们先就"求助媒体"这件事总结了一下,觉得这仍然是一个沟通上的迷宫。老赵说,且不说遗弃父母的事可能经常性地发生,已经不能算是新闻和卖点了,也不说这种事情是空说无凭,他们在无法分辨真假的情况也不会贸然行动。

他们可以调查核实!孙老善说。

没有人愿意为不相干的、没有价值的事调查核实。我们四个老人,"老"这个字,就代表了一切,代表了没有价值,代表了无用,代表了遗忘。但这不是我今天要说的重点,我的重点是,我们不能从科学的角度来看我们的处境了,科学已经不能解释这整个事件了。

她让钱老师把小本本拿出来,找到了找周立全那一天的经过,她问钱老师,为什么你今天又突然想起来找周立全呢,明明都试过,也失败了。我的确忘记了。钱老师的脸上出现了羞愧的神情。对自己的口才、见识和记忆，他向来是不吝自夸的。老李又趁机把孙老善第一次提焦秃子的事找出来，又指出在时隔一个钟头之后孙老善才把后面的话补全了的经过。三人三口，白纸黑字，钱老师忘事的事得到了证明，孙老善也承认自己脑子这几天有过断断续续的短路。

老李说，接下来就是老赵和我了。这一点儿不能怀疑了。

我觉得，老李说，这里面是有大名堂。

就在两天前，当时三个老头儿觉得这是一个大阴谋、一个捉弄他们的恶作剧，有一双大手在操纵着整个事件，差不多觉得这是个大陷阱，要不是老李打岔，说了个日本的事，那天就研究出结果了。但今天，老李在他们的基础上找到了新的思路。她首先认定这不是科学能解释的事情，也不可能真的是一个大陷阱，但是经过这次媒体求助，老李说，我看清了一点：对于有能力恶作剧和耍阴谋的人来说，我们毫无价值。这是一场厄运。厄运找到了我们，就这么简单。科学解释不了这一切了，得用迷信的方法。

什么迷信的方法？老赵问，算命？烧纸？驱鬼？

老李摇摇头，她说我不知道，我只知道我们可能犯了方向性的错误，这样下去，就算到死，也许我们也回不到原来的生活。我只能说，我有这个预感，我都不能说这个预感是对的。钱老师的本子太重要了，有了这个本子，我们说过什么做过什么都可以查。

可是，如果我们有一天忘记有这个本子了，怎么办呢？不用说，是孙老善的嘴巴在动。他变成了彻底的悲观主义者。他窝在椅子上，整个身体像一团变硬的橡皮泥。

所以我们要记录，要相互提醒。比如我们马上就要把今天的会议记录下来。今天做过了什么，明天要做什么全写在本子上。同时还要写"冰箱贴"，哦，就是把纸条贴在醒目的位置，上面提醒自己起床第一件事需要做什么，还有标注好每个人身体有哪些毛病，每天服什么药，差不多像一个档案。我们四个人多多少少都认得几个字，每天早上一起来就要复习一下昨天，就会知道昨天是怎么过来的，过去的我们是什么样子，我们有几个孩子，我们的孩子在哪里，叫什么名字。过去我们全靠记性，但现在的事实证明记性是靠不住的了。我们要靠笔，我们需要更多的纸和笔，钱老师，麻烦你记一下，我今天要去镇上买笔和纸，最便宜的纸和最便宜的笔，每个人都要随身带一个，不要丢到一边。

她说完的时候，听到了抽泣声，钱老师在擤鼻子。他发出智慧而哀怨的诘问：要是我们忘记了字怎么办？瞎了怎么办？手脚不能动了怎么办？哑了怎么办？过去这都不太可能会发生，但现在，什么也说不准了呀！

孙老善咧开无牙的嘴，哭得像个孩子，不，他已经成为一个孩子，尿顺着他的裤衩往下滴，屋子里一股尿臊味慢慢弥漫。老年人的尿，看上去颜色很深，闻上去有股浓重的刺鼻味。

钱老师，我们要买一包尿不湿。她冷静地说。大家以为会议结束了，老李又说，再加上新的一条：从现在开始，我们不要说假话了。因为假话被记下来了，等到忘事之后，你自己都不会记得你说的是真话还是假话。也就是说，到时候这些话会误导你，把你引入到越来越假的回忆里去，那时，我们就真的什么也没有了。

我没有说假话，钱老师说，我问心无愧。我一辈子教书育人，自己的儿子没成才，到老也没转正，几年前死里逃生，我们这些人，一辈子在饥里长，苦里熬，不知道老天何故找上我……

不知道是目睹孙老善尿失禁，还是哪里不舒服，钱老师伏在桌子上，说着哭着，哭着写着，把自己的话往本子上记，记着记着眼泪又砸下来，糊住了视线，实在看不清字了，他索性放下本本和笔，大放悲声。

十九

虽然情绪糟糕透了,他们还是轮番把自己的名字、生日、家里人口、地址都一一写在本子上,虽然写的时候也犹豫,因为不确定此刻的记忆是真的还是假的。比如老李在本子上写着:大香,二香,叶子。老赵纠正她说,你只有两个女儿。怕老李也忘事了,他举手发誓说,我们都是看着你女儿长大的,看着小陶过世的,看着你婆婆过世的,甚至也可以说看着你被拉去结扎的。老李想了一会儿,同意了他的话,但她在"叶子"两个字下面画了两条杠。她说,我做个记号就是了。

这之后,他们把早饭挪到上午十点,中饭免了,傍晚的时候再吃一点儿,换句话说,每天由三餐变成了一餐半。纵然如此,厨房塑料桶里的那点儿米眼看又见底了。

越来越自如了,在这里,前屋后屋,下楼上楼,开门关门,同时也越来越难了,每一天都像是静止的,每一件事都被放大了。这本是无比习惯的地方,现在越觉得每一分钟都那么难熬。这不再是生活,这就是煎熬本身。

有一天,孙老善去后院,摸摸索索找出来一瓶农药。

几个人围着看药瓶上的字,隐隐约约写着"剧毒"字样,孙老善说,弹尽粮绝,我们就分着喝掉。

又何必真喝呢,钱老师说,我们拿着它,到镇上做做样子,也许有人发了慈悲,给我们一些吃的。

老赵说,我一点儿不怀疑有人给我们吃的,那些年纪轻轻、不缺胳膊少腿的在街上讨,多多少少总能讨到一些。我们这些七老八十的,也一定会有人施舍两口。但是,我们不能不要脸啊!脸不要了,活着还不如死了。

老赵这话讲得理直气壮,但是,他说,就是死,我也想死个明白。

过了不久,他可能觉得"死得明白"是个不能实现的梦,他说,再不济,我也要说说心里真实的看法。

你有什么真实的看法需要表达?老李盯着他问。老李的态度很真诚,一点儿不带敌意,就是一种关心体贴的样子。老赵看着老李,突然觉得感动,他动情地说:首先我从来没有嘲笑过你没生儿子,我可能心里的确想过这个问题,我们村,哪一户人家没有想过个问题,把这个事当成短处来想的呢。但是,对你,我是真的从来没有瞧不起过。

老李摇了摇头,我知道,我早就知道了,那时我过不去那个坎。谢谢你。她说完不好意思地低下头,她喃喃地说,这不算什么大事。

她这么说的时候,声调很低沉,像有一种暗示。老赵一时有点发怔,他不知道,被嘲笑不是个大事,还是没有儿子不是个大事。他终于没好意思再问,因为再问,反而暴露出对往昔的耿耿于怀。

于是他接着说,其实有一件事我有点后悔。那是我行医的最后一年,那天下午,我背着培训时红十字会赠送的木头药箱出诊,给一个得了肠炎的人打吊瓶。经过七巧村的时候,突然看到人在奔跑。我正纳闷,这时有一个人看到我,马上说,太好了,医生来了,医生救命来了。

我看到一个青年人倒在地上,四肢弯曲,双手像鸡爪一样,而且不停地抖动,他瞳孔上翻,嘴唇青紫,口吐白沫,衣服上沾满了大小便。旁边跪着一个老太太,嘴里不停地喊着"儿啊儿啊",不停地向围观的人磕头作揖,请人帮帮她,她摁不住他。旁边还有人正在往发羊痫风的人嘴里塞一个木勺。

他快不行了,快不行了,医生,救救他。旁边有人朝我喊叫。

我当时突然觉得很害怕,想起了我徒弟救了那个精神病孩子的事。我知道这两件事不相干,可不知道为什么,那件事使我很紧张,我手和腿都不听使唤了,旁边人还在扯我、拽我,可是我就是不能动弹。

有人喊,他把自己的舌头咬断了。

我一看,果然,发羊痫风的青年人,嘴角和脖子上全是血迹。眼看着他又要急速地抽搐了。

我心里说:把他的衣领和裤腰带全解下来,我心里还知道,要把他的头偏向一侧,让他嘴里的东西吐出来,不要倒吸到气管里,不要把气道堵住了。可是不知道为什么,我说不出话来,也动不了。

他抽动的时候,旁边两个人一直在按着他的腿,想把他稳定住。错了错了,我心里说,可是我说不出话来。旁边有人不耐烦,恶狠狠地对我说:你这个人,这么胆小怕事,怎么当的医生?

这个时候我意识到再不上去帮忙,这些人就要动手打我了。但是,我突然冒出来一句,我不是医生,我是给医生送药箱的。那些人大失所望地把注意力从我身上挪开。我趁机背起药箱,挤开人群,灰溜溜地逃走了。

那个地方我以后再也不敢去,就像我的徒弟不敢去那个杀人的小孩的庄子一样。

所以你到底没救?钱老师问。

没救。

那个人死了吗？老李问。

老赵没有回答。他垂着头，不知道因为说出来了是轻松一点儿还是觉得后悔。

可能没事。孙老善替他说，他也见过有人发癫痫，发作了许多次，每一次都让人觉得他要死了，但每一次都活过来了。

是的。老赵松了一口气，连连点头，算是领受了孙老善的好意。

老李突然问，你那个徒弟怎么样了？

什么徒弟？

就是把精神不正常的孩子解绑了，让那孩子把父母杀掉了的那个徒弟。

老赵愣了一愣，好像这个问题实在太意外了，又或者太不需要答案了，反正他很久什么也没说。大家等着他抵赖，钱老师已经在本子上注明：七月二十三日，老赵第一次出现失忆。但是到了晚上，老赵的面色不怎么好看，对老李的态度又来了个一百八十度的大转弯。他说，我的徒弟过得还好。他不是一个坏人，他当时不是存心的。人一生中怎么能不犯一些错误呢？老赵说着说着有点激动了，老李，你这样问是什么意思呢？

老李看了他一眼，过了很久，她说：我觉得你讲得对，即使死得不明白，也要讲一些真话。

老赵一时又有点气短的样子，张口想争辩，老李轻轻摇了一下头，制止了他，她慢慢走到椅子边坐下来，理了理自己的衣襟，开始不慌不忙地说话。她说，我跟你们的看法相反，你们上次觉得我大女儿不懂事，我倒是觉得我大女儿特别懂事。我那时脑子里全部心思都在养一个儿子。政府抓得越紧，我就越觉得这事价值大。不管谁说什么，我都疑心是在笑话我。一开始我婆婆站在我一边，小陶不肯说什么。时间久了，小陶也受到了影响，不管谁说句什么话，他就会想到人家在笑话他。比如有一次，他听到邻居在说他家的棉花公枝多，母枝少，氮肥上多了，磷肥又上少了。

小陶也在地里锄草，玉米叶子遮住了他们，他也没听清，就听到"公"和"母"这几个字，以及他们笑成一团的样子。他回来告诉我说，今天周立伍和胡万魁在地里笑话他。我问，他们笑话他什么？他说那些人都说他家的棉花公枝多。他说这话的时候身上发抖，脸涨得通红，像有人从后脑勺往他脸上吹火。

换了现在，我会笑出声来，这算什么呀。这跟我们有什么关系啊，可那时我还年轻，脑子简单，我一听，脑子也嗡的一声大了。

小陶等着我说点什么，可我什么也不想说。他见我不说话，就走开了。要是那时我说一两句话宽慰他就好了，可是我只顾着自己生气，由着他晚饭也没吃就上床了。

后来的事情你们都知道了。人家在地里说笑，他又以为胡万魁在笑他。这一次，他没有忍，冲上去理论。人家先是不承认，可是后来，他都快要觉得自己是无理取闹，想回家的时候，胡万魁却又火上来了，他在小陶背后说了一句：笑你怎么着，你老婆已经结扎了，你就是个没有儿子的绝户嘛。

小陶一听当然不干了，要往人家身上撞，冲了好几次，那时邻居热心，过来拉住了，还有人拖到回家的路上。他们以为把打架的人分开送回家就没事了，可是他回来的时候一言不发，我知道他心里难受，可是我比他更难受，我也想着人家在背后笑话我。我就说，这些人的嘴就是欠。

他一听，明白我也鼓励他凶一点儿，给点颜色人家就不敢随便说了。人是欺怂怕狠的。他拿起一把锄头就出去了。他谁也打不过，打不过人的人气性大。进门的时候他一头撞在门框上……

后来说是脑溢血。可我信不过医生，我觉得是胡万魁打的，我婆婆也认为是胡万魁打的，全村都认为是胡万魁打的。胡万魁拿他儿子的命发誓，说没打他，可是后来，他又改口了，说就只打了小陶一拳。我不知道他为什么改口，但要说良心话，我觉得如果胡万魁真打了，小陶死之前是有机会告诉我的。小陶只是说他头撞了一下，可我当时根本不想记住这句话，我只记得他出去找人打架，回来就死了。

我们把他送到公社医院。不到半个钟头，人家就宣布放弃抢救。我脑子里一片空白，但我记得公社医院旁边的一片竹林，那片竹子又齐又直，风一吹，发出哗啦啦的声音。

我女儿放学的时候过来了，她站在我边上。她挡住了太阳和风，她跟我一样，一声也没有哭。她就那么死死地看着我。好像我要是敢掉一滴眼泪她就饶不了我。

他是自己死的，孙老善主持过公道，人家也赔了钱。还能怎样呢？很奇怪，那时候，我第一个念头是陶家绝后了。我觉得绝后这个事比小陶死这个事更大，好像同时发生了两样事，但另外一件看不见的事更大。我怎么跟我婆婆交代呢，关于她儿子绝后的事，至于她儿子的死，说到底，不是我干的。但是我大女儿知道是我干的，她一说我心里就认了，不赖了，是我干的。是一天又一天，分成十几年干的。但我嘴里没有承认过，我没想清楚之前不愿意承认，我们母女俩的关系从她爸爸死的时候起几乎就水火不容了。

老李说完了大伙谁也没说话，这事本来他们觉得一清二楚，现在他们好像又云里雾里了。他们以为掌握了全部事实，现在从老李这里又发现事实完全没搞清楚。就连当时帮小陶主持公道的孙老善，也料不到背后有这样复杂的东西。他做了当时觉得非常公正的事。在任上的那几年，他对胡家相当严厉，农业税一天也拖不得。别人可以拖，胡家不可以拖。冬天挑坝的时候，他胡万魁跟妇女一样八分工。夏天防汛的时候，别人值上半夜，胡万魁值下半夜。为什么？他身上有人命。孙老善说。

不仅孙老善，村上其他人家也都自发地帮小陶讨公道。你胡万魁不是有儿子吗？你儿子十六岁了，要自愿参加上面派发的修坝活。胡万魁说，我儿子前几天腿跌断了，正在养伤呢。

那不行，其他人反驳说，那你要替他补工分。他跌断了腿又不是别人打的，是他自己的事情。如果只要跌断腿就可以不修坝，我明天也跌断腿；就是跌不断，我也裹块布，你觉得行得通吗？

胡万魁被人围在中间，敢怒不敢言。过了一会儿，他说，好，我替我儿子偿还工分，你们干十天，我干二十天。

这样的事可不止一桩。大家都长着菩萨心肠，看到你们孤儿寡母没有男娃为你们打抱不平。胡万魁后来受不了邻居们的鄙视，一九九三年搬离大望洲，当时我们都觉得老鼠屎走了一锅粥更香了。

对，钱老师说，别人都说孙老善英明正义。我记得他谦虚地笑笑摆手说，做这些事都是应该的。

我做这些事当然是凭良心，孙老善说，如果希望人家说好话，那就不是真正的公道。我从来没有在你面前表过功，对不对？孙老善看着老李问。

老李没有回答他。过了一会儿她像是自言自语地说，大家都喜欢主持想当然的正义，却看不见那内里的正义，但是我大女儿看到了，她长着一双特别辣的眼睛。她看清楚了。

她说完走回了自己房间，把几个老头儿晾在那里。那天晚上刮起了大风，偏屋的瓦片被吹错了位，在屋顶上骨碌碌地滚。一会儿在东边，一会儿又去了南边，听起来像是什么东西在顽固地挣扎，想跳起来，想飞走……直到从屋檐下掉到地上摔得粉碎，那声音才结束了。但是老头儿们明白，再下一次暴雨的话，那个屋子就要漏雨了。一漏雨屋子里的东西都会腐烂，都会发霉。这就是规律。

奇怪的是，自那之后，老李仍然整天忙忙碌碌，除了钱老师偶尔打扫一下卫生之外，其余的事都是她在张罗。事实上，钱老师的其他慢性疾病没有好转，唯独洁癖似乎不治而愈，看到绿头苍蝇飞在头顶，他也视若无睹，照常发呆。但是疾病也好，困境也罢，也没有使他变得痛苦欲绝。相反，他的脸上呈现出一种难以捉摸的表情，似乎受什么更神秘的东西困扰，令他苦苦思索。老李虽然承担了所有的家事，但是，她的美好形象似乎发生了变化，他们对她的好感打了些许折扣，看她满头大汗，他们也没有前几天那么多客套了。相反，第一次见面时，她端庄严肃的面容，这会儿显得呆板干巴——女人还是高挑丰满一点儿才耐看，她用围裙擦一擦额头上的汗珠，擦了一层又冒出来一层。这点点滴滴的汗水似乎都在强调，她是一个罪人，这会儿她拿出她所有的钱和所有的精力，显得理所当然。

二十

很快,"忘事"的问题困扰到每一个人。老头儿们忘记和老李的矛盾,头天抱着事不关己的态度看老李忙碌,第二天早上就会笑着问她睡得可好,但有时候醒来的时候却不知道自己在哪里,第一件事也不是去看桌子上的备忘录,而是到处乱窜,花好大一会儿才回过神来。他们忘记了准备带钱老师被周立全打耳光的事,忘记了写告状信的事,忘记了去找县长的孙子讨钱的事。这种事在每个人身上都几乎发生过。但最离谱的还是孙老善。那天,他醒来后走到楼下,直接推开老李的房门,喊她起来烧壶水泡茶——那是他之前的习惯,他把老李当成他过世的老伴了。老李立刻翻身下床,迷迷瞪瞪往外走,但她忘记了厨房的位置,在屋子中间转了几个圈,正想发问的时候,孙老善和她同时想起自己的处境,一个急忙回楼上穿汗衫,一个回到房间去看备忘录。

现在,他们知道这件事跟食物和药一样重要,他们明白,现在的问题已经不是孩子们把他们忘了,而是他们会忘记孩子们,这件事比任何事更让他们难以忍受。一想到脑子里贮藏的所有童年趣事、过去的生活场景、儿孙们、饥饿和河豚鱼的滋味,万万不能接受,还有妈妈的样子、自己年轻时说过的话、去过的地方、儿子所有经历过的事,这些记忆,这些支撑灵魂的记忆,如果被偷走的话,那跟要了命又有什么区别,那跟植物人有什么区别,那跟行尸走肉有什么区别，那就是被夺去了全部所有！那就是天塌下来了。

如同一张大网从天上直往头上掉，而且他们看到大网的纹理，简直铺天盖地，密不透风。

还有一件事也不能忽视。他们看到有人在岛上出入。

有一天，他们看到江滩上有几个人影在走动，退回屋里，发现是几个十多岁的男孩在玩，想起来可能是放暑假闲逛的学生。这里是冒险的场所，是游戏的最佳位置，虽然现在的孩子基本上都是在手机上玩游戏，可是也很难说，他们会不会把这里当成冒险的乐园玩征服游戏。

如果我们对峙起来，我们不是他们的对手，他们中最小的两个人都可以干掉我们四个。孙老善说，我要找几把锄头和铲刀出来，这些东西就在偏屋里，在石头上磨一磨照样能用。四个人挤在窗口紧张地朝外看。孩子们手里多多少少都拿着东西。有人拿着树枝，有人扛着一把喷水枪，还有一人手里抓着篮球。他们看到的不是玩耍的孩子，而是潜在的危险。孩子们手上的每一样东西都能当成武器砸过来。他们之前从来没有觉得这些半大的孩子们会是他们的敌人，这会儿却同时感到害怕。他们深知自己的老迈是一目了然的，那些孩子如果站在跟前，也同样对他们的软弱一目了然。这些想法让他们的心跳加速，呼吸加重，孙老善开始瑟瑟发抖，也可能是站得太久所致。年轻代表着未来，他们过去多么喜欢年轻人呀，但是现在，年轻人代表着进攻和危险，令他们感到恐惧。所幸孩子们只在堤坝上玩了一会儿，爬了一下山，折断了几根树枝，逮了几只知了，又捣了一个鸟窝之后就开始往回撤。他们的叫喊声渐渐消失的时候，几个人才松了一口气，从窗户边走开。

那天夜里，孙老善在梦里就跟这几个男孩打了一架，他叫起来：走开！走开！走开！

钱老师被吵醒后，把这一幕记了下来：孩子们在梦里冲了进来，但我们白天没有受到攻击。

他后来——因为迟迟没有重新入睡，补了一句：我们的位置算不上安全，房子是这个岛上最好的，反而更容易成为目标。

第二天早上，老李贡献了一个计划：把自己的金链卖掉，去聘请一个律师，让律师去和孩子们沟通。律师跟警察不一样，警察是公家的，律师是为自己工作，他们拿了钱，会做警察不肯做的事。到时候可以让律师一纸诉状送到法院。老李问大家是同意把链子卖了换粮食还是找律师。这一回，老李决定用民主的方式来决定。

她等在那里，好大一会儿，没有一个人把手举起来。

这个事有什么好反对的呢，这是替我们解决问题的人哪！我女儿在日本遇到事情总是会先咨询律师。老李把不解的目光挨个投向三个老头儿。

老赵说，我来讲一个故事吧。我在上海的时候遇到过一对老夫妻。他们不是上海本地人，但在上海生活了三十多年。男的是大学教授，女的是高中老师，他们有一双儿女。有一次为了一个根本不值一提的事，他们跟楼下的一个本地住户发生了一些冲突。对方是老上海，当过知青。两个人一言不合，可能是对方先动的手，老教授吃了亏；也可能是老教授跟不上对方的语速，拿手指指了别人才让人捣了一拳。本来这事被人劝解一番后就结束了，各自被劝回家。可是回家之后，教授的老婆越想越气，就到派出所报了案，她要求不高，就希望对方给一个道歉。没想到噩梦从此开始，她等来的不是道歉，而是对方的"伤情鉴定书"和一千块的赔偿要求。一千块数字不大，可是太窝心了，明明自己被打了。教授两口子不甘示弱，也去医生那里搞了一个"伤情鉴定书"，也是轻伤，也要求对方赔一千块，外加道歉。对方没有接受，反而去法院递交了诉状。为了尊严，他们也递交了诉状。他们听说对方的亲戚就在区法院工作，教授找到了自己在市法院工作的一个学生，对方又找到了在省法院工作的亲戚的亲戚。两家杠上了，互不相让。具体过程我说不清楚，但官司整整打了六年。

最后谁赢了？钱老师问。

教授赢了。老赵说，问题不在于输赢，在于代价。教授付出的代价是惨重的。他的女儿本来在一个外企工作，长得很漂亮，也有很好的前途，为了父母的官司，不得不一趟一趟往法院跑。为了早点摆脱官司，她也曾经私下找对方和解，愿意私下赔钱给对方，只求对方给她父母一个道歉，但是对方的子女也有类似的想法，结果自然不欢而散。

拿到赔偿款之后，教授转手把钱捐给了希望小学，以示六年来只为尊严而战，不为钱财。官司之后大约三个月，教授的女儿得了重度抑郁症，在医院里住了很久，病情一直有反复。有一天晚上，这个女孩从自己房间的窗户跳了下来，因为预估不足，掉在一丛灌木上，只擦破了皮。这个时候距离官司结束已经快一年了。他们当时没有把官司和女儿的病联系在一起，直到有一天，这个女孩在半夜冲到父母床前，把她干的所有事都兜了出来。因为夜太深了，她的话清晰地从窗户或者其他地方冲了出去，被一些耳尖的人听到了：为了尽快摆脱父母的官司，这个女孩不得不一次次行贿。一开始自然是买点好烟好酒，后来只能陪律师和法官睡觉。现在事情结束了，她觉得自己快要疯了。这事在楼道里传开了。老两口捂不住女儿的嘴，只好用被子把女儿整个人裹在里头，差点把这姑娘活活闷死。第二天送到医院，说是精神分裂。好不容易女儿的病情缓解，生活能自理了，没多久，教授的老伴也得了神经衰弱，天天喊头疼。可能现在还没有好呢。

不值得。老李深深地叹了一口气。

当时不知道不值得啊！后来他们搬到了赵光军的小区，但是风声还是走漏了，有人认出了他们，后来他们只好又搬走了，搬到谁也不认识的地方去了。

找律师的念头在这样一个故事结束的时候就像水掉进了水里，在每个人的心头彻底消失了。

我还有一个比较省力的办法，预感到大家又会长吁短叹一番，钱老师拿出一张纸。上面写着：

二顺吾儿：

　　有一事相告，我手上有两只康熙年制的古董花瓶，曾经放在家里，里面塞些针头线脑，后来有人上门收购，出价五千。我没卖。因为我觉得不管什么东西，有人张口出价五千，那么它应该值一万。但是后来我把这事给忘了。最近，又有人来收购。他们出价三十万。眼下我确定这是真正的古董。想来想去，我还是觉得不能卖，应该交给你处理。如果你得空，就回大望洲一趟，我目前住在孙老善家。

后面附上电话号码、身份证号码等信息。

原来你有古董？老李看完信惊喜地说。

我没有。钱老师白了老李一眼，这是诱敌术。他们可能不爱父母，但不会不爱钱。你们可以照着这个意思写，然后寄给他们，能来几个来几个，来了见上面再说。

原来如此。我一看还当真了。老李讪讪地放下信，让到一边。

除了老李，其余的人都顺从地照着那张纸抄了一遍，在信封上写下孩子们的地址，但是谁也没有把握这些信能准确寄到儿子们的家。毕竟发生了这样荒唐的事之后，不能指望邮政系统完全运行正常，因为过去的逻辑和节奏都失效了。说不定这个信一放进邮筒，一把火烧了邮筒的事就会发生；或者运载这些信的车在路上发生了事故，车里的邮件全部掉进了河里，捞出来的时候都被泥糊住了；或者干脆，这些信在投入邮筒的时候就自动消失。反正，要有出纰漏的思想准备。

这是他们来大望洲的第二十五天，孙老善特意换了一件最近频繁使用，领口和肩膀都已经脱丝的丝绸对襟衫，这件衣裳无论什么时候穿，都能使他感觉到一种尊贵。就是此刻，在没有空调的乡下，只要稍微动一动就会汗流浃背，但是，这件衣服仿佛唤醒了昔日的尊严和骄傲，他神情严峻，拄上拐杖，戴了一顶过去的草帽，拿上大家的信，挺了挺背，带着孤注一掷的决心迈开了第一步。老赵紧随其后，他没有特别上档次的衣服，当初仅有的一套洗洗晒晒，旧得很快，他没忘记戴上那个用了很久的口罩。他们的任务除了寄信，还有找粮食。帽子和口罩增添了他们的神秘感，钱老师以药吃完不能动为由没有同行，事实上他因为写了这封信，已经觉得尽了很大的力，而前一个星期的粮食都是老李的首饰换来的，一种隐形的公平，他和老李留在家里。但他们对老赵和孙老善能搞点吃的回来这件事，并不抱乐观态度。

孙老善用仅有的硬币买了几张邮票，把信投进邮筒后，两人发现无事可干。他们步履缓慢，踏地无声地在镇中心闲逛起来。先是在超市门口绕圈，后来又朝相反的方向转悠。经过药店，但没有进去。此行越发没有意义，空耗神思，后来他们累了，停在了菜市场。环顾四周，什么都有：吃的、喝的、玩的、用的，所有他们用得着的东西,急迫需要到手的东西——一个月前还司空见惯、挑三拣四的物体和食物现在都那么诱人,那么珍贵。看着人来人往的集市,他们茫然地转动眼珠子,就那么贪婪地看着眼前的一切,好像眼前的一切都是海市蜃楼,随时会消失。

等了好大一会儿,天越来越热,他们往街道的西侧走去。他们的记忆里,那里有一个水塘。等他们到达西街的时候,水塘不复存在,取而代之的是一长排房子。房子的墙上刷着白色的油漆,到了下午四五点,他们觉得很渴,孙老善支在他的拐杖上,张着嘴喘气。他们很想喝口水。正在这时,他们看到一个背阳的墙根下有一个小小的纳凉处。一把写着"如意康复院"的红色大遮阳伞下坐着三个老头儿和一个老太太。那老太太尖尖的脑袋,花白的头发有点儿鬈曲,挨着她边上一个穿着白色看护服的小姑娘懒洋洋地靠在墙边的一个铁架子上玩手机。那个姑娘的小腿白得亮眼,她的手机有时是鼓点激烈的音乐声,有时是如怨如诉的猫叫,她的手指快速地划拉着,偶尔还露出一丝微笑,她的牙齿白皙齐整,一个挨一个亲密无间。她的脚闲来无事,时不时地踢着一个塑料板凳,除此之外,对周围的一切视而不见,好像她自己手里的手机才是宇宙的中心。过了一会儿,小姑娘站起来,眼睛仍然盯着手机,嘴里说,我去拿点儿西瓜。然后从墙根下往屋子里去了。

老赵说,真会选地方,这块地方,背阳,又有穿堂风,一点儿不热,还有西瓜吃。

孙老善说,是啊,此一时,彼一时。我以前看这些人就跟看活死人,要是一个月前,孙小林说送我来这地方,我肯定气得发疯,现在,我巴不得也有这么一间屋子,还有人伺候我,哪用得着像咱俩这样无依无靠,滑稽可笑。

老赵说,是啊,能有这么个地方住着,他们定期来看看我就行；就算不来看看，只要承认我是他爹，一年打一个电话，我也心满意足了。

说完，两个人相互看了一眼，又转过头很羡慕地看着几个老年人。一阵风吹过来，遮阳伞下那些人的脸上并没有他俩以为的那种欢乐和享受，甚至可以说什么也没有，就是一片空白的糊涂着的脸。尤其是离他俩最近的那个老头儿穿一件市面上很难买到的背心。他的前胸和后背糊在一块儿，手指像风干的树枝，手腕上戴着一串看上去不值钱的佛珠。看上去有八十多岁了，他下巴上的皮耷拉在胸口，宣示他曾经胖过；几根白发潦草地盖在头皮上。另外几个老人也好不到哪儿去，虽然年轻一点儿，也都毫无活力，他们谁也不看谁，彼此毫无交流，就光顾着盯自己眼前的那小块空地。空地上除了一片松软的泥土和几株矮灌木，什么也没有。他俩盯了老半天，四张轮椅上的人始终完全不交流，没有目光对接，连手势也没有，每个人都各自佝偻着身子，盯着自己面前的那块地。

看了一会儿之后，老赵像是发现了什么：你看这几个老年人是不是得了老年痴呆。

他们走近了几步，证实了自己的猜测：这几个老头儿，个个头顶稀疏，最老的那个腮帮子瘪塌塌的；有一个眼皮耷拉下来，几乎看不到眼珠子；有一个个头貌似很高，胳膊长长地垂落在两侧，整个人折在轮椅上，看上去很不舒服。见到有人过来，他们一点儿反应都没有。

孙老善一步一步靠近那个区域。他装模作样地对戴佛珠的老头儿说，最近还好吧？边说边左顾右盼，绷着神经，摆出一张亲切的笑脸，好像他是对方的弟弟或其他重要的亲人，专门千里迢迢过来看他一样。那老头儿没有理会，连眼皮都没有抬一下，但是仔细看，会发现他的上嘴唇在微微颤抖，有想说话的冲动，又或者像在念神秘的咒语。

　　老赵眼尖,看到那位老太婆的耳朵上有一对银色的耳环晃了一晃。他向孙老善指了一指,孙老善也看到了。他们走到那高个子老头儿跟前,把他一只手拿起来掂了一掂,那只手像根绳子一样耷拉在他的手心。他一放,那手臂无声地垂落下去,一点儿力量都没有。他们大胆地看了看那老头儿的脸,他的嘴角拖着一条细细的口水,一直沿着纹理往下巴滴。意识不清哪!他们又看了看轮椅旁边的小袋子。老赵伸出手在小袋子里面掏了掏。他做这一切都十分自然,好像他是受什么人指引着这么做,做一件毫无错误可言的事。他掏了一会儿,掏出一个小布包,打开一看,有一张叠得方方正正的百元大钞。他二话不说,一把把钱捏进手心,把袋子放回原处。孙老善看见了,把拐杖小心地支在轮椅背面,依葫芦画样一样,一言不发地摸索他身边那个老太太的耳朵。

　　老太太的头轻轻地动了一下,随后发出一声声量很小的叫声,可能是孙老善碰疼了她,但她的声音细弱,就连离她最近的老头儿也没有转过头看一眼。现在他们确定,这些老人显然除了不能动弹,耳朵、脖子、嗓子都不灵光,脑子更不灵光。这是一群糊里糊涂的将死的生命,虽然如此,孙老善还是略略有些紧张,他摸了很久,看不清扣在哪里,笨拙地用力一扯,引发老太太一声嘶哑短促的叫声——那对耳环到了孙老善的手心里。他顾不得看真假,揣进口袋。看到一张轮椅的边袋里有一个玻璃杯,他也顺手提了来,拿起自己的拐杖,但没有挂着,而是握在手上,两人脚步凌乱地走了几十步远,身后一点儿动静没有,他们又走了几步,才慢慢放缓脚步。脚步放缓之后,他们能听到彼此粗重的喘息声。又走了一会儿,他们回了一下头。那些人还保持原样,盯着自己的面前,没人喊"救命""打劫",就像刚才只不过是一阵风刮过来,又刮走了。两个老头儿不敢停留，还是跌跌撞撞地朝前走，两个人浑身是汗，与其说是害怕，不如说是好奇，好像全世界都按了暂停键，就为了让他争取时间干这些事。现在，他们跑出一百多米之后，发现完全没有逃跑的必要，反而觉得渴得难受，嗓子眼都在冒烟，老赵打开杯子喝了一大口，交给孙老善。喝完一杯水之后，两人继续往前走。但是不多会儿，两人又溜达回来了，就好像刚刚喝水的地方才是他们的出发地，他们如今回家了。两人找了块空地坐了下来，远远地看着那几张轮椅。又过了几分钟，刚才玩手机的姑娘一手端着一盘西瓜，另一只举着手机，像是在拍视频。她的镜头扫向了轮椅上的老人，最后镜头凑向西瓜，给了红彤彤的西瓜一个三秒的特写。拍完之后，她放下手机，坐回刚刚的塑料板凳上。整个过程她都没有扫一眼老人们，就像那是四个金属铸造的雕塑，只要还在原地就万事大吉。她一块西瓜接着一块西瓜地吃，一边吃一边继续玩手机。

两个老头儿远远看着小姑娘足足把一盘西瓜吃完之后才站起来，就好像吃完西瓜才是一场好戏的终点。这会儿，孙老善和老赵的体力恢复了不少，谁也没有说话，径直走向了一家超市。

他们拿了一袋盐、一包十斤装的面粉和五六个土豆。老赵把钱递给收银员的时候，孙老善两头看了看，拿了手边上的一块巧克力饼干握在了手心。

出门之后，老赵责备孙老善说：咱们有钱花了还拿什么呀，再说了，这东西含糖量高，咱们又不能吃。

给老李带的。孙老善过了一会儿才说，被老赵看见了，他有点不好意思，接着又辩解说：其实我是希望他们发现，把我抓起来，不管判几年，他们总得调查一下我的家属，到时候，孙小林就必须出来和我当面对质。

你不要忘了,现在什么诡异的事都有可能出现,他们可能不会通知家属,一上来就刑讯逼供,把你打死了直接送到火葬场。

这时一辆重型货车从眼前呼啸而来,见到两个在马路沿上的老头儿,并不减速,反而恶狠狠地摁了一声喇叭。噪声和车轮溅起的灰尘瞬间把两个人惊得差点滚下坡道。就像是为了验证老赵的话。老赵本来是信口开河,受此一惊之后,心脏剧烈地跳动,他捂住自己的胸口,很快,太阳穴也针刺般痛,他哎哟哎哟地叫唤起来。孙老善也慢慢地蹲到地上,过了一会儿,他眉头紧锁,哼哼唧唧地说,老赵,我头疼。

中暑了可能。老赵说,我的心脏要爆炸了似的,也很疼,再坚持一下吧。他们拎着塑料袋,摇摇晃晃地往家走。经过上次他们搭建树枝防御战线的地方,孙老善突然站立不稳,扑通一下跌倒在地,他爬起来的时候,脑门和嘴巴都破了,满脸的血,吓得老赵连声惊叫。好在他很快意识到自己是个医生,凑近伤口,用自己的衣袖压住出血的地方。血止住了之后,老赵擦净了孙老善脸上的灰土。还好,伤口不大,不需要缝针。他们休整了一会儿,继续往家的方向走,这个时候他们的样子看起来更倒霉,更伤心——比他们早上动身的时候更窘迫,更六神无主。

一进门,钱老师看到他们两个人手上都提了东西,开心地过来迎接。同时,他也发现了孙老善脸上的血迹和伤口。天哪,怎么回事?你们经历了什么事?给欺负了?被打了?

老赵和孙老善装着没听到,也可能真的没听到,谁也没搭腔,洗了洗手就各自上床躺下了。老李做好土豆丝馅的包子,喊他们起来吃的时候,两个人都说头痛欲裂,不想吃也不想喝。

老李查看了孙老善的伤,从自己的房间拿出一管黄色的药膏,帮他涂抹上。但是老赵的头疼没有好转的迹象。老李帮他刮了痧,用冷水擦洗,还端了杯盐开水,可是老赵叫得非常厉害,超过了流过血的孙老善。老李说，要是中暑，这会儿也应该好了，真蹊跷。她说。

老李下楼之后，孙老善把白天的事讲给了钱老师。钱老师一听，连连摇头：原来你的伤跟抢人家东西没关系啊。但是，你们怎么能干出这样的事呢，真是出乎意料啊，你们原来的心肠多好啊！

老赵辩解说，他们跟死人也没多少差别，看样子也不会花钱了。

不会花归不会花，可那些钱一定是子女给他们留着急用的。你们这样做，就不怕坐牢吗？

你觉得我们还怕坐牢吗？我不怕坐牢，不怕进拘留所。我前天还做梦梦到他们带我去宾馆隔离呢，可是，没证据证明我们可能被传染了呀，是不是？他们被自己逗乐了，三个人同时笑了起来。老赵先是咧着嘴苦笑，越笑越开心，后来夸张地前仰后合；钱老师想憋住笑，看老赵那滑稽相，到底绷不住，笑得眼泪都出来了；孙老善笑着笑着把自己呛着了，他一阵咳嗽，其余两个人过来帮他拍拍背。等他们笑停了，发现头疼的症状奇迹般地消失了。

钱老师又问了一些养老院老人的情况，末了，好奇地加了一句，就算不能动，也不能说，更不能反抗，但是也许他们心里还是能想事情吧，说不定在心里一跃而起，把你们捶成肉饼。

是的，孙老善说，他在南京的时候，有一个老头儿半身不遂，整天头歪着淌口水，到了傍晚，老伴拉根布袋，吊着他在小区里走来走去。他脖子上套一个收音机，一个听众炒股亏了，想寻死。我正好经过他身边，听到他口齿不清地在骂人："鬼叫你高点买低位抛，好死不如赖活着，甩货！"

骂谁呢？

还能骂谁，收音机里有人在诉说炒股亏了。他指点迷津呢！他们嘴上说不清，心里可有数了。谁可以欺负，谁不能惹，世道怎么样，局势怎么变化，他都在心里琢磨呢。

三个人说东道西，很快振作起来了，他们相扶着起来，到楼下吃包子，每个人吃了三个。吃过之后，他们又像没事人一样聊了一会儿天。

细心的钱老师发现了一些规律。谈话不涉及真假的时候，大家都看上去不错。比如，老李又问起他们钱从哪里来的时候，他们说是周立全借的。这时，他看到孙老善的眉头莫名其妙地皱了起来，像是一根针从太阳穴的位置扎了进去。老赵也有同样的反应。他们谈病毒、谈小时候见到的事情，头没事；他们胡侃国家大事，没事；他们聊隔壁村的新鲜事，头没事；他们回忆小时候逮泥鳅的事，头没事；他们研究安徽麻将和上海麻将的不同打法，头没事；他们回忆起在厕所的墙上看到的笑话，头没事。后来他们谈到中美战争，钱老师发表观点，他觉得两个国家各有弱点，但我们自己的弱点多一些。嗯，头没疼。他就大胆地说了日中关系、中韩关系、中伊关系，都没事。他说了食品安全问题、空气污染问题，无论下什么定论都不会影响自己的身体状况。随后，他话锋一转，问了一下老赵年轻时调戏老李的事，老赵气咻咻地说"根本没有的事"，可问到他徒弟把精神病人放掉的事，他问老赵有没有责任。老赵说"我有什么责任呀"，这时候，老赵的牙龇了一下，像是刚刚从孙老善太阳穴上拔出来的针扎到他脑仁里了，钱老师心里有数了。他深信头疼跟讲假话之间有因果关系。为了进一步验证自己的猜想，他换了个话题，就把话题引到自己身上。他谈到自己当民办老师时多么讨学生喜欢，咦？他的头嗡的一下，相当于一万响的鞭炮在耳边炸开。

原来学生不喜欢我。他赶紧补充了一句说：当然，我觉得他们喜欢我，但是大人和小孩之间的想法不一样。鞭炮炸过之后，纸屑落了满地，他脑子里的声音渐渐消失，就像体内发生了一场六级地震，身上像被抽去了一根丝，他无力地停止回忆。

二十一

接下来几天，天气降温，再加上面粉没有吃完，那几个玩游戏的孩子也没有来侵犯，四个人坐在堂屋里无所事事地闲聊天，气氛出现了短暂的轻松自在。乍一看，这情景让人以为他们早已习惯了这样熬生活，好像到这里来度假是他们自己的选择；好像没有什么急迫的事在等着他们解决。但是倘若仔细看看屋子里的细节，便可清楚这些日子过得是何等的清苦。不要说这些七老八十的人，就是一直在工地上生活的人也未必能够过得如此清汤寡水，事实上，他们记不清上次吃鱼是什么时候，记不清香干豆腐和酒的味道了，但是，至今，还没有迹象表明，他们的耐心到了极致，相反，他们好像正在准备长久地这样过下去，至少此时此刻，给人这样的错觉。

钱老师的脸上那神秘莫测的表情已经挂了很久了，这副表情给了他不寻常的力量，他悄悄地拿起小本本，走到老李边上，冷不丁地向老李发出了一个疑问：小陶过世之后年把左右，有一回一个外地来的男人来她家，是不是想要带她走？

老李还没来得及回答，老赵叫了起来：这么久的事，你记得这么清楚？

你要不记得，怎么知道我在说哪一件事？钱老师以迅雷不及掩耳之势立刻反驳道。之后，他眨巴眨巴眼，他的眼睛虽然不大，这会儿滴溜溜地转，显得很有神，问完之后，他咧着嘴，欣欣然地等着,好像等这个情景非一日两日了。

老赵被这么一问,顿时哑火了。

老李说,不,没人想带我走,你一定看错了。钱老师端详老李的脸色没有异常。但她因为钱老师提这么久远的不着调的事,略微显得有点儿不高兴。钱老师转移话题,又开始讲他是如何当上民办老师的事,他说民办老师这个制度不公平,他说的时候小心翼翼地,还好,头没疼;他说到一位民办教师死在课堂上,也没事,可是他开始说自己在教学上多么努力、多么费心的时候,头疼加剧。

这件事情使他确定了自己的理论。怀着小小恶作剧的心态,他问孙老善:你从什么时候开始做慈善的?

孙老善说,至少有三十年了,说完之后,钱老师看到孙老善的眉头皱起来了,过一会儿,豆大的汗珠滴了下来。钱老师说,你除了捐助那个贫困学生,地震的时候你儿子捐了多少钱?

孙老善想都没想说,十万。头疼加剧,他看向钱老师。两个老头儿的目光相撞。孙老善垂下眼皮,他说,我不记得了,我不记得了,过了一会儿,他又说,谁知道呢,其实我也不知道。

武汉遭难的时候,你电话里说你儿子捐了一万个口罩,可确有其事?

你好好想一想,你说得越靠近真实数字,脑子会越清楚明白。

孙老善想了一想说,其实只捐了一千个。但这一千个口罩是网上高价买的,不便宜,在平常就是一万个口罩的价钱。他的表情很快恢复了正常。好像有一根竹竿还是什么硬邦邦的东西顶在他腰上,提醒他不得讲假话,反抗没什么意义。他不再说话。

那天晚上,屋子里突然停电了,天气也不好,乌云密布,月亮、星星都不知去向,他们没有蜡烛,甚至连仅有的一只打火机也不知放在什么位置。又过了两个钟头,屋外的风更大了,沿着屋顶狂怒地盘旋。地动山摇的感觉使他们不敢说话。四个老年人坐在黑漆漆的夜里,只听到彼此紊乱不匀的呼吸声,以及坡下青蛙强劲而欢乐的鸣叫,在地动山摇的孤岛上,他们强烈感觉到一点儿一点儿被埋葬。在这种恐惧和绝望混杂的情绪中,钱老师作为通晓一个大秘密的人,他说是时候了,他说有一件事他没讲清楚。

没有人搭腔。

他挨着了离他最近的老赵,碰了一下老赵。老赵大声地问:什么事啊?

我自己的事,以前的事。

你说啊。

钱老师清清嗓子,开始说起来。可是他一边说,老赵一边加大音量问:

什么事,你说呀,快说啊!

钱老师停下了,他,以及另外两位,都明白了:比起孙老善的耳聋,老赵这突然听不清声音的情况跟子女忘记他们一样同等大的坏事情来临了。

过了好大一会儿,老赵的听觉又突然恢复了,他说,什么事,你说嘛,我都等好大一会儿了。他的声音有气无力,吐出来的字像被刀切得一截一截的,不仔细听,连不到一块儿去了。这说明,听力受损之后,他的语言功能也有退化的表现。钱老师说,我们大家都快撑不下去了。有一件事,我觉得之前讲得不太清楚。我觉得必须讲得详细了一点儿。我妈临死前一直喊的"条子条子",那张纸被我收起来了。到了这个时候,也没什么好隐瞒的,我其实是靠"条子"当上民办老师的,但这不能说明什么。说到条子,我不得不说一下年轻时的自己。我有激情,有理想,也不像现在这样对世道这样看不惯。我想做一个体面的人。我想做一个文化人,医生、教师、村干部，都可以，当然，做医生、村干部的是你们，我仅存的希望是当个老师。大望村建小学之前，孩子们都走七八里地到公社去上学，刮风下雨的，孩子们受罪，后来上面说建小学，我合计着应该有我一个名额。毕竟整个村比我更有知识的没几个。可是快要开学了，还没有人来找我，我就自己去找胡主任——老赵你当时还在生产队当队长，胡主任竟然只给了我两个字：不行。我跟他说，我家的对联都是我写的，隔壁邻居家的对联也是我写的，我舅舅家的对联也是我写的。他表示写对联是一回事，教书又是另一回事。他还说什么，教育是百年大计，当老师是一个伟大的工作，除了写字算账，其他方面也要考量，鬼话连篇，反正就是不同意我去教书。我越想越觉得不服。我还没教你怎么就知道我教不好？就凭我妈死的时候我没在大哥跟前替她说话？我于是带着条子去了县里——就是我们几个人上次去的老县城。因为有传言说来过我们村的县长又出山了。虽然不认识我，他还是让我进门了。我拿出他的条子，一并把自己写的字拿出来放在他家的茶几上。我跟他说我非常热爱教育事业，我很想改善农村的教育事业，让孩子们不要变成文盲，我们村的文盲太多了。他年纪已经很大了，老得很厉害，脸上、头上，还有露出的手臂上都有疤痕。并不是传说中的又官复原职了，但是幸好，他记得我妈，记得曾经在某个地方许下的承诺，也记得他自己的字。

他问我：你妈妈呢？

过世了。

多久了？

七八年了。

怎么死的？

不知道什么病，疼死的。

为什么不去看？

我们没有这个能力。

他的眼光很锐利，像要戳穿我的皮肤。有一种让人想招认的冲动。我知道自己应该受到责备，但羞于告饶。幸好他没有再问下去。他只是说，我知道了，我来想办法。

他也没留我吃饭。我回来等了几天，觉得这条子实在不管屁用啊，真是人走茶凉，过期作废。但是一天中午，队长闷头闷脑地站到我家门口，喊了一句：

明天去学校报到。他气鼓鼓的，我一看他那胳膊拗不过大腿的愤慨样子，就明白是条子起作用了。

就这样，我当上了民办教师。

原来你是这样当的民办教师。后来有政策所有的民办教师都转了正，你为什么错过这个机会了呢？老李问。

因为我在政策下来之前就不干了。我听到转正的风声，可是那时万县长已经死了。我没有想到他儿子会认账，当时谁能想到呢。要不是三顺后来又跑了一趟，才知道他生前有交代，他儿子真认了他父亲的承诺。转正的事没找县长的儿子，我现在肠子都悔青了。

说完这些大家都没有再说话。钱老师觉得周围的人心理上起了变化。空气里弥漫着沮丧和往事不真实的感觉。这种感觉在老李说出小陶之死的时候也出现过，但此刻谁也看不清谁的脸。他们，以及这黑暗好像糊成一体了。过了许久，他们站起来，用手机微弱的电筒指引着，跌跌撞撞回房睡觉。

那一晚真是受罪，远处像是有人在炸山，仔细听，又像是耗子在房梁上窜，再坐起来听，又像有人渐渐走近的脚步声，而且是那种方头厚绒皮鞋。

第二天早上，他们去查看电源，原来是跳闸了。大望洲一个人都没有,电还通着本就是奇迹,所以也不会有人来修。老赵和钱老师合作,找了根旧电线把闸口固定住了。

修好电闸之后,钱老师自我感觉很好,精神头很足,脑子特别清楚,仿佛过去这些年的每一天都一一在脑子里回放。只要讲真实发生过的事,层层叠叠的记忆大门就一扇扇打开。许多被遗忘的事情都突然被想起来了。许多尘封了几年,甚至几十年的往事统统涌进脑海:五岁那年挑货郎脚上穿的松紧鞋,妈妈围兜里揣的线团,夏天水涨到门槛上他哥哥逮到的鱼……真是一个开阔的天地!他觉得浑身又充满了力气,生出了战斗的希望来。他给钱大顺拨了一个电话。这一回,电话竟然通了。大顺在手机那头说:"喂喂。"钱老师颤抖着问大顺,你老子这么多天没有消息你不着急吗?他等着这个闷葫芦挂了他的电话,还骂上个一两句粗话,结果,出乎意料,大顺很客气地说:"喂,听不见,快递吗?放门口吧。"儿子的声音让钱老师整个人简直要飘起来,他激动得举着手机在客厅里转起了圈圈。虽然听不见自己的声音,但是儿子能接到电话了。突然而至的好消息!他转着转着哭了起来。说假话头疼,说真话有报答。他算是明白了。

他先把老赵单独喊到一边,他说,老赵,我们做个试验。

老赵问,什么试验?

我知道你什么时候头疼,什么时候能好。钱老师狡黠地眨眨眼皮,不信你听着。钱老师问,有一回一个大肚子女人找你看病,一分钱没给,有没有这事?

有这事。老赵说。

她肚子里的孩子是你的吧?

胡说八道。老赵手上修电闸时留下的污渍还没洗干净。他拉长了脸说,你这人怎么这么讨人厌。他的样子一本正经,也没皱眉,也没不舒服，只顾一个劲地盯着自己手指上的黑点。

钱老师接着问：你老早就对老李有意思，对不对？

放屁。老赵又爆粗口了，话音刚落，他的头疼了起来，他下意识地用拳头在太阳穴上揉了揉。

钱老师说，你休想瞒过我的眼睛。你敢再说一遍，你没打过她的主意，从她刚嫁过来到小陶意外过世，你一次也没想过和她好？钱老师一连串地追问。

老赵一开始还在抵赖，可是头疼越来越厉害，他无暇接招，一个劲地捶自己的头。钱老师说，你如果不想头疼，只需要说一句实话。实话可以让你免于被惩罚。

这句话像个指挥棒，老赵情急之下，连连点着头。

点头不算，要亲口承认。钱老师两只小眼睛里闪着五岁孩子才有的兴奋光芒。他直起身子，像个指挥官，不允许对方出任何差错。

是的，我是想过跟她好。老赵把这句话一说出口，他的面部表情基本恢复了正常，好像脑子里有什么机关启动了。他甚至在接下来的几分钟内想起了更多年轻时的事情：想起了老李年轻时的模样，想起了让他看病的大肚子少妇，想起了自己一直背在肩上的药箱。他情不自禁地精神振奋，身上像生长出新的力气来了。

找到开关了吧？钱老师得意地扬扬眉毛。关键时刻，还要靠我来。他带着老赵跑到孙老善面前，毫无保留地把经验分享给他。几次试探之后，孙老善心服口服，他意识到事情越来越诡谲，科学知识和经验已经完全无法解释最近发生的这些事情了。

二十二

他们实在太渴望摆脱眼下令人心惊胆战的局面了。不错,这是他们出生、长大、生活了一辈子的地方,倘若他们是被儿子或者朋友邀请过来养老的,即使生活条件一模一样,即使蚊子还是这么多,天还是这么热,他们的心里不会悬着一把亮晃晃像刀一样的东西,他们不会整夜整夜睡不着,也不会挖空心思地想着如何对付孩子们——准确地说,对付孩子们的记忆,更不会把自己变成窃贼、抢劫犯,万万不会一件衣服反复地洗,反复地穿。现在天气热还好,天凉了怎么办?大雪纷飞的冬天又如何是好?凡此种种,令人忐忑不安。尤其是这一天早上醒来,孙老善正在房间里跟什么人发生剧烈的争执。钱老师和老赵赶紧奔过去查看。什么人也没有。孙老善对着窗口的空气大发雷霆,语速极快,嘴角沾满唾沫。问他吵什么,他也说不清。因为事实上窗里窗外什么也没有,只有一根树梢偶尔碰一下窗沿;再有就是梦里什么人在追他。他跑得下气不接下气,那人还不肯停。后来他想了一想说,是一条狗,一条黄色的老狗在追我。

他很无助,像个孩子一样可怜巴巴地瞪着双眼。

现在,钱老师实实在在地振作起来了。他是先病倒的一个,但也是智慧始终存在的一个,现在,又是最先恢复的一个。他曾经是条件和运气都最差的一个,但现在,他是拯救命运的英雄。他一扫萎靡之气,话语滔滔不绝。他说了许多过去的事。大事小事都记得,好像每一件事情说出来,记在本子上(虽然只能简要地记),他就感觉年轻了一些,精神振作了一点儿。好的状态给他带来了新的勇气。为了证明自己的理念,他重新讲了母亲的死。他重复了母亲临死前的一幕。他补充说了在母亲咽气的那一刻,兄弟三人正在另一个屋里商量,由谁去请木匠,由谁去买寿衣和黄表纸,由谁去通知各方亲戚。那个时候不像现在这么方便,通知一个亲戚需要大半天的时间,如果亲戚住得分散,要派好几个人去。因此,我妈妈断气之前,帮着向县外亲戚传信的邻居就已经提前出发了。那时候多少表亲、堂亲走动哦,哪像现在,人情淡泊。钱老师说,他本人也被安排提前动身去三十里外的舅舅家报丧。等他把死讯传达给舅舅之后,步行回到家的时候,他妈妈竟然还活着,还剩下一口气。当时他觉得十分尴尬,心里想象着舅妈表嫂们买了花圈、请了吹唢呐的吹着哀伤的曲子远道而来,并且哭着扑向床边,而他的妈妈抬起头来看看发生了什么时,该有多尴尬啊!他去找哥哥们,表达了自己的担忧。但他们表示不着急,他们的脸上毫无波澜,好像这样的事他们经常遇到似的,他的担忧没人重视,只能在边上干着急。后来,不知道谁喊了一声:断气了。恰好那时候,远远传来唢呐的吹奏声,母亲娘家人的哭声也传来了。他心里暗暗松了一口气。

等他像是从电影里回到现实的时候,几个老乡亲、老朋友的脸上都露出微微的不适之意。没想到一向自诩人品诚实、才华过人,教书育人的园丁,却连个"孝"字都不懂其意。钱老师意识到自己诚实得过头了。但他忘不了恢复记忆那酣畅淋漓的感觉。他并不吝啬,显得格外昂扬和兴奋,不断地寻找话题,鼓励其他人继续。他的表现其他人看在眼里,实在是铁的见证:真话讲得越多,脑子越好使。他们也都跟着讲了真话,虽然不是大事,甚至是善意的假话。比如有一次，老赵说，有一个妇女得了癌症，没几天活了。她在县里动了手术，医生打开她的肚子，一看没救了，原封不动地缝了起来。所有人都骗她说，瘤子割掉了。她有点疑神疑鬼，觉得大家都不可信，跑来问老赵。老赵也说，是啊，都割掉了，你现在气色好多了。那妇女兴高采烈地回家，安安静静地等着死神的到来。这种假话无论从用意和后果都无恶意，但现在也要说出来，说出来感觉非常好。

连着好几天，他们没有人忘事，没有人头疼，但是有一点坏处，就是不能随意聊天。比如，聊天的时候一不留神难免就会讲一些假话和空话，最典型的就是你今天的气色好多了，在这种险象环生、缺吃少药的情形之下，这些人脸上的"气色"无论如何也不能用"好"来形容，"不坏"都不适用。但凡谁说一次，头就又隐隐作痛，但是四个大活人又不能不讲话，所以就只能讲真话。一旦只讲真话，好几天大家都没有什么不适的症状。他们确定找到了一个方法，一个打开无形之门的方法。

这里忘事最频繁最严重的当属孙老善。大家鼓励他，希望他讲得多一些，药得下猛一些，让疗效更快一些。孙老善看着大伙热情期盼的眼神，表示愿意配合。他回想起孙小林第一次开饭店的经过。有一天，乡政府来人，到大望洲视察工作，他要陪同领导到贫困户家里去慰问，就让儿子小林逮只鸡杀了，再去菜园里拔几个萝卜，让他妈来做顿饭招待领导。结果小林因为头一回见到四五个邻居，把话听岔了，以为父亲不放心母亲做饭——小林的妈妈有一个大优点后来又变成了大缺点，就是炒菜不舍得倒油——哪天家里买几两肉回来先把油炼出来，舀到碗里，留着下次炒菜时用，一斤肉的油她能炒一个月菜。后来家里经济条件好了，尤其是孙老善当了村主任之后,油水问题就成了必须要改的大问题,不仅关乎肠胃,还关乎脸面。孙小林妈妈的这个优点,曾经被孙老善的妈妈高度赞扬,现在被丈夫儿子一再批评,几乎每天抗议。孙小林的妈妈嘴里答应着,可是行动上却一直不改,因此,孙老善这么一交代,孙小林误以为孙老善让他来代替妈妈下厨。孙小林根本不会做菜,而且招待干部和过年时的标准一样,是四菜一汤。孙小林急得团团转,只好先逮一只鸡宰了,放进铁锅里开始炖。想想一只鸡也不够吃,这些干部万一要喝点酒啥的,他就又洗了一把青椒、胡萝卜;看看觉得颜色不对,又添进去一把木耳;好像锅里还空落落的,他又切了两根莴苣,最后放一把大蒜,敲了三个鸡蛋,全放在一起凑了一大锅。干部们回来了,坐到桌前,孙小林拿一个洗脸盆盛了一盆菜上来摆到桌子中间。孙老善的脸色都白了,不知道儿子这是搞什么鬼。

有一个陪同的干事,闻了一闻说,孙小林,你居然会做湘菜啊。

孙小林不知道什么叫湘菜,也没吱声。那干部向其他人解释说,孙小林的这锅菜叫"农家一锅香",这个菜我以前在湖南出差的时候吃过一回,荤素搭配,非常有营养。

孙老善半信半疑地尝了尝,果然好吃,香甜,不咸不淡。大家都撸起袖子大吃起来,边吃边夸。孙老善知道歪打正着了。后来,上面一来领导,孙老善就让儿子做这道菜。孙小林歪打正着地成了大厨,渐渐全乡闻名,为他日后开饭店打下了坚实的基础。

孙老善回忆这些事情的时候做到了实事求是。首先,他纠正了之前报纸上"孙小林在北京学过手艺"的说法,他承认这是不存在的事,是为了扩大饭店影响,把孙小林从里到外包装了一下;其次,他也纠正了之前他从来不跟上面搞关系的说法,他是凭本事当了那么多年的村主任的。事实上,他在村主任的位置上坐得那么稳,连坐了好几届,跟乡里领导的赏识有关,而乡里领导的赏识也增加了他和小林的自信，这都是环环相扣、相辅相成的。

讲这些话时，孙老善有一种破罐子破摔的架势，反正就这样了，但是，讲的过程，他深深地被自己的真诚感动了，干脆豁出来了。再看看其他人，没有鄙视，没有嘲笑，没有不屑，甚至连一向站在道德制高点的老李，看他的眼神似乎还充满着敬佩。过了一会儿，老赵说，小林的事，我们的确有所耳闻，听说他还上了省里的《新闻联播》，说他有高超的厨艺和过人的经营天赋。

哪里哟，孙老善说，都是花钱请记者吹出来的。有些是记者酒足饭饱之后好心引导出来的。比如小林做"农家一锅香"的事，明明就发生在这里，记者非要让他说到湖南偷师学艺，得了名师真传。

为什么这么搞呢？老赵说，实打实不好吗？要不是吹得太高，今年这个灾年也不会有那么多人盯着他，说他那么大的老板才捐了这么一点儿，天天在网上骂他是铁公鸡，没道德，引得人家抵制他的饭店。

就是，孙老善说，疫情最坏的时候，他又特别要脸，打死不肯说周转不过来，做个什么事都喜欢拍照片发到网上。真是雪上加霜，民愤很大，区里就派人调查他。结果又查出他借了几个亲戚的钱。不白借，给利息，过去是帮忙的好事，现在说他搞非法融资，真是有口难辩。

我早就告诉过他，穷人家的孩子要低调，老话早就说过，树大招风。他不听。我叫他要存钱，他也不听；他说钱是拿来生钱的，放在银行里就是亏本。他还说，要学会光明正大地用别人的钱，比如亲戚的钱。他们一辈子只把钱放在两个地方——银行和箱子里面的棉袄夹层里。两个地方都生不出来钱，只有我这里能生钱。他把这些钱借来，给高出银行一倍的利息。结果呢，撞到了枪口上。不错,是有农民人大代表、农民干部、农民科学家、农民明星,可要我说,那都是上辈子修来的,那些人多么深藏不露,多少贵人相助才能成功。我跟他说,小林,只有一件事是不会做错的,就是做好事。主要有两点,第一,回老家来修路;第二,支援灾区建设。任何年代做这两样事都只有好处没有坏处,百利无一害。他偏偏不,说我过时了,非要搞什么基金会,也不肯请个好会计来做账,交给他小姨子搞。那小姑娘只会打歪主意,把账搞得驴唇不对马嘴。我说小林,你被人逮住小辫子是迟早的事,今年不出事,明年也会出。如今真出了事,我也怪自己乌鸦嘴。

钱老师说,许多在村子里苦过的孩子都会犯这样的错误。

都找亲戚借钱?老赵明知故问。

不是,是有出大名的野心,什么事都喜欢搞排场,把"要出人头地"几个字刻在脸上。开车要开好车,穿衣服要穿名牌,说话喜欢吹大的,越到大人物跟前越要摆谱。换老婆换得也勤,他们可能还笑我们这些老东西土里土气,一生没碰过几个女人。可是他们自己,连女人心里在想什么也不清楚,就是一种盲目的自信和英雄主义,而且,都是驴子拉屎——外面光,他可能私下里都没有饭前洗手、睡前刷牙的习惯。聪明人早就把他们摸透了,他还以为自己很神秘。老孙,你问问你家孙小林是不是这样的?

孙老善没想到钱老师如今话也讲得这么直接、刻薄,他想替儿子辩解几句,可是喉咙动了几下,还是忍住了没开口。但是老李说话了。她说,这不算最差的,说到底,他是想要人家注意他、赞美他、夸奖他。你要是夸奖他一句,比给他钱还要让他高兴。所以这还不是最差的孩子,还有更差的孩子,力气只够对付一条小狗,却偏偏在膀子上纹上龙啊虎啊什么的;还有的人,明明很穷,脖子上挂一根金链子晃荡晃荡,那就不是等政府来查他了,也不光是丢人现眼,是缺心眼,专门等着坏人天黑的时候从背后跟踪他,拿砍刀来砍他,这才是最危险的。

老李说这话的时候,大家都感觉到了一丝寒意,谁也没有敢接话。因为谁都清楚,老李没有多余的空洞的废话,她要是说了什么话,你承受不住,最后就不要追问了。于是大家都不再说话了。

当天夜里,孙老善一觉睡到天亮,竟然没有起夜,没有做噩梦,没有头疼,他的感觉非常好,他觉得自己只有六十岁。他下楼的步伐,都验证了他的自我感觉,他甚至在门前打了几下太极,他很后悔没有带几本佛经过来读一读。在如此糟糕的环境下,甚至连饭也吃不饱的情况下,因为讲了真话,他的身体状况大有改善,甚至比钱老师的感觉更明显,他的记忆在不断地挖掘中生发出新的来,就像昨天刚刚发生过。他不再像前几天那样惶惶不安,反而安下心来。

几个人记忆能力同时大涨,令他们像挖开了一座金矿似的,惊喜不已。记性真是好东西。有的时候不觉得,没有的时候才觉得好。这样的回忆一扫他们的惊惶不宁、悲悲戚戚和小心翼翼。

钱老师还希望恢复得更快一些,他讲了几个儿子最近一次打架的事。他因为倒霉,没有转成公办教师就退休了。那时农村还没有保险,他的诊断书一下来,医院就说要手术,要快,迟了就来不及了。他一听就傻眼了。大顺说,爸,你不要着急,我去找弟弟们商量商量。说好了下午就回来,结果到了第三天,主治医生发火了,大顺才回来。原来是二顺和三顺不肯拿钱。

大顺说,二顺说了,他岳母前段时间胆结石手术,他就一分钱没拿,如果爸生病了要拿钱,他怕云云妈要吵架。

那三顺怎么说?

三顺倒没往老婆身上推,他只是说房贷没还清,现在烟酒都戒了,实在手头上没钱,说让您老再等等,还有二十一天就发工资了。

钱老师坐在病床上垂泪,觉得自己离死很近了。主治医生提示他说,还有没有能派上用场的亲戚。

哪里还有,亲生儿子都找各种理由,其他人更会推诿。

医生说,这种人我见多了。在医院上班,每天都会遇到两种情况:掏得出钱来的病人和掏不出钱来的病人。每天跟病人家属谈论的事也只有两件事:怎么治,需要多少钱。病房里也只有两种人:能报销的和不能报销的。反正他们也习以为常了。他说,如果你实在想不出能拿钱的人,我们就只能保守治疗了。保守治疗也不错,存活率至少六个月到一年,还可以少挨一刀。

钱老师就闷在被子里想啊想啊。他想到了县长的条子。他穿着医院的病号服,拿上条子就上门了。县长的儿子——其实比钱老师还老了,他看到老父亲的字,几乎没有磨蹭就拿出了五千块钱。

那次手术很成功。手术结束之后,医生跟钱老师说,医院里还有两种病人:一种人总是拿不出来钱;另一种人像海绵一样,挤一挤钱就出来了。很显然,钱老师是后者。

钱老师讲完这个故事之后,他安静地等待着睡眠的来临。他觉得,明天有可能就能跟儿子说上话了。

二十三

钱大顺的电话仍然通了。钱老师听到大顺"喂"了一声就激动得儿啊儿啊地叫起来,但是钱大顺在那头威胁说,再不说话拉黑你!

我在说呀,大顺,听见吗?大顺,是我,我是你爹!但是对方耐心耗尽了似的挂了电话。

钱老师再打,发现对方的手机传来急速的忙音,他不死心,手机贴着耳朵继续听,那些忙音好像在说:滚滚滚滚滚滚滚滚……

钱老师拿着手机哇的一声哭出声来。老赵把手机接过去,除了忙音啥也听不到。可是钱老师非要说是儿子让他滚。

看到钱老师伤心得眼泪鼻涕一把抓,老赵心有不忍。他说,老钱,我的糟心事比你多,我儿子要离婚了!

钱老师还在哭,没有反应。老赵于是说,是我的错。

这下,钱老师不哭了,抬起头来看他。好像把时间的接力棒交到了老赵手上,他可以冻住悲伤。

赵光军到上海来念书的时候,赵光玲就谈起了恋爱。在重男轻女这一块,大望洲大多数人都是这样,男娃念书,女娃帮家里做家务。赵光玲十六七岁就要干活,健康、早熟、能吃苦,老赵对女儿很满意。可是满意了没几天,女儿十七岁就跟镇上的理发学徒谈起了恋爱,二十岁就急急忙忙出嫁了。这些老赵都没有管。为什么?因为他亲眼见过被父母逼死的姑娘,加上他自己的老婆十分拎不清，那时他就发誓不干涉儿女的恋爱婚姻自由。

　　结果呢？有一天，赵光玲回来跟老赵要钱。原来女婿想要开一个烤鸭店。老赵借了三千块钱，这在老赵也不是小数字，因为女儿出嫁的时候很仓促，也没有大操大办。当时以为赵光玲怀孕了，后来才知道她只是赶时髦想旅行结婚，一分钱彩礼没问人家要。结婚没多久，她回家跟父母清算：为什么赵光军可以念到硕士，而她自己只有初中毕业？老赵老婆一听，觉得有道理，就向着女儿跟老赵怄气，老赵又给了她两千块。后来，女婿的烤鸭店倒闭，又去做自己的老本行——开理发店，又倒闭！倒闭的原因竟然是女顾客太多，女儿觉得他们之间不干不净，回娘家哭诉，又得到了兰凯的支持，转而开水果店。在城里兜兜转转了十几年，夫妻俩最终带着孩子回农村承包鱼塘。鱼塘刚赚了一点儿钱，承包政策发生了变化，鱼塘包不成了。后来他们专门搞个锅放在沙地里，假装自己在沙漠里炒菜，录视频发抖音。你说要是好好搞也行啊，一开始三五个粉丝，后来几百上千，后来听说女婿赚了钱，又跟女粉丝不清不楚了，两人成天大吵大闹，现在又不知道漂在哪个城市——这是废话，老赵说，现在说重点。重点是赵光军也是自己找的对象，还是上海本地人。前面老赵来上海，作为客人，倒也没看出什么不妥。一直到几年前，老伴死了，赵光军觉得自己有责任把父亲接过来同住。老赵奇怪地发现，这个儿媳妇在家里什么都不干。买菜是赵光军（这几年是老赵），做饭是赵光军，炒菜是赵光军，洗碗是赵光军（这几年是老赵），接送孩子上学放学也是赵光军，挣钱还房贷的还是赵光军。老赵非常困扰，但他怀揣着自己的困扰，观察了很久。他觉得赵光军是一个非常节制的人，这个节制里面蕴含着不明不白的东西。他挣钱不少，长相不丑，硕士学历，但在妻子面前，他毫无做主的能力，小到今天吃什么，明天去哪里玩，大到孩子上哪个学校，参加什么兴趣班，全由老婆说了算。老赵有次趁儿媳不在，问赵光军，这样憋屈不憋屈？赵光军愣了一下回答他说，憋屈什么？什么地方憋屈？

后来老赵自己想通了。赵光军是因为自己出身农村而自卑，这个儿媳妇因为出生在上海闸北区的一个小弄堂，讲一口地道的上海话，就可以耀武扬威，骑在赵光军头上。

老赵每天抢着干活，除了炒菜（因为儿媳妇吃不惯他烧的菜）。他觉得承包家务就是在帮儿子，帮到儿子让他有成就感和存在感。可是，儿子在家里的地位丝毫没有改善。那个儿媳妇，上个挣钱少、清闲得很、非常养生的班。每天下班回家，吃过晚饭不是玩手机，就是研究怎么整容。她的脸上几乎所有的地方都动过刀子。赵光军作为她免费的形象设计师，为她动过眼睛、鼻子、下颚、颧骨、胸和腿，该削的削，该抽的抽，该填的填，把个快四十的中年妇女整得像个高中女学生一样。好几次，赵光军和她一起出门，人家说，你女儿长得真好看。赵光军不以为耻，反以为荣，越发娇惯，不肯让她动手洗一次碗。她成天吃吃喝喝，吃多了又怕影响身材，宁可到健身房去消耗掉，也不拖地、洗衣服，去菜场买个菜。她说，做家务也是运动，但这种运动不接近美，只接近老。养了一个姑奶奶，老赵也认了。

有一天，他外出回来，听到儿媳妇在房间里跟人聊天。一开始，他以为电话那头是赵光军，可是越听越觉得不对。她在电话里跟人发嗲、撒娇，那完全不是赵光军的待遇。老赵留了个心眼，经常侧耳倾听，仿佛过世的兰凯灵魂附体，他无师自通，他变得细致、敏锐。客厅和儿子的房间隔着两堵墙，他竟然一字不差地听清儿媳妇跟人发泄她的忧虑：一个乡下老头儿，七老八十，越来越烦人，将来生活不能自理，还得帮他洗澡、换尿布，想想都郁闷……

有时她跟人谈时尚和电视剧,但有一次,她在跟人调情。老赵闭上眼睛,集中注意力听,电话里的男人声音低沉、沧桑,笑得很放肆,绝对不是赵光军……

有二就有四。之后他又发现了两次。第一回,他听到她在卧室里约时间地点,听出是约人看电影。他不露声色地回到自己房间开始做跟踪的准备工作。他买墨镜、口罩(那时戴口罩多稀奇啊),他学会了手机放在袖口里拍照,甚至在房子里装了摄像头……有诚意的人,总能达到自己的目标。凭良心说,他很希望自己错了,自己有疑神疑鬼的坏毛病,跟过世的老婆一样,从她那里沾染上的。他知道这些事不是错就是对。但是抱歉,过去他老婆是错的,但如今他是对的,这就是事实。

他把证据亮给了赵光军。赵光军的脸色非常难看,但他只说了一句:

爹,你太操心了。

我太操心了。做男人是要讲尊严的,我辛辛苦苦供你上大学,你倒哼哧哼哧地跪在地上给人作践。

被这么一激,赵光军毫无退路了,跟老婆摊了牌,但是表示既往不咎,让她选择。她说,我本来想选你,我也就是逢场作戏,可是有你爸,想想他对我做的这些事,一想到跟他那样的人相处十年二十年,还不如死了……

夫妻俩目前是分居状态,在等法院判房产和儿子归属。他替儿子高兴。长痛不如短痛,赵光军这条件,离了再找一个小十来岁、会做饭、能照顾三个男人的贤淑女人不成问题,现在的女人多聪明、多识货啊,像赵光军这样工作稳定、模样周正、老实本分的一定很抢手。

赵光军离婚本来已经是板上钉钉的事,可是疫情好转之后,侦察能力超强的老赵好几回发现儿子回来的时候身上有儿媳妇用的香水味道。

可能在等我滚蛋,就把她接回来。他悲愤地说完这句话。手捂住胸口,好像那地方疼。

除非把"赵"字倒着写……老赵想发誓,可能想起了自己的处境,打住了。他轮番盯着三个老乡亲,向他们发出灵魂的诘问:我错了吗?我眼睁睁地看着我儿子这样窝窝囊囊一言不发?一个女人把自己宠上天,把丈夫和公公当奴才使,你们觉得合适?不要说旧社会的什么三从四德,放在哪个朝代,这都是不正经、不合格,赵家都可以把她扫地出门。

老李冷不丁地说,人难得是相互体谅,哪有人永不犯错?和没有感情的人在一起过才是不体面。

感情就是委曲求全?

没有人回答他。反正他也不需要回答。现在的局面不适合管这些事了。

说出儿子的事之后,老赵满脸憔悴,像是苍老了许多,铁青着的脸上带着深深的痛楚。他喃喃地说,这些话不到万不得已,我是不会说的。我寄予厚望的儿子,其实我根本不知道他心里到底在想什么。现在的社会从某些方面来讲,已经糟透了。男人没有男人样,女人不像个女人。什么缺德事都干得出来,只有你想不到,没有他们做不到。坏事她干了,坏人要我当。现在倒一致枪口对准我了。我心里有数得很。所以这事发生头几天我心里一直打鼓,没准这一切都是那个上海女人怂恿赵光军干的。我当时没讲是因为没有证据。当然,经过这么多天,我已经解除了对他们的怀疑。他们的能力只能用来骗钱骗吃骗喝,这个大局他们做不来。

他补充了一句,虽然我儿子是拿刀的,可他的刀只能在人家眼皮上和胳肢窝里动动，杀人可没那个胆。他们根本就没长胆，现在的人都没长胆，别看他们住在二十多层高的地方，眼睛里只有芝麻绿豆。

他一不做二不休，又讲了赵光军整容医院骗钱的事。一包捏捏球一样的硅胶，进账一千五，往人胸口一塞就是十万，你们敢想吗？去年又进了一台给人换血的机器，说是换了血，人会年轻十到二十岁。换一次要二十万，我说你们领导换没换？当然不换。那东西有什么用！赵光军说的。

赵光军的形象哗啦啦全面坍塌，滚蛋吧，什么家丑不外扬；滚蛋吧，什么养儿防老；滚蛋吧，都是驴子拉屎——外面光。老赵的嘴里有千言万语往外扑，几乎一分钟都不愿意待。等到全部扑完了，他长吁一口气，像是画一个句点，现在，他的胸口似乎不那么闷了。

第二天一大早，钱老师提醒老赵，打个电话试一试，万一能打通。

老赵听他的安排，拨打了赵光军的电话。在离开上海三个礼拜之后，这是他第一次打通了赵光军的手机。他说，我是你爹。

赵光军说，兄弟，不要开玩笑了！我忙着呢。

我成他兄弟了？！他再打，赵光军仍然笑着说，兄弟，不要开玩笑了，这个玩笑不好玩。

儿子的声音像一个笑话，又像另一种魔咒。深感受辱的老赵简直不能相信自己的耳朵。你怎么能把老子的声音听成兄弟的？关键是你有兄弟吗？亲兄弟、干兄弟你倒是有一个啊，这么多年我不了解你，你心里除了那个女人没装任何人，父母亲戚就是个屁。他对着电话大声嘲讽的时候，电话已经断了。他铁青着脸，往屋后走。屋后只有几个石块垫脚的地方，其余的地方全是杂草藤蔓。那些未经过处理的板结的起伏不平的地势遮蔽了原来的路径。他不知所措地站在一块石头上，清晨的微风吹拂着他已经一个多月没理，原来极有角度的板寸，像刺猬一样竖立的头发，这些头发丝上都沾着他的怒气。顺着这股怒气，他理当走得更远，可是，脚下的地凹凸不平，他像是个捉迷藏游戏中的孩子不知往哪个方向动：到处都有死角，哪个角落都似乎藏着人，似乎有声音在说"来呀来呀，来抓我呀"，又有另一个声音说"向前一步，老子想捅死你"。他回了回头，站在门槛上的钱老师却开心得像个孩子，你们看，以前打不通，对不对，现在能打通了，对不对？要不了几天，我们的日子就会回到从前。

新的希望燃起，钱老师更加活络。为了缓和气氛，他带头聊起了轻松的话题。他说他今生今世见到的最大的官就是万县长。电视和报纸上的不算，要面对面、眼对眼。老赵说了他见到的最大的人物是上海一个区的副区长，当时他在菜场买菜的时候，听到人家喊他"闵区长"，他回头看了一眼，记住了他的长相。那个区长平易近人，也没有架子，用微信付钱，买菜也挑挑拣拣，普通人一个，可是一年后，他就作为市长在电视里参观工厂，前呼后拥的，非常气派。人的境遇变化起来太快。

孙老善也讲了一些令人大开眼界的事。比如小林有一年承包了一个会所。会所有五百平方米，但只能摆四桌。你想一想，四张桌子怎么赚钱？可小林所有的饭店加起来一年的营业额抵不上这个会所三顿饭的营业额。孙老善说，有一天晚上，姓邰的大老板请客，点了"澳洲龙虾""浇椒鲍片""黑白顶级鱼子酱""清酒冻半头鲍""长江蟹""虾籽脆皮乌参""野生大响螺"……

孙老善说，你们吃过这些菜吗？

闻所未闻。钱老师吞咽了一口口水，诚实作答。

我吃过寿司、蛤蜊、三文鱼，但是你说的，我没有吃过。老李说。

孙老善说，你们猜猜，那一顿花了多少钱？

大家都笑了。不用问，肯定是天文数字。老赵问，请客的肯定是个做生意的，这一顿饭是不是能吃出十倍的回报。

肯定能。孙老善说，关键是，你们都没问，他们吃的东西是真的还是假的。

老李说，假的吗？见过世面的人不好蒙。

除非他们心甘情愿。孙老善说，这些菜不是假的，是根本不用上桌。点的时候可以点，慢慢上，先上免费的菜，做得精细，好看，一道一道上，也可以说是本店特色菜。耐心等一会儿，这些人就醉了，根本不在乎吃的是什么。就算有些说不上的人知道吃的不对头，他也不会提出来扫兴，只要把服务工作做好了，其余一切都不是问题。有时候两万块钱一瓶的进口红酒，一晚上能喝掉十瓶。当然，头两瓶一定要真，要物有所值，其余的嘛，就是给他们的杯子里倒醋也没关系。有人不懂，有人装懂。所谓开饭店赚钱，一定不是赚菜钱，一盘菜就算卖个一百两百，也没多少利润，何况一般人看到分量不足，食材不新鲜，下次就不来了。开饭店赚钱，说到底不是让人吃得好，而是让人高兴。孙小林就喜欢搞排场，他请的厨师一般般，但服务要到位。进门递消毒纸巾，包厢装修得富丽堂皇，窗帘全是绣花桑蚕丝质地，你一抬屁股就有人帮你挪椅子，你看一眼烟灰缸，烟就帮你点上了，包厢摆麻将桌，阳台上可以打高尔夫，有些小姑娘，什么也不干，就在你吃饭的时候，穿得漂漂亮亮地进进出出，让人看了赏心悦目，这些服务每一样都比吃重要。

把菜摆在人身上，把乳娘喊到桌子前，甚至吃虾的时候剥好喂到嘴里，这些服务孙小林都曾经尝试过，这些钱不能赚。我一直阻止他，生财有道，有些事过头了就肯定不好。孙老善说完了，可这个话题绕不过去。钱老师说在网上看到一部电影，有人为了吃一顿特色菜，包一架飞机去专门的饭店。还有的人自打十多年前就不喝自来水了，他们喝专机从雪山上采来的水；还有人家里装了空气净化器，所呼所吸全是过滤掉病毒、细菌、甲醛、雾霾和过敏源的空气，所以冠状病毒或是什么别的病毒很难传染他们。

　　人跟人，貌似活在同一个地球，生活质量却是有天堂和地狱的分别。比如孙小林说过一个客人，家财万贯，偏偏爱吃小林亲自做的菜。给小林的工钱可以买五头猪。

　　五头猪？老赵喃喃地重复了一句。

　　五头猪。钱老师叹息了一声，在本子上画起了小胖猪的素描。

　　有时把小林请到家里去做菜。还有一个食客，他的房子里有四十八个房间，家里有电梯、游泳池、健身房和电影房、蒸汽浴室。他住进去一年之后，仍然会在自己家迷路；就是这样的人，也看重小林的手艺，他不仅自己照顾小林的生意，还帮小林介绍生意。前几个月，不是这些人帮忙撑着，小林的店一家也不会剩的。关于他的钱，听说有一次他用了一个星期的时间来算家里的产业，结果数字仍然不准。因为总是有这个房产、那个投资忘记算进去。还有一些当地的名人，表面上可朴素了，浑身上下没一件名牌，说起话来可正义了，可看不惯富人了，可是听人说他有一个五十平方米的屋子房间的墙是加重的，门是特制的，因为这个房子是专门存放珠宝首饰的。

　　我的天，我的天。钱老师停止手上的动作，张大鼻孔，几乎是目瞪口呆了，他咂着舌头，表示惊叹。

　　但是，孙老善说，有这样的朋友，只会害人，不会对人有任何好处，在这样的朋友影响下，孙小林，为了跟他们平起平坐，才每天打肿脸充胖子。

我想喝啤酒。老赵气咻咻地说。

我想吃肉糜蒸蛋,钱老师快速地跟进。

我想吃两片西瓜,这个季节西瓜便宜,往年饭后都有些水果。

老李低下头,想说点什么,终究什么也没说。

端上来的一碗稀饭,尝起来一点儿味道都没有,大家都觉得今天晚上的饭完全没有米饭的味道了。后来老赵向碗里撒了一点儿盐,还是没有味道。他吃惊地把手指伸到盐罐里,狠狠地捞了一下,无论加了几勺盐,还是尝不到咸淡。直到老钱把一整勺的盐全部倒进嘴里,在他嘴里像是沙子在流淌,后来,又化成了水,但就是没有盐的味道。这是何等奇事。盐没有盐的味道,他们挨个尝了一勺,发现他们买的是一斤白冰,磨成了粉的冰,不会融化的冰,打扮成盐混进了他们生活。

二十四

眼看就到七月底了，很难想象他们四个人竟然在这个不适之地生活快四个星期了。天气越来越热，浓密的树叶被光热灼得发白变形。继失去了味觉之后，他们好几回疑似失去了听觉和视觉，不过，还好，视觉还算正常，听觉也没有被破坏。可以说，他们战战兢兢地过着每一分、每一秒、每一次入睡和每一次醒来，都要审视一遍自己是否跟昨天一样正常。现在，一切都悬而未决，但有一点可以确定：他们不知道更大的灾难和明天哪一个先来。所谓更大的灾难，是比失忆、失去味觉更严重，失去眼鼻耳，失去记忆，乃至失去生命。可以说，日子过得相当艰难，但也有令人感到不可思议的一面，那就是，他们竟然靠着自己的力量，脱离了各自的儿女，生存下来了。

白天他们尽量躲在屋子里，夕阳落山的时候，他们坐到门廊上透气。虽然几乎完全失去了味觉，吃什么都是寡淡无味，但饥饿感还在。他们怀念的东西越来越多：人们在电车上给老年人让座，冷气很足的房间，冰镇西瓜，还有儿孙满堂时的大年三十，孙子考试拔得头筹时全家人满足的心情，衣柜底下那双合脚的皮鞋，在弄堂里散步，排队买无为板鸭，听汽车堵在路上摁喇叭，还有各种各样的电视剧。这些现在变得奢侈难求。

如果能够回到过去的生活，他们绝不会窝在这里打发时间。他们会和老朋友们联系，叙更多的旧情，这是这趟旅程的重要体会。他们还要出门旅行，到全国各地看看奇妙的风景；他们还要和孩子们好好谈谈过去的生活，对他们进行必要的告诫，也算自己的人生有一些参考的价值。

他们甚至萌生了赚钱的打算。这个计划老李一直在实施，但凡到镇上去做简单的采买，她就会跟人打听哪里可以做做短工——跟其他人一样，她坚信眼下的现象是暂时的；当然她有时候觉得这也可能是长久的。这些相互矛盾的胡思乱想，从某些方面来讲，减轻了她对处境的焦虑。那天她收拾一番，出去找工作。天气很热，她仍然系了一条小丝巾，穿了带一点儿后跟的皮鞋，看上去很得体，但是找工作的时候遇到了挫折，首先她的身子板不是很壮实，而且年龄也很尴尬，她处于可以发挥余热和堂堂正正被赡养的摇摆年纪，最重要的是她说来自于大望洲，基于大望洲无人居住是人尽皆知的事实，这么一来使人觉得她有点不诚实，原本有意雇用她每天择两个小时菜的饭店老板犹豫了。她后来又找去了镇上仅有的老人院。据说那些老人院的护工流动频繁，经常需要人手。这一回倒不是因为年纪，而是因为身份证上的信息难以核对而遭到拒绝，因为前几个月全国连续暴露出来无良护工谋害老人事件，现在对护工的身份核实以及信用方面的要求大大提高。就目前的状况而言，老李的背景很模糊、不理想。

他们用大量的时间来打捞久远时候的记忆。每一位说的都是仿佛曾经道听途说过，却又是全然陌生。那些片断，没头没脑，不连贯的贮藏，也或者说埋葬在记忆深处的人和事，竟这般轻轻巧巧地醒了过来。这些被老年人干瘪的嘴里说出来的故事让时间变得不那么真实，好像这些老而无用的人们的嘴，把时光隧道里的东西挖出来，把它的背面翻了过来，把后退的摇到面前，把倒下去的扶了上来。

每一天都是昨天的延续，因为这些故事，每一天又都像崭新的，完完全全不同于过去的日日夜夜。

孙老善说，轮到我了吗？我也有话说。

孙老善讲起了孙小林收购地沟油的事。钱老师打断他说，前几年一家报社派了个人到你儿子店里卧底，拍了照片、视频，还录了像，拿到了付款收据，写了长篇报道发在报纸上，那家报纸发行量几百万份，小林根本抵赖不了，哈哈，我们早都知道了。

孙老善白了钱老师一眼，尴尬地低下了头，地沟油的事都是我侄子出的馊主意。小林一个人管三四个店，招的都是亲戚朋友，管理上松懈，到最后都是小林来背锅。

但是老李不知道还有这事。

因为你去日本了嘛。后来他改过自新，管理严格起来，后来生意就又恢复了。

钱老师意味深长地说，不是有报道说他收买了媒体，媒体才帮他洗白的吗？

孙老善不吱声了。钱老师说，孙老善我是为你好，这个时候说假话帮不了你，你讲了真话，明天再试一试电话能不能用。

但是孙老善拒绝再讲别的。他说这个时候诽谤儿女是不太好的，在真相没有大白之前，也许问题不是出在这个地方。他用这个理由堵住了自己想一兜到底的欲望。

过了一天，吃过早饭，钱老师又准备好讲他脑子里涌现出来的事情了——他一直是这么向大家解释的：我昨天还没有想起来，但今天这些事就到了非说不可的地步。就像一个滑溜溜的果冻要从桌沿往下掉，就像什么人的身后系着一串鞭炮，他必须跑起来，不然就会原地爆炸。

他说的是他的儿子们，他刚开口，孙老善打断他说，你都说了揭发其他人的错没有用。

是没有用，我们确定走了一点儿弯路。钱老师说，他的儿子们没有他说的那么恶，其实最多算平庸，但也是努力地生活着，除了眼下这件事，他的儿子们不应该被过多指责。钱老师接着说，他要说的不是这件事。

他当成民办教师凭的是"条子"，是万县长的老面子发挥了作用，这个他一早就承认过了，但这不能说明什么。既不能说明他教得不好，凭了条子的就一定没有真才实学吗？这又不是因果关系，更不能因此而遭受不公正待遇。但是，偏偏，有些人拿这个说事，再三让他难堪，让他在学校里遭受了许多不公正待遇。尤其是在他教了七年书之后，上面来了一个女老师，这老师，不仅一直拿"条子"说事来诋毁他，而且还联合其他人来排挤他。

吴老师——这个用不着隐瞒，就是她，从县里下放来的。她是大望小学唯一分到了房子的老师，村上特意为她挨着学校搭建了一间宿舍。她每个月能拿到一百多块钱，寒暑假工资照常发。我们这些民办教师呢，一个学期才拿一百多块，寒暑假一分钱没有。这个账我们都会算啊。她只有一张嘴，一天也上五节课，她每个月都要吃四五回肉，这是有目共睹的事实。这都不是重点，重点是，她还对其他人挑三拣四。有一次，她和另外两个老师来旁听我的公开课。当着全班三十多个学生的面，她纠正指责我说："钱老师，打不得！""钱老师，不能打头，小孩子头部很脆弱！""钱老师，不能扇孩子的眼睛，眼球伤了可要瞎的。"

打孩子这个事，我要辩解几句。过去不像现在，现在每家每户只有个把，最多两个孩子，那时候，哪家不是四五个，六七个的也有。开学第一天，就有家长找过来说，钱老师，一定替我好好管教我的孩子啊，不要手软。有些孩子我不管，下次他父母见儿子分数考得低，还要怪我见外，甚至指责我教导无方。我也左右为难，所以只能打啊！其实哪会下重手，主要是杀鸡儆猴，杀一儆百，以儆效尤。她这么一说，反倒显得我不是好老师，显得我置学生于危险之中，实际上，我从来没把学生打出毛病来。什么毛病都没打出来过，打乖了几个才是实情。但是呢，她就那么制造矛盾，小孩子们懂个屁，觉得她人好，团团把她围住让我难堪。

还有一件事也让我来气，每年的先进都是她；每年上面来领导，陪同吃饭的，上台发言的，也是她。评不评先进都不是什么大事，关键是太气人。我一个六尺男儿，整天被一个年纪轻轻的女人踩在脚底下，你们设身处地想一想，窝囊不窝囊？

有一天晚上，我做了个梦。说起来也是稀奇，我有一个特点，平时想不通的事一到梦里就有新思路，解不开的题一到梦里就能解开。有一天晚上，我在梦里听到一个声音对我说：你敢跟我斗，我可是有靠山的人。我瞪大眼睛看，果然，看到了她和区教育局副主任勾肩搭背，醒来之后，我一下子恍然大悟。原来真相是这样的。但是我也没有四处张扬，只是把这些事写在了日记里。还有一回，我梦见她当着我的面，对我们学校的胡老师说，打钱老师，打死他我就嫁给你。幸亏胡老师不糊涂，他没有动手，但我吓出一身冷汗。因为胡老师去少林寺学过散打。最过分的是有一天夜里，电闪雷鸣，暴雨连着下了大半夜，房子里四处漏雨，家里床上、地上到处摆着接雨的盆盆罐罐。那天夜里，我梦到她站在我四处滴水的屋前，斜着眼，轻蔑地看着我家地上的盆盆罐罐，一脸的瞧不起，满脸就写着两个字：鄙视！大望洲许多姑娘都对我客客气气，七老八十的也经常求我看个信，写个对联，可以说，没人瞧不起我，单单就她跟别人不一样。她嘲笑我拿钱少，没个男人应有的担当，现在哪个男人不出去闯荡，做生意，跑买卖，盖新房。我伸出手想教训她，像有什么东西缠住我的手脚，加上到处水淋淋的，有点喘不过气来，恨得我牙根痒痒的。不光在梦里，她平时跟我说话的口气，就是一副有靠山撑腰的架势，使我一直胸闷，喘不上气。有一天夜里，破天荒地，我梦见她也对我投怀送抱，她的臂膀很有力，不像我以为的细弱瘦小。她虽然不需要放学和寒暑假的时候种地，但她每天跑步，所以也相当健壮。她虽然也在农村生活，可是衣着举止都还是城里的做派。一举手，一投足，把村里许多人迷得七荤八素的。我晕晕乎乎地去抓她的手，她竟然没有躲避，我盯着她的眼睛。她眼睛很温柔，带着浅浅的笑意，完全没有受到冒犯的意思，并且，她还主动把自己的衣服掀开让我看。说实话，她真的非常漂亮，皮肤白得透亮。她问我她漂亮不漂亮，我说漂亮。她问我愿意不愿意跟她好，我说愿意。她问我听不听她的话，我说听。她问我喜欢她超过钱大顺的妈妈没？我说你就是天上的仙女，世上的一切女人都不应该与你相提并论。那天晚上，我非常激动，也非常感动。原来这一切都是一场误会。我误会了她的为人，也低估了自己的魅力。原来在她心里，我也有一席之地，她允许我对她做任何事情，但以后要对她好一点儿……这算什么条件，这还用说吗！

梦里的甜蜜使我一大早精神大振。喝了一碗稀饭，我迫不及待地冲向办公室。说真的，我有改变命运的信心。我想好了，如果她发话，我就跟大顺妈离婚，和她生活在一起。我不是三心二意的人。可是，一进门，接触到她的眼神，她看我的眼光，傻子也能发现，仍然充满鄙视和戒备，我早上才生出来的自信一瞬间分崩离析，化为乌有。我的情绪一整天都很低落，上课也打不起精神，可是，在我的梦里，她的心情总是很好，给我笑脸，会问我：吃过了吗？她摸我的脸，我说真舒服。她说愿意为我效劳……她的胸脯贴着我的胸脯，她的大腿压着我的大腿，一阵颤抖，如同在云朵上荡漾……知道我喜欢画画，她还脱光衣服让我画。有时我整夜在纸上画她脸部的线条、腰部的线条。实不相瞒，我对画画产生浓厚兴趣就是在和她一起的梦里。可是白天，她板着脸，处处与我为敌。这样白昼黑夜的反差，真令人心力交瘁。我的情绪大起大落，在恨她与原谅她之间左右摇摆。教书的第四年，我开始整夜整夜失眠、幻听，最严重的一次是栽倒在讲堂上，送到医院后半个身子不能活动，不得不请了一年的病假。如你们所知，我请病假是一分钱工资都没有的。在我休假的时候，没有一个人来慰问，只有另一个民办老师代表学校送来过两斤肉和一袋米，还是在我严重抗议之后。

一年后，我又回到学校，可是情况变得越来越严重，她居然已经当校长了，虽然我们学校总共才七个老师，可让一个三十二三岁的女性当校长，也真是前闻未闻——当然了，这都是三十多年前了，不像现在，男女平等，城市、农村人人平等，那时候，她一个女人把一群男人压在身子底下欺压，实在让人气不平啊。

我后来又断断续续请了几年的假——没有一分钱，都是耻辱感作祟。我被疾病、倒霉的命运和喜怒无常、强势霸道的女人困扰着，常常觉得活着真是一场苦熬。

依我这种软弱的性格，我什么也没有做，只是等别人都睡了，把这些让我气愤的不能容忍的事全写进日记里。但是，你们知道，那时候家里也没个保险箱什么的，就是往家里唯一的抽屉里一塞，上面塞些东西盖着。没想到，我家三个活宝不知道怎么翻到了……他们每天都看……看完了不声不响，像没事人一样……这几个孩子，没有学到我的勤劳好学，却继承了我的敏感多思；没有学到我忍辱负重，却学到了愤愤不平……唉，表面上我有三个越长越高的儿子，实际上我养了三颗炸弹！直到有一天，二顺（才十二岁），有一天夜里跑去吴校长的宿舍，但是不巧的是，她丈夫正好来探亲,她丈夫是个当兵的,还没有转业。两个成年人轻而易举地把二顺逮住。吴校长还大呼小叫,硬说二顺不是一次两次趴在窗台看她洗澡。不只二顺,说大顺、三顺也偷看过她。真是百口莫辩。二顺说我不光要看,我还要强奸你,我要替我爸报仇。你们听听,你们过二十年再听听!不怪吴校长把住在附近的村民都招来,她那个火大啊,那些人不分青红皂白把二顺一顿好揍,那孩子被打得鼻青脸肿……

这件事之后,真是让我脸面扫尽。三顺也不肯去上学,或者去了就是跟人打架。别人给他们起了绰号"钱大流""钱二氓"和"钱三混"。你们听听,小孩们也有自尊心啊。不管是跟谁打架,到头来都是他们不好。这种情况我又如何在学校教下去?我又不得不回家病休两年。这样的身体在地里劳动也是吃力啊,所以后来吴校长调走之后,我又回去教书。

原来吴校长没跟你好过啊。大家都这么说,我也当真了。老李说。

是啊,我对吴校长的感情经历过许多个阶段,从一开始想跟她团结合作,到产生敌意,到恨之入骨,有几年我怒气攻心,我怀疑自己的肠子就是那时候坏的,后来我们和解了——当然是表面上,表面上客客气气,我心里没有放下,最后闹得几个孩子也搅和进来。我跟她的那些事都是日记里瞎写的——也不是有意瞎写,我有时昏头昏脑,白天当晚上,晚上当白天,确定分不清现实和梦境。小孩子们偷去看我也一概不知。我比老赵还冤哪。

我们乡里乡亲,原以为知根知底,原来这些事也还有这么多道道。老李说,可惜孩子们掺和进来,事情就复杂了。

可不是,我想着自己的事跟他们无关,这三个狗东西白天装得跟什么似的,闷声不响,哪想到,到了半夜,大家都睡了,他们跑到我房间来偷日记看。他们平时不言不语,成绩也没坏到哪里去。我等着他们有机会爆发一下,勇夺第一。结果呢,搞成这样。不成器也就罢了,都还怪我。

吴老师走了之后我为什么后来又辞职不干?过去我以为人只要不回头看,过去就不在那里。可是,我的孩子们变得那么让人操心,他们在你眼前晃啊晃,这个问题那个问题,你想躲也躲不掉,我后来索性又回去教书了。但这个事影响了我转正,第一批,我们学校转了两个;第二批转了三个;第三批,也是最后一批,眼看我就要退休了,可是因为请过几次病假,又加上这么一档子事,就没转上正,这成了我一生的耻辱,也是我一生的遗憾。

你要是再辩解,就不灵啦。孙老善提醒说。看来,他对事情的来龙去脉掌握着比老李多,没有像老李这样大惊小怪。也难怪,老李自顾不暇,尤其是小陶意外过世后,她跟婆婆相依为命,远离是非,能不出门就不出门,能不多嘴就不多嘴。

对对对。都是我的错,我当时不应该听信梦,听信幻觉,更不应该把梦当成真事写进日记,真假不分,误人误己,更害了自己家小孩。我在单位上人事关系没处理好,没有抓住现成的教育资源,没找准自己的位置,本来就已经内疚自责,家里后院起火,三天一小吵,五天一大吵,鸡犬不宁,小孩子也没领上正道,一个一个成天跟我唱反调,一天到晚到处闯祸,他们一天到晚惹是生非,我当他们是早熟,哪里想到是我自己大了意……发生吴校长那个事,对整个家,对我的事业都是雪上加霜。我回来教育他们,打他们,他们鼻孔朝天,摆出一副"你不配"的面孔。我气炸了,挨个打他们的头、耳朵、肩膀、屁股和脚踝……还好,他们个个缩着脑袋,没敢动。我好像听到二顺骂我"狗娘养的",我没听清,叫他重复一遍,还好,他没敢。要是他们胆敢回手,我想好了,拿刀跟他们同归于尽……早几年我还在想,这三个人,总有一个人要吃牢饭。还好,谢天谢地,都娶了媳妇、养了儿,总算没让我蒙羞……

说完这长篇大论,钱老师如释重负,他坐到椅子上,一言不发,安静地等待着,等待着经过不偏不倚的回忆之后,生活能够回到虽不完满却正常的过去。

二十五

现在，离他们遭遇被遗忘的不幸，差不多整整一个月，他们四个人看上去已经大同小异了，衣服基本都是穿了又穿，他们的脸上带着无可隐藏的共同的气质，那不是渴望，而是对什么都不敢抱有希望。他们刚来时还残存在脸上的苦苦保持住的颐养天年的淡然，如今荡然无存了。

在七月的最后一天，孙老善拨打了孙小林的电话。三声长音之后，电话通了。小林在电话里问：

爹，你在那边怎么样？

孙老善噢噢噢地叫着，一方面因为激动，另一方面想吸引其余三个人的注意，你看你看，儿子的电话打通了。

我很好，我很好，孙老善把手机举到眼前，语无伦次地盯着手机说，说来话长，我手上有一些值钱的古董，以前不知道值钱，在里面塞些零零碎碎的东西，现在我想把它们给……

电话突然断了。手机屏幕一片漆黑。

抖抖簌簌地划亮屏幕，再拨，没有任何反应。

试了四次之后，他无奈地垂下手臂，看着围住他的老伙伴。

钱老师痛心疾首地跺脚说：都说了只有说真话才能沟通。你瞧瞧，你瞧瞧。他一副前功尽弃、怒其不争的样子。已弹尽粮绝，本来升起的一线希望又化为乌有。钱老师认定是孙老善那句"我手上有值钱的东西"这句话搞砸了整个大局。

钱老师向来也不会这样地穷追猛打,还是个信佛之人,这一次,好像不轻易饶过孙老善似的。孙老善又羞又恼,垂着头,像个做错了事的小孩。

就在这时,一股浓重的臭味飘向屋里。他们四个人几乎同时闻到了。这不是一般粪尿的臭味,这像是什么动物死掉之后腐烂的气味。他们把前后门和窗户关上,不一会儿,屋里闷热难忍,但臭味却丝毫不见减少。老李拿来一本书,她无助地在空气里挥动着,后来,她去端了盆水,拧了块抹布,但是,桌子、椅子、灶台,凡是能下手的地方都干干净净的。她皱着眉,无助地转来转去想逃避这气味。

一切都完蛋了。老赵受到了钱老师的影响,又或者,被臭味熏得头脑昏沉。他也学着钱老师的嗓音叫了起来。大家都觉得头晕眼光,恶心作呕,眼看都撑不住了。老李戴上口罩,找了件孙小林的长袖大褂。她说,我出去看看,是不是什么东西死了烂在坡下面。

老赵一看,也表示愿意一同前向。他俩在附近视察了好几圈。没有野猪、野狗、野兔,连一只老鼠的尸体都没有发现。一直到天近正午,那股邪气的臭味才突然消失了。

看到大家都蔫头蔫脑的,老李摘到了屋后小园子里的第一把小青菜。小青菜的根部沾着泥土,叶子碧翠娇嫩。老李高兴地举着,似乎忘记了一大早那功亏一篑和整个上午都臭不可闻的时刻。

这把菜也不管用啊,我们个个面黄肌瘦,营养不良,快要撑不下去了。孙老善说。

我也是啊,我坐在板凳下一站起来就视力模糊、头晕眼花,头上要装个支架才能带着它走几步路。

没有关系,都会搞清楚的,老李说,我们既然能熬过整整一个月，我们还能熬过第二个月。不要忘记了，夹江里有螺蛳、鱼虾，树林里有野菜，这些都可以充饥。不要忘了，我们都是经历过"共产风"的人，比这更难的日子都经历过。

我们活到今天，可不是为了回头过那些日子的。老赵嘟囔着。

钱老师仍然捶胸顿足，他的信心和勇气似乎在这一刻耗光了。他脸上的肉剧烈地抖动着。他的颧骨因为暴瘦，高高地从太阳穴两边押出去，他的眼睛，随着他的头向两边转动。他过去那种谦卑随和的态度：活泼地抬高别人，压低自己的精神荡然无存。实在不行，老李，你把那杀虫的农药留着，我们只能集体到镇上去自杀了。

这个计划提出来已经好几次了，之所以后面一直没有实施，因为不断的坦白过程中，不断出现了新的希望和效果。现在，钱老师又嚷嚷着要自杀了。

如果你连死都不怕，还怕去河里捕些鱼虾吗？老李不疾不徐地反驳说。

还是老赵了解钱老师。他解释说，钱老师也不是真死，是做出样子来为我们讨公道。我们不能跟人说，我的孩子们不小心忘记了我们。他们不信任我们，之前不，现在也不。我们过马路他们不是不敢扶我们，是不敢看我们一眼，话也不敢说。想一想，四个六七十岁的人站在镇中心，当着几十或几百人的面，拿着农药，我相信每个人都会拿出手机，发到网上去。现在不是什么事都拍视频嘛。小视频的配音我都想好了：子女不孝，父母当街自杀求援。到时候，政府、公安一定会出来谈判。谈判就是给我们说话的权利，解释的权利。通常就是这样，发生个什么事，比如前阵子一个大老板强奸幼女，好好的报警不行，非要到网上一闹。结果闹到许多人来打抱不平，事情就好解决了。谈判的时候我们就提出来，我们不提别的要求，回到过去的生活里就可以了。

看来老赵把钱老师的意思领会得很透。可是老李轻轻地摇了一下头。她说：我觉得还是讲实话治疗比较有效果。不到迫不得已，不要做这样的事。

那你说怎么办？当真靠那几棵小青菜度日吗？钱老师哭丧着脸，他的音量提高了，他不再是那个懂得照顾大家情绪，一直出谋划策的核心人物了。他变成一个耍无赖的孩子。他嚷起来了：我的药全部吃完了，且不说我的癌症复发不复发，也不说我血压的事，就说这糖尿病吧，断药的后果你们是知道的。我有一个病友，断药不到两年，双目失明！双目失明跟死有什么两样！我看我也快了。他挂着那副老年人常有的无依无靠、提心吊胆的神情，本来是夸张的，吸引人注意的，但是，他尚能正常观物的双眼突然模糊了起来，好像预言即刻灵验。他一把捂住自己的双眼，生怕与真正的失明打了照面。老赵递给他一杯水。他的手背触到了玻璃，他猛一挥手，打翻了水杯。他顺势瘫坐在一片水渍当中，梗着脖子，等待更坏的事情发生。过了很久，从指缝里向窗外张望，好像死神必然在窗口显形。什么也没有，老样子，于是他睁开眼睛。

没那么可怕，冷静一下，冷静一下，我们再想办法。老李也过来劝他。几个人想合作把他拉起来。但钱老师的力气惊人，完全不像一个身患癌症以及七十出头的老人。大家放弃拉他，他倒又自己挣扎着起来，冲出门，去偏房拿到了农药，拧开瓶盖放在左手上，右手端着药，慢慢往嘴边凑。

三个人一时惊慌失措，连连惊叫。

好，老赵先冷静下来，他站起身，走到钱老师跟前说，我们按你的计划走，如果你觉得现在到镇上去是好主意，我们听你的，我们到镇上去一趟。

这个时候了,我们不应该再玩花样了。老李说。但是,钱老师那不管不顾的样子,着实把她镇住了,她把反对的话吞了回去。

炙热的太阳穿越门窗,把火一样温热的空气引到屋子里,每个人的脸都因为热气显得肿胀下垂,一点儿没有办法讲究了,他们张开嘴大口地喘气。他们带着一股子执拗的精神冲出门。无遮无拦的堤坝热得像个蒸笼。这靠着江边的小岛,按理说还没到最热的三伏天,可是隔着鞋子都能感觉到脚心有火在烘烤。扬起的灰尘里也有一股烧焦的味道,路边的狗尾巴草个个耷拉着,恨不得弯到沟里去。四个人摇摇晃晃地往镇上去。没有帽子,没有伞,每走一步都似乎消耗着全部的能量。一路上谁也没有心思说话。

钱老师带头,老李走在最后。一路上,钱老师频频回头,但是老李安慰他说,我不会逃走的,你不会再看到我跟你们对着干的。

没还出大望洲,他们的衣服就湿透了,他们的眼睛都被汗水糊住了,谁也顾不上别人,都低垂着头,眯着眼,张着嘴,大口喘息。

终于到了镇子上,他们找了一块空旷的地方停了下来。这是一个环形广场,四周拦着铁桩子,广场中心是带花纹的地砖。他们走到正中间。四个人朝着四个方向。孙老善瘫坐在地上,劝大家先喘口气,再提"喝药"的事,但是钱老师用目光制止了他。他把农药拿出来放在自己面前,清了清嗓子,开始讲话——

父老乡亲们,我们现在想说一件事,我们要讨一个公道。你们看看,我们个个七十多了,辛辛苦苦养大了儿子女儿,结果呢,他们把我们遗弃了,不管了,不问了,让我们在这里等死。那我们现在就死给他们看,死给你们看。

他停下来,胸口剧烈起伏着,情绪比大家想象的更激动。但是他说不下去,因为就在他把音量提高到自己的极限,说出以上两句的时候,没有任何人停下脚步,就连刚刚似乎必须从他身边经过的人也跳着脚绕开了。好像不是太阳,而是钱老师的话烫到他了。换句话说,那些一贯喜欢看热闹的人竟然无一人在这关键时候围观一下。

像皮球碰到了手指粗的钉子,钱老师比他预想的更虚弱,似乎一种突如其来的疼痛攫住了他,他歪倒在老赵身上,如果不是老赵伸出一只手来扶住他,他很可能就地倒下去了。

冷漠社会,奇耻大辱!这是一群多么麻木不仁的人,他们宁可打游戏、聊天、跳广场舞,看人搂抱着摇晃,甚至无事可干地把时间白白浪费掉,也不愿意听听四个老人说说他们无家可归的事。现在的人只顾着他们自己,一天到晚牛气冲天;一天到晚向虚拟的敌人宣战,连眼皮底下几个可怜的老人的自杀都无胆阻拦;一天到晚只顾着低头看手机,顾着找点新鲜刺激,崇拜富可敌国的人,忘了这世上还有仁义廉耻。"人老无能,神老无灵。"在他们眼前,也许这几个老年人没有色彩、没有香气、没有金钱的味道,他们就跟一堆从墙上拆下来的瓷砖、磨破了皮的旧沙发,或者表面完好,事实上到处是漏洞的水管子没什么两样。

钱老师的崩溃在意料之中,孙老善向前一步,他接过钱老师手上的农药,把有"剧毒"字样的一面对着空旷无人的前方,心思深沉却动作迟钝地仰面朝天,同时拧开瓶盖,然后缓缓地,一点儿一点儿地将瓶口移向唇边……这个举动看上去如此艰难,他的移动速度如此缓慢,使人觉得这是最后的时光、最后的缘分、最后的光线、最后的思念、最后的永恒。

在瓶口沾到嘴唇的时候,他停住了。像是什么人在呼唤他的名字,他开始左顾右盼,确定只是自己的幻觉时,他再次把瓶口举到唇边,但是,又似乎什么事情分了他的神,他又把瓶子放下。

老李摁住了孙老善的手,她小心地夺下瓶子,拧紧瓶盖,小心地放进塑料袋,把塑料袋口扎了起来。

他们默默地掉头回家,跟来的时候一样,一言不发,跌跌撞撞。走到堤岸上,听到前方的江面上传来沙哑的、微弱的汽笛声,傍晚的田野里有一种淤泥和野草混合的味道。几个人喘着气,甩动着无处安放的手臂。大望洲是一个岿然不动的世界,一个彻头彻尾的隔绝地带。农民、干部、游客,甚至喜欢冒险的孩子们也不再靠近。还有风,吹在枝头,吹到江面,掀起层层涟漪,就是不吹动他们斑白的头发,不吹动他们的衣摆,大有敬而远之的意思。他们走走停停,但没人敢坐下来。他们怕坐下来就没有起身的力气了。到家的时候,他们满面通红,衣服全都湿透了。密集的汗珠挂在脑门、额头和鼻尖,进门的时候,他们都虚脱了。

二十六

"死的宣言"几乎是最后的手段,现在这个计划宣告无效,也等于宣告一切计划无效。但"死"这个东西却实实在在靠近了。钱老师亮出空荡荡的药瓶。断药后,他时常头发晕,双手控制不住地颤抖,精神很不好,血糖无疑在急速升高,并且无法控制,他仿佛能感觉到自己的大血管在发生病变,微血管在发生病变,细胞在裂变、在死亡,他深信自己很快会死于器官衰竭。而孙老善呢,也会死于心肌梗死,或者大出血,或者中风,或者哮喘。总之,他们丧失记忆、丧失感情、丧失知觉,最后,会变得跟石头一样呆滞和麻木。这栋屋子里一种末日将至的气息在弥漫,但他们担心的东西在变。或者说,他们反而不担心死了。死也比这样提心吊胆的好,死也比脑子里长着一个巨大的问号解不开好,死也比心悬在半空,上不去、下不来好,死更比一个月吃不到一点儿像样的食物好。只是一想到活着,还要活下去,就会有数不尽的担忧。担心突然之间忘记全部的事情,担心饥饿的感觉,担心说什么也没人听见,担心看不见,担心突然失去双腿,担心比现在更无依无靠,担心一切化为乌有,担心被雷劈死,担心大水一夜之间漫到门前——事实上长江水位下降太多,即使夏天进去大望岛也不需要过江涉水了。他们还担心天气突然变冷,因为他们没有毛衣和棉袄。一切实际生活难题都能成为担心的由头,甚至担心活太得久,因为越来越觉得自己手无缚鸡之力。

不管怎么说，表面上大家还算正常，其实那个叫"正常"的一部分正一分一秒、紧锣密鼓地从身体里消失。

很快，形势又向坏的方面发展。首先，是钱老师拉了整夜的肚子，差点休克，喝了盐水，天快亮时才止住了。

孙老善一睁眼，看到几个老朋友，大为惊骇，他好像在梦里和坏人、恶龙还是痛苦的过去做了艰苦的斗争，这斗争使他几乎忘记了一切。幸亏还有本子。本子上有他自己的字迹，歪歪扭扭，但是他好歹能认出自己的字迹。他端着本子读出了声音：

如果有一天不记得老赵、老钱和老李为什么在自己家里，就问老赵。

他抬起头来看着三个人，因为，他不确定谁才是老赵。

钱老师让他再往前翻。他翻到了一页：平头、高个子、赤脚医生。这是在老赵名字旁边做好的标记。现在，他明白了谁是老赵。他向老赵发出了一连串的质问：

你们为什么在我家？

我儿子呢？

早饭怎么还没烧好？

有没有买油条？

他们于是把过去一个月发生的事原原本本地告诉他。尽量轻描淡写，怕他会歇斯底里，怕他激动过度对心脏和血管造成不可逆的伤害。

孙老善就像耳朵完全失去听力一样没有反应，老李帮他把助听器戴好，老赵又把讲过的话仔仔细细复述一遍，他仍然置若罔闻，不停地喊：小明，小明。他把头越过众人的缝隙向外探，似乎他呼喊的人快到近前来，向他解释一切。

可是小明离世已经二十多年了。

这么多天，他们之间谈了许多话，尤其是真话，但是小明他一次也没有提过，大家都以为这一页翻过去了，可这天早上，他不停地喊着小明。他希望把小明喊到自己床前。

让他来，快，我要交代一些事。

什么事，你说吧，我记着呢。钱老师握着笔，等在一旁。

让他在部队里要听班长的话，早上比别人早起十分钟，吃饱了再多吃一口，坐车的时候坐中间位置，见到首长要敬礼、见到老百姓要像雷锋一样上前帮忙，不拿群众一针一线，要诚实也要机智，要积极表现，也要回避危险，要肯吃苦，也要爱惜身体。他如此这般地交代。

钱老师装模作样地往本子上记。过了一会儿，孙老善如梦初醒般地说：

你们知不知道，小明已经不在了。

大伙点点头，似乎对孙老善记忆的丧失和瞬间恢复都能安之若素了。

你们只知道我信佛，你们知道不知道我是烈属？

我们当然知道，小明去当兵，牺牲在了部队里。

小明不应该死。他说这话时，又换了表情——悲伤的、软弱的，想起自己被打垮了，也承认自己被打垮的表情。

小明是被我害死的。既然只有说真话才能摆脱这个魔咒，我就如实告诉你们。我不应该交代他努力牺牲学雷锋。那孩子比不得小林，你叫他做什么他就做什么，脑子一根筋。我想着让他当个兵锻炼锻炼，回来也好在村子里谋个什么事做做。哪里想到，他这个人太实诚，到部队去，他妈妈给他寄的花生芝麻糖，他拿出去给别人吃；别人训练跑十公里，他能跑二十公里。他那么努力，我在家还指望他能闯出一点儿名堂呢。

　　上面来人送信。我问儿子是怎么死的？他们说是因故殉亡。我说算不算牺牲？他们说不算，是意外。我问死了几个，他们说就他一个。后来才知道本来那天轮不到他，有一个战友看他好说话，让他顶一顶，那天任务重，回营的时候坐在车子里打瞌睡。车子在一个路口遇到一辆摩托车乱窜，司机急刹车的时候，小明的头磕到了车柱上。一车二十个人，只有他一个人撞到车柱上，杠到了颈椎。当时好好的，战友推了他一下，让他下车，他往地上一倒，人就没了。

　　他说完这些的时候，双手抱住了头，哎哟哎哟地叫唤，头疼得要炸开似的。钱老师一步上前，老孙，讲一讲他当兵走后门的事。

　　没走后门。哪里走了后门？他说完叫唤得更大声了。

　　快想一想，那一年耀祖高中毕业，他一心想当兵，早早报名，后来体检、政审都合格了，上面也通知他了，家里摆过酒席了，突然又来了一个通知，说不予录取。这是怎么回事呢？

　　钱老师这么一说，老赵想起来了，就是去年被抓去坐牢的耀祖？

　　不是他是谁！他高中毕业，没考上大学，本来想靠着当兵考军校，结果孙小明想当兵，上面就把名额给了小明。

　　不是小明想当兵。这些都是谣言。我家小明是老实孩子，成天受人欺负，不喜欢出门，不喜欢抛头露面，更不喜欢出远门。他妈妈帮他求签，签上也让他小心外出。都是我，是我想着儿子这样下去不是办法，想让他到部队锻炼锻炼，哪里想到害死了小明。

　　他蜷缩成一团，双手拍打着自己的额头，口水顺着嘴角往下滴。

　　我一时冲动，鬼迷心窍。招兵工作都结束了，上面的领导要走了,我尽地主之谊,请武部长吃饭。哪里想到,聊着聊着,人家看到小明模样周正,人又老实,怂恿小明当兵。

我说了不合规矩啊,我说了小明怕出远门啊!可是人家吃了我的饭,喝了我的酒,惦记着要还我个人情,就把耀祖的名字画掉了,让小明去。他们走了之后,小明他妈是一个劲地跟我吵,吵得我心烦。我说这么大的事,不能一而再、再而三地改。我是替人家着想。第二天酒醒了,我也没有拉下这个脸去回绝人家。小明是被我拿棒子撵出门的。

我们倒是听说你为了小明能当上兵,请他们吃了三四顿饭。人家也是被你感动的。

胡说八道。我要是说了假话,天打五雷轰。都怪我脑子发热,脸皮又薄。第二天我老婆子是说去回绝他们。要不是我脸皮薄,怕得罪人,拦住了她,我儿子也不至于年纪轻轻丢掉性命。

要不是我非要小明当兵,家里怎么能搞得那么僵,搞得老婆子去了九华山呢。

他边唠叨边哭。看得出,时隔近三十年,他仍然记得清楚,不像有意说谎,再说此时说假话毫无意义了。

那个被你儿子顶替掉名额的高中生我认得。钱老师说,耀祖的名额无缘无故被顶了,没有当上兵,对他的打击很大。后来一直在外面打工,不知道怎么回事,一直不走运,七混八混,仍然穷困潦倒,前年发昏,给毒贩子跑腿被抓了现行,现在在坐牢,听说是无期徒刑。

孙老善看着钱老师,好像没有听懂似的,但是大家明白他听懂了。

你讲这个是什么意思?

也许咱们今天的处境跟过去这些事有关,老李也是这么想的,对吧。

老李默默地点了点头。耀祖的事我也是刚刚听说，耀祖那孩子我记得，那是一个老实人，一个可怜人，一个想要过体面生活的人。我记得招兵结束那阵子，有一回我看到一个人经过我家门口，他一个星期瘦脱了形，裤子挂不住腰，我还以为是耀祖他爹。

你们什么意思，耀祖坐牢赖到我儿子头上？怪事一桩。我儿子早就不在了。他四十六岁了才进的牢房，与我们有什么相干？不错，我儿子初中毕业，耀祖高中毕业，可是我儿子更听话、更忠诚、更适合当兵，事实也证明了这一点：我儿子牺牲在部队上，耀祖却是一个毒贩子。

要是他那年当了兵，考了军校，说不定不至于混到四十多了还脑子发昏去贩毒。老赵也站到了钱老师一边。他说，当年耀祖被刷下来，耀祖妈妈又哭又闹，还说要上访。要不是没借到路费，说不定真去上访了。

这可是致命的帮腔。孙老善的脸颊抽搐起来，眉头拧成中国结状，脸色渐渐变成了紫色。他急于争辩，嘴唇急速地动，但是吐出来的话语却含糊不清。

我儿子死了，就算我走了后门，我儿子已经送了命，过了一会儿，孙老善平静了一些，我儿子死了，老婆出家了。这还不是报应吗？！死了不是最大的惩罚吗？你们还想我怎么样？瞧你们这些人，住在我家，到现在竟然这样跟我清算，你们还是人吗？

我们大多数时候是无辜的，但不等于好跟错就能一笔勾销。那是两码事。老李说，犯过的错永远都在，不可能因为做了一点儿好事，犯下的错的后果就消失了。没有消失，永远在。老李说着说着眼泪哗哗地掉下来，很快，她号啕大哭起来。就算大哭，她也尽量用手臂挡着自己的嘴巴，但那悲凉的声音还是从胳膊缝里挤出来。

这声音扭曲、变形，夹带着深深的悔恨，老李的突然发作令大家一时手足无措，大家对她突然的忧伤不能理解，但孙老善的咆哮停顿了片刻，他大口地喘着粗气，好像在积蓄力气发动第二波控诉。

老李慢慢克制住自己，平静了下来。钱老师继续对孙老善说，是为你好。有时候我们做事情的时候没想清楚，就像年轻人说的，没带脑子出门。现在都要说出来，认罪是唯一出路，一句假话能前功尽弃，我也是再三验证了，不是非要为难你呀。

放屁，放你娘的屁。孙老善破口大骂，如果我们有罪，全国人民都有罪。我告诉你，赵长青，他大哥跟他妈吵架，赵长青一棒槌敲碎了他哥的天灵盖，他认罪了吗？

啊？赵长春这样变成植物人的呀！

你以为呢，还有老李的表姐和表姐夫，他们的老三因为一泡尿被送到门外活活冻死了，他们认罪了吗？不是也活得好好的吗？为什么偏偏我家小明要认罪？

那是你以为，因为你不知道他们在哪里，就以为他们活得好好的。老李说。有一种监狱是无形的，有一种惩罚是旁人看不到的。

信不信我一把火烧了这地方，我把这个地方一把火烧了，不信到时候没人发现我们。我活不了，大家一起死。孙老善伸出臂膀，举向天空，好像他已经看到了熊熊燃烧的火焰照亮了天空。孙老善大喊大叫，咆哮声弹到墙上又撞回到他们的耳膜里。他像受到千年迫害的老囚徒，对身边的每一物都充满着愤怒。

对呀，钱老师说，我怎么没想到呢，我们可以放一把火，烧他个三天三夜，大火冲天，大半个天都烧红了，全世界都看得见，除非全世界都把眼睛蒙起来，才看不到我们几个人！多么省事啊，多么简单啊，真是的，怎么没想到呢。他激动得在屋子里打转转，老赵阻止他说，冷静，先把老孙的工作做通。

怎么做呢？三个人你看看我，我看看你，再齐刷刷看蹦跶着的孙老善。认罪显得完全不可能。但是不承认自己有罪，肯定不利于记忆的恢复，也不利于跟外界的沟通。本来以为找到方式，执行不是问题，现在，显而易见，找到了方式，如何执行才是大问题。随着孙老善的失忆越来越严重，就算他有心认罪，也会忘记犯下过错的时间和地点；即使有心认罪，叙述的时间、地点和细节也会发生偏差。他忘记了自己的处境，甚至包括自己的名字也即将忘记。自然，他也想不起自己犯过的罪了。更可怕的是，四个人是一体的，有一个人执行不到位，其余人必然受影响。下一秒的事都难讲，说不定谁就会跟他一样，谁都会以为自己讲的是真话，而实际上脑子里的东西全部记错了，彻底地错位了。

忧愁像钟形罩一样罩住了他们。像酷暑一样把四个人紧紧地裹住，没有一丝缝隙。

二十七

虽然发生了混乱而激烈的争执，老李仍然坚持淘米做稀饭，之后摘一把青菜清洗干净，炒菜的油已经一滴不剩，她用清水煮成菜汤，象征性地放一些盐。她说服大家，无论如何，都要吃饭。如果连吃饭也不正常，那么就是向死神投降，所以再难受，再如同嚼蜡，也要填饱肚子。毫无疑问，她是这个房子的灵魂，尽管唯一的藤椅经常坐着孙老善，喜欢对事情评头论足的是钱老师，但是，吃什么，怎么吃，都是老李说了算。

到了夜里，大家都气息平稳，尤其是孙老善，喝了一碗菜汤和一碗稀饭之后，安静了下来。他像个做错了事的孩子，缩成一团。你问他记不记得的时候，他点头说记得。但是跟他核实细节的时候，他却一脸茫然。他不是在表演，实质是一种新的混乱：他不知道自己究竟知道多少。钱老师和老赵都无心再深究。显而易见，孙老善所短缺的那部分，也许也是他们自己的短缺。也许他们经历的要比现在脑子里贮藏的多一百倍，因为忘记了，就以为不存在。

老李说，通过孙老善这事，我认为钱老师的话是有道理的：只有全部讲真话，才能摆脱目前的困境。我还认识到，我们上街的做法是错误的，我们给孩子写信，找新闻媒体，假装说自己有古董，包括找过去的熟人证明，事实证明了，这一切的一切都是无效的，这样的行为越多，后果越严重。只有钱老师研究的理论是对的：就是讲真话，做实打实的事，才能让事情有好的转机。现在如果你们发动投票，我投钱老师一票。

钱老师向老李投去一抹"知音难求而我已觅得"的眼神。但是，老李接着说，我觉得我对今天这个局面有不可推卸责任，因为我也并没有做到完全的坦白。

但是，经过这么长时间的骚动，大家已经习惯更多的真相了。无论谁抖搂出什么惊天的秘密，或是抛出一个巨型炸弹，也不会引起特别大的骚动。老李说完，都没有人表现出一丝吃惊的样子，甚至都没人插言，就那么静静地等着她继续。

我怀的第三胎也是个女孩。当时不许做B超，B超机也不先进，一直到五个月，才查出来是女孩。我打掉这个孩子没有经过任何人同意，小陶和我婆婆都不知道。我去的时候肚子已经有点显怀了，大家都心里有数；我回来的时候，肚子是空的，大家心里也有数。别人都能体谅，可是大香不体谅。大香才九岁，上小学二年级，她放学的时候见我从外婆家回来后躺在床上，她好像就明白什么了。她斜着眼睛看着我，那眼睛里的疑惑令我不自在。我把头转到床里面，没想到，她脱了鞋到床上来，把头探过来，我把头捂到被子里，她又把头伸进被子里。她也没说什么，就那样看着我，像是在监视我，看了足足一个多时辰。你们晓得那时候心里就特别不好受。我那时就在心里发誓，不怀了，怀上是个女孩的话，肯定又要打掉，大香又得这样盯我。

后来我又怀上了，怀了六个多月的时候才去引的产。那时大香已经十四了。我照例是背着她突然消失的。那一回真是受罪啊，打了针之后，疼了整整五个钟头，疼得我直想爬墙。胎儿下来的时候还会动。我没有听到哭声，也没有看到小孩。但医生在挪动台灯的时候，有一会儿，我看到躺椅前面的白色的墙上好像有手和脚的影子在颤动。医生为我止血的时候，我问她，是不是女的。

嗯。她说。

我用眼睛问：那是她在动吗？

她做了一个"快了"的表情。

我穿着衣服扶着墙出来，因为她急着锁门离开，要是被人看到有灯光就不得了了。我挣扎着往前走，走到窗口的时候，窗帘有一个角落没有拉严实，我踮起脚凑上去想再看一眼。我看到一团肉在白色的瓷盘里动弹。我想从大门回去，我想着要把她抱起来带回去，可是我一想到婆婆失望的眼神，小陶失望的眼神，如果我带出去，有可能房子被扒掉，罚款，上不了户口，最主要的是我会被拖去结扎，以后就再也没有机会了。我犹豫了。等我再抬起眼睛向里面看的时候，我发现自己的眼睛像糊上了一层糨糊。我不知道是汗水还是泪水，我麻木得无知无觉。不知道冷，不知道饿，也不知道累，强撑着摸着黑回了村子。

回来之后，大香一开始并没有撂什么狠话。可是我一直忘不了那团肉，一股气郁结在我的胸口，上不去，下不来。我感觉喘不过气了，有一天，我实在没有忍住，我告诉大香那团肉在动。谁都可以告诉就是不能告诉大香。我心里很清楚这一点，可我就是想说。我告诉她事情比我想的更难，不管是想要一个儿子，还是打掉一个女儿，说出来之后我哭了出来。我哭了很久，哭完了大香还站在床前。

她直直地盯着我，她长着一双过于聪明的眼睛，那里面有许多东西。仿佛她早就看穿了许多事，她没机会了解的事，她用这双眼睛当作她的矛和盾。她久久地盯着，像是想把任何东西盯出另外的样子来。

大香问：你确定她在动吗？

我确定。

你确定是个妹妹吗?

应该是。

她疼吗?

我不知道。

但她没有问我,"你疼吗",她一次也没问。我从那之后一直只有七十几斤,八十斤不到,我所有的衣裳都在身上哐当晃,见到我的人都说我受了罪,但是大香看也不看我。有次我想拽她到怀里来,我想抱抱她。她挣脱了。她说,妈妈,我怕你。我当时不理解她的"怕",还是冲过去强行抱住她。她不是在胡说,她是真怕,她的身子缩成一团,胳膊箍得紧紧的,掰也掰不开。她用尽全身的力气挣扎,好像我的胳膊上有刺。她那么美,她的肌肤饱满娇嫩,还有头发,光滑柔软,又厚又密,她是这样的美好。她终于挣脱了我,跑了很远才扭过头来看看,看我没有追上去,才停下来。老远的,我看她的后背微微有点勾,像是防着什么东西随时砸到身上来,我突然一阵后悔,我不应该告诉她这件事,我把一个重担子压到一个孩子身上,我让她承受了她这个年纪不应该承受的东西。她是个心肠很软乎的小女孩。上学的路上遇到蜗牛,她会捡起来放回草丛里。她早早用行动告诉我说,你看,蜗牛都不能杀。长大一点儿她懂得使用眼神了。她的眼神对我说,你不要小的,我也不要老的。就是这意思。有时半夜躺在床上,隔着一堵墙,我也和大香无声地沟通。

妈妈,为什么这么希望我死呢?

没有,妈妈希望你平平安安长大。

那万一我是老三还是老四呢?

你不是,你是老大。

我运气好。

是政策不让生。

政策没让她们生,是你决定让她们死。

但是,她又说,说不定她们也像我一样在你肚子里就能听到你说话。

这些话从来没有说出声来,可我句句听得见。这个年纪的人,没经历过什么事,身上有使不完的力气,认她自己的理,带着一种"你奈我何"的神气……这些对话常常让我心力交瘁。无论我走到哪里,哪里都有一个大窟窿。我心里有气,又害怕,但说不出口,只好无端地生闷气……这种对抗让我心里时常会涌起一种苦涩的、悲哀的自责和伤心。

你有什么权力,你算什么?恼怒过头的时候我就隔着腹腔反击她。

死人更没有权利。

实情基本上差不多——如果把我俩的对话摊到桌面上,应该就是这样,或者更粗暴一些。无声的交锋,一次又一次。"呼哧,呼哧,呼哧",气氛越来越紧张,关系越来越生疏。

从那天起,我失去了两个女儿,不,是三个女儿,后来,我失去了小陶,失去了婆婆,失去了一切。这些事情你们以为全村都知道了。但后来的事你们就不知道了。事实上我小女儿没有死。对,她没有死。好心的医生把她从瓷盆里拿起来准备扔到垃圾桶里时,发现她在吸自己的小手。医生动了恻隐之心,把我女儿从瓷盆里抱出来,包在一件她医院的大褂里,放到了一户好心人家的门外。那时候,人们经常这么做,遇到不想要的孩子,放到条件好的人家门口,或者放到医院门口,但是,那户人家没有领养我女儿,因为他们发现我女儿的右腿伸不直,应该是引产引出来的毛病,他们不愿意要，他们又把孩子送到了政府。过了几年，中国出了《收养法》，许多外国人来中国领养小孩。我以前看到过电视，外国人把脑瘫、瞎眼、缺胳膊少腿的孩子领回去养。我心里想，这些人真傻啊。哪里料到几经辗转，我女儿被一对美国人领养了，后来她养父母离了婚，她被养母带去日本生活。她打小就知道自己是被遗弃的，但不知道自己是差点被埋葬的。过了二十年，她又学了历史，知道了缘由，说自己准备好原谅遗弃她的人了，所以大学毕业后，养母回美国时她选择留在日本。她找我的过程很艰苦，绕了好多圈子，差不多两年时间才找到我。中间好几次她都快放弃了，但是，她说一想到妈妈可能也在找她，还是坚持了下来。帮助她的人后来找到了那家医院。当年帮我引产的医生还没有过世。见到我女儿，看到她的腿，她竟然想起了那个孩子，想起了我。那些人根据她的回忆找到了我娘家堂兄。我当时一个人在大望洲，靠几亩地为生，等着女儿们回家，那可能性不大，谁知道呢……接到电话说我女儿来找我，让我去一趟县里的宾馆。我百分百确定这是一个骗局，我的女儿怎么不自己走进家门呢……我对于孤独已经渐渐习惯了，谁料到又有出其不意的希望来了……可是谁会骗一个穷得叮当响的寡妇呢，我就去了他们电话里说的宾馆。

我一进房间，看到床边上放着一把轮椅，轮椅上坐着一个姑娘。一个漂亮的、瘦小的姑娘，她的头发像我一样微鬈，大大的眼睛闪着温柔的光。

他们——那些陪同她来的人，当地接待的人，他们全部哇地惊叹出来。他们说"太像了，太像了，都不需要再去做DNA检测了"。我的心剧烈地抖动着。我活到五十多岁，才知道那种感觉，那就是幸福，那也是痛苦。那既是幸福也是痛苦。我终于冷静下来，慢慢地理清了思路，明白了事情的原委：我的孩子活了下来！

活了下来!虽然引产和把腿打坏了,虽然我没有喂过她一口奶,但她活了下来,她被陌生人救活,养大,送去念书,坐着轮椅拿到了大学文凭。如今她回来了。为了认亲,她正在学中国话。她说的第一句话是,妈妈,我是叶子,请多多关照。她一定练了许多遍,但是说的时候,一直在哆嗦,一边笑一边哆嗦。

我的天,那一刻,像被电击打了一下,我全身翻涌着一种力道。这股强劲的力道好像猛地推倒了我心里的一堵墙,亮晶晶的,像是有宝石在晃我的眼。我的心变得透亮透亮。我心里有许多欢喜,又像针扎的疼。我又笑又哭,一会儿觉得是真的,一会儿又觉得是做梦。最终我相信是真的,我慢慢地跪了下来,伏在她脚边哭,我向她道歉,说对不起她。那个时候,任何责任我都愿意承担,任何苦我都愿意受,就是让我死,我也不会有丝毫犹豫……这是天大的恩赐!

别人把我扶起来的时候,旁边一个人在叽里呱啦地翻译,我才发现这孩子不太听得懂中国话。她会讲日本话,会讲美国话,却不会讲中国话。

她问我愿意不愿意去日本。因为她的工作在日本。她要赚钱养活我。我愿意,我愿意去任何地方——你在的地方。她至今没有结婚,因为天生有残疾,她总是安静地待在家里。她是一个学者,研究我们无法理解的东西。

我撒谎了,村里有人以为是二香去了日本,我是去帮二香带小孩。我不解释。过去在村里,我们是敞开门过日子,大家都会想:世上没有不透风的墙,纸包不住火,要是别人知道了怎么办,大家这样想,做事还有些顾忌。现在我们是关起门来过日子,对门人家的事我们都不知道。所有的人都是你不知道我的事,我不知道你的事。昨天见过的人今天见不着,今天见过的人明天见不着。怀着这样的心理，我也不解释。现在，我老老实实地跟你们承认：我没有在日本带孙子，我在日本照顾我的小女儿叶子。她还没有跟大香和二香见面。我知道大香发现这个妹妹活着，一定会原谅我。她会说，原来我的妹妹没有死，我的妈妈没有犯错。她肯定会原谅我。可是，只有我知道，我是有罪的，罪大恶极。因为，后来发生了一件事。就是小陶死之后一个多月，我月事没有来，我心里想，不是怀上了吧？结扎之后怀上的事也听说过，丈夫死了一个月怀上的事也是可能的。我在心里想，如果是男孩子，我就告诉婆婆，再生下来，卖房子卖血也要养；要是女孩子，就算了。后来发现是我提前绝经了，不是怀上了。

　　你们明白了吧？再给我一次机会，我还是会害死我的骨肉。一想到自己做了那个错误的决定，并且还会继续做错误的决定，我明白自己不配被原谅。想要一个儿子让我吃尽了苦头，想要一个儿子蒙蔽了我的眼，想要一个儿子也让我丧尽了天良，要不是后来那一次误会，我还不觉得自己有罪。我为她做牛做马一百年都不够。因为我可怜的叶子活了下来，并不是因为我；她从来没有走过一步路，从来没有站直过，那却全然都是因为我。

　　我的女儿叶子，我永远忘不了第一次见到她时的样子。不，谁也夺不走她在我心里的样子。她坐在轮椅上，皮肤很白，像是从来没有掼在瓷盆里准备扔掉，像是从来没有被什么人伤害过。她的眼睛那么明亮，就那一双眼睛，你看了就会承认自己有罪。她差点就死在一个像我这样的人的手上。我真的不敢继续看。她的房子非常美，她会画画，墙上挂着她自己的画，桌子上常常有一束鲜花，她的房子很小，也不豪华，但是布置得可爱、温馨。窗外有各种花草和小鸟。我常常觉得自己是在做梦。偶尔也会问她，你恨不恨我？没有恨过，妈妈。我从来没有恨过你。从来没有吗？从来没有。见到你之前，见到你之后我都没有。我知道有些人会找些什么东西或者什么人来恨，因为他们对自己的生活不满意，但我是满意的。我看着她的腿，她明白我的意思，她说，这也是我生命的一部分，我早就接受了。她反而经常说，妈妈，我爱你；妈妈，谢谢你做的饭菜；妈妈，谢谢你来到我身边；妈妈，谢谢你记得我。

　　我把脸转过去，但她不放过我，妈妈脸红了。她现在会说一些中国话——其实是大望洲的方言。她说那是全世界只为一个人学的语言。她知道自己还有两个姐姐。妈妈，我什么时候能跟她们相认？你准备好了吗？我没准备好，幸福太多了，让我害怕。

　　我在心里发誓，我要用余生去保护她，照料她，直到我死。在东京的时候，几乎每一个黄昏，我都推着她去公园、去河边、去商场。有一次，我们一起去看花魁巡街。一支穿和服的队伍，男人打头，中间一个涂着白粉的女人走在街上，脚上的鞋底足足有一尺多厚，敲锣打鼓，一步一顿，那样缓慢，好像负载着看不见的重物，又或者什么人在她耳边下着无声的命令：抬脚，放脚，站稳，呼吸……我非常喜欢日本的环境，日本人的礼貌和教养，每一天的日子都过得特别简单、舒心，但是，前年叶子试着问我，愿意不愿意通过"归化"加入日本籍，这样就不用每半年回国一次。我想了想，没有同意，因为我还有大香、二香和三个外孙，我也放不下他们。我每次回来会去偷偷看看他们，但我没有勇气站到他们跟前承认自己是个坏人，干了下地狱的事。我不敢抵赖，因为抵赖会犯下更多的错，我也不敢奢求更多——现在已经太多了。如果不是现在这个状况，我没有机会……我简直不敢相信有这样的机会，我一贯没有胆量面对……我们犯下的过错超过自己的想象。我越幸福，就明白得越多。我不知道世上有这么多幸福。世上最多的苦楚是我想要一个儿子的愿望没有实现，而世上最多的快乐就是和叶子一起生活的这几年。多么令人费解。好了，你们看，现在我确定了：我才应该为整件事负起责任来。我才是罪最重的那一个。我才是连累你们的人，我才是让这一切怪事发生的根源。昨天是我应该飞日本的时间。但是，我知道航班取消了，说不定不是因为疫情，而是因为我……为的是不让叶子联系到我。你们看，发生了叶子复活的事，再大的事情也不会让我吃惊，包括——今天的局面。你们觉得已经到了最坏的时候了，肯定想知道我接下来会不会去找大香认错。不。因为我一认错，大香就认我了，不恨我了。可是一年年过去，我越来越明白自己的罪行，要是这么轻易被放过了，那是更不对的。像我这样的人，还没有好好认罪，就把犯过的错一笔勾销，一身轻松地去享福，那会更让我不踏实，总觉得哪里不对劲。

她说完了。大家都没有什么特别的反应。过了半天，像是证明自己是清醒的，老赵说，那个得了癫痫的可能就是那次死了。

没人说话。

黑咕隆咚的天空像一个黑袍子，四周一点儿声音都没有，万物沉睡。

你做赤脚医生的时候真的带过徒弟吗？钱老师突然问。

什么徒弟？

老赵急剧地眨眼，好像完全不记得这事了。但他没有贸然否定，这几天他们都学乖了，深深知道沉默比说错了要好。最终他什么也没说。

孙老善说，对了，我有个女儿在小林那里养着。

嗯。大家说，等着他继续说，说一些大家以为知道其实又错了的桥段。

但是他却又呼吸匀称起来了。

老赵突然又想起了一件事，关于那个服毒自杀的女孩。他说他当时经验更丰富一些,也许她父母能听得进去他的建议!

你建议他们什么了?

我建议尽早弄去洗胃,越早越好,不能拖太久。

不说了不说了,钱老师说,我看都差不多了。这一个多月过的可不是一般人能忍受的生活啊,关乎人命的事基本上我们都说出来了,不关于人命的事没有办法全部说。不能什么账都算到我们这几个可怜人身上,对吧?

对,老赵说,等天亮时候再看情况吧,我相信我们会被想起来,他们会过来接我们走。这地方实在不能再待下去了。对了,我身上还有一百块钱,这钱到了关键时候我会拿出来的。

关键时候早就不存在了。钱老师说,他说这话不知道是出于信心增加了还是信心减少了,两者都有可能。在越来越多的真相公开之后,那秘密不像是减少了,反而像是增加了。增加到令人眼花缭乱,令人越来越糊涂了,但他似乎已经无所谓了,目光看向老李。那天的老李依然穿一件白色的短袖衫,一件宽松的白色麻裤,遮住她纤细的脚踝,跟第一次见面相比,她耳朵上的耳环不见了,她钟爱的叶子买的手链也没在手上,但拿走这些丝毫没有影响她的温柔和尊贵。对,是尊贵,一种让人不敢随便冒犯的尊贵。钱老师的脸上浮现出一种温柔的表情,又快又清楚地说,这一次见到你,我才觉得生活还是非常有意思的。事情过去了,我真想和你一起生活。他的话直接、不加掩饰,无视其他人的存在。他的声音一改往日的愁苦和习惯性向下的声调,虽然仍有一丝惆怅,但惆怅里却闪烁着一丝难得一见的神采,似乎年轻了许多。

你这个人真是好笑。老李有点哭笑不得似的说了一句,算是回应。

这是不可能的,回不去了。老赵说。

什么？钱老师歪过头问他。

傻瓜，回到过去的生活，像过去那样生活，这简直是不可能的奢望。

还有一种可能，孙老善突然说，你们三个人都在我的梦里。这是我在做梦。一直没醒。

老赵说，也有可能，我们三个人都是你梦出来的，你明天会醒。总之，可能就是一场梦。

变化多端的梦。孙老善微微颔首，然后轻声一笑。他笑得很深沉，高深莫测，使人分不清他脑子里还有什么。

天快亮了，钱老师站起身来摸索拖鞋（其实就在脚上），准备回房。老赵突然把手从自己的口袋里掏出来说，我的钱丢了。

你哪里有钱？想钱想糊涂了。

我有的。

唉，又是一个梦。钱老师淡定地说。他擦了擦额头上的汗，摇摆着，无声无息地踏上楼梯。

老赵放弃了翻找。他信了这些老伙伴的话。跟着大家一起往楼上去。

二十八

老李醒来的时候,看到阳光打在靠近窗口的一片树叶上,穿透了它,并且改变了叶子的颜色。又是一个酷暑热天。在强烈的光线下,她重新闭上眼睛,过一会儿,再睁开的时候,她认出了房间的轮廓、窗台外叶梢被烤得弯曲的芦苇、窗外江面上缓缓变幻的潾潾波纹,认出了流动的船只上飘扬的旗帜。她深深地呼吸了几口空气。她想到了大香,想到了二香,想到了婆婆,想起了在娘家的时光,想到了叶子,想到了日本东京穿和服的脸涂得雪白的街头艺人,伤心和沮丧的情绪消散了,她的心里有一种说不清的温柔和宁静。她庆幸自己还没有失忆。不一会儿,她也想到了目前的处境,想到了屋子里的其他人。

她起身,走到外屋。院门口站着三个老头儿。那是三张麻木迷惑的脸,正在相互打量,左看右看。他们都没有洗漱,脸上是一片枯黄的迟钝相,也可以说是平静,就像一堆松木被烧完之后落在地上的灰烬,就像是脑子里的一切——细胞、血管和脑髓都被掏空的感觉,总而言之,他们给人的感觉就是从上到下都很轻,空空荡荡。

很快,老李断定,最坏的到来了:那不是因为刚刚睡醒的迟钝,那是失去了所有记忆的迟钝。他们像是拥有了一种绝对的空白,他们像是如释重负,或者从来没有承受过任何负担一样,他们——空空如也！他们不记得昨晚的期望，不记得那个记事的本本，不记得这是什么地方，连对方是谁也不记得，甚至，最可怕的是，他们连自己是谁也忘记了。他们的脚尖一会儿朝左，一会儿朝右，好像只要听到什么铃响一下他们就知道往哪里移动。他们恰恰忘记了他们本来就在这里。他们三个人后来相互点了点头，假模假样地，就像是在街上买菜的时候遇到了友善的陌生人一样打了个招呼，像被传染了一样，三个人的脸上都挂着同样荒谬的客气，然后鱼贯出门，站到了没有遮挡的太阳底下。经过短暂的犹豫，老赵开始向东，钱老师向西，而行动本就迟缓的孙老善沿着门前的那条细直的，荒草淹没的路走去，好像分头行动才是唯一合理的事。理当如此。

老赵，老李喊。

钱老师。

孙老善！

没有人回答她。从背影就可以看出那些人腹内空空，他们蓬头垢面，再少的头发也不能像这样乱长。它们暴露出不体面的日子，煎熬的日子，绝望的日子。现在，这些人无耳无目，不回头，自顾自地走他们的路。也许他们以为那些名字不属于他们，而属于别人。他们继续向前走。现在，她能想象他们是怎么样汇合到人群里去，被淹没，被分离，就像从来没有在一起过，就像过去一个月都是某个人梦里的情景。

正在这时，老李屋子里的手机响了起来，这可是一个月来手机铃声第一次响起，她愣了两秒钟，快速反身奔回房间。接通了，是叶子的声音，妈妈，你在哪里？你还好吗？你的手机打不通，坏了吗？我都急坏了，差点报告给警察了呢。这是真真切切的叶子的声音，这声音像一股清流，一股抵挡窒息和绝望的清流，吹进了老李的心里。

叶子！她颤抖地，深情地回应道：我很好，很好。你呢，你怎么样？

我很好，妈妈，我在网上重新给你订了机票。明天。快回来吧，叶子想你了。

好，妈妈很快就回来。妈妈不会误机的。老李抬起头，那些孤独而衰老的背影将渐渐消失在视野中，她张开嘴，想告诉他们，却什么声音也没有发出来。

她回过头一看，房间里的灰尘在光线的照耀下清晰地四处飘荡。钱老师的小本、孙老善的拖鞋、他们喝水的杯子，垫支藤椅摇动的砖块还在。所有的迹象都表明他们经历了这非同寻常的三十天。然而，现在，那三个人完全消失在视野之内，就像从来没有出现过。她平静地注视着这寂静的时空，热闹、离别、重逢、再离别，对这些时空毫无损伤，她眨了眨眼睛，再次确定只有自己。

不一会儿，通向小镇的方向冒出的一股浓烟正冉冉上升。她心里一惊，想起他们撂下过要烧了大望洲的狠话。她向冒烟的地方一溜小跑。赶到坡下，发现是他们一个月前设卡的树杈燃烧起来了。但是，等她走近的时候，着火点正慢慢熄灭，烟雾也渐渐散去。她四顾一看，前几天的一场大雨过后，干涸了许多年的内江河床里竟然蓄进了一个个小水洼。水坑在初升的太阳底下发出晶晶亮的光芒，熠熠生辉，浸入水里的杂草在烈日下顽强摆动。通向镇子的那条小道上空无一人，甚至没有留下任何人行走过的痕迹。她回头看着这座小岛，依然坚固的青色房屋，脸盆粗的百年老树，被千万双鞋子踩踏过的泥巴土路，白色的像狮子一样的云朵，一切都像新的，远处有什么声音悠悠地传来，像是轮船在远处的鸣笛，又像是镇上新挂的那口大钟在试着敲响。

强烈的阳光打在她裸露的头皮和前额,灼热的风在枝头舞动,她听到知了在阴影处叫唤,一群灰色的鸟从林中飞出,发出阵阵啼啭,喧闹向四面八方散去,寂静包裹住她,她的身影好像一丝安插在物件边缘的点缀,除此之外,这里了无痕迹,就像什么也没有发生过。